史上最伟大的侦探经典

（美）爱伦·坡（Poe, E. A.）等　著
汪　婧　译

九州出版社
JIUZHOUPRESS

图书在版编目（CIP）数据

史上最伟大的侦探经典 /（美）爱伦·坡（Poe, E. A.）等著；汪婧译. —北京：九州出版社，2013.12

ISBN 978-7-5108-2533-0

Ⅰ.①史… Ⅱ.①爱… ②汪… Ⅲ.①侦探小说—小说集—世界 Ⅳ.①I14

中国版本图书馆CIP数据核字（2013）第300521号

史上最伟大的侦探经典

作　　者	（美）爱伦·坡（Poe, E. A.）等　著　汪婧　译
出版发行	九州出版社
出 版 人	黄宪华
地　　址	北京市西城区阜外大街甲35号（100037）
发行电话	（010）68992190/2/3/5/6
网　　址	www.jiuzhoupress.com
电子信箱	jiuzhou@jiuzhoupress.com
印　　刷	三河市九洲财鑫印刷有限公司
开　　本	710毫米×1000毫米　16开
印　　张	20
字　　数	260千字
版　　次	2014年3月第1版
印　　次	2014年3月第1次印刷
书　　号	ISBN 978-7-5108-2533-0
定　　价	38.00元

译者前言

原书Pocket BOOK of GREAT DETECTIVES 由美国口袋书出版社（Pocket Books，INC.）于1941年5月出版，至1942年12月连续重版十次。

本书作者均是侦探小说界赫赫有名的人物，包括塑造了福尔摩斯的阿瑟·柯南·道尔，被公认为推理小说奠基人的美国小说家爱伦·坡，《金刚》的作者英国小说家埃德加·华莱士，等等。

本书所选故事都有一个完整的推理侦探过程。每个故事都塑造了一些独特的人物形象，有盲人也有正常人，有职业侦探也有业余探险爱好者，有富有的外行人，也有辛苦工作的官方警察。但是他们都有一个共同的特质，那就是敏锐的直觉。这些直觉在严密的逻辑推理配合下，帮助主人公破获了一系列的高智商犯罪和匪夷所思的案件。

这本书既好看，又具有严密的逻辑推理。故事短小精悍，囊括了各种不同的案例，悬念迭起，故事情节跌宕起伏，让人欲罢不能，跟随侦探家们从一个小小的破绽中抽丝剥茧找寻真相，在无法拒绝的阅读诱惑中体验在迷雾森林中曲径通幽的快感，每一篇都堪称侦探推理小说中的经典。著名导演希区柯克为本书专门作序，名为《知识！行动！——但最重要的是照相机般的敏感》。

另外，本书的第四篇故事《小房子》，原版书仅收录了故事的上半部，也许是当时作者的下半部尚未完成，这次的中文版中，我们已将下半部补齐，使故事得以完整地呈现给读者朋友。

译　者

阿尔弗雷德·希区柯克

知识！行动！——但最重要的是照相机般的敏感

侦探故事因其对常识的主张而与其他类型的犯罪小说完全不同。不寻常是事件——盗窃、纵火、谋杀——是用客观资料、天然理性和逻辑思维解释的。罪行是投入一片平静池塘的石子。它从奇怪的有条理波纹变得渐渐没有规律可循。

侦探就是诊断专家。他的职责就是研究池塘表面的波纹并找出那颗捣乱的石子，他的工作就是找出织毯上那根难以令人察觉的线头。

对于常识的主张使现实增添了一些幻象。这些就是杰出行动附加的活泼而微妙的附属物。疯人院里的杀人案是可能的，当它发生的时候，正如发生在菜贩中间一样，因此并不是非常神秘或令人兴奋的。人们会期待从弗兰肯斯坦创造的怪物那里得到恐惧感。神经上更为微妙的愉悦感来自于一位古怪地沉迷于金丝雀的、无关紧要的并受人尊敬的一家之主所实施的罪行。

正是这种失去突出特征的事件才能考验侦探的伟大与否。他的才能将在他对不同寻常事件的敏感程度，他观察焦点之外的细枝末节的能力中凸现出来。

这种敏感度就是这本合集中所有伟大侦探的共同特征。每个侦探都有高度的感知能力——不管是视觉的、触觉的还是听觉的——这些传递给他的大脑持续的警觉。“这个指印不可能出现。”歇洛克·福尔摩斯照相机般的眼睛告诉他。“这张椅子被挪动了。”马克斯·卡拉多斯照相机般的触觉告诉他。“这句话是谎言。”布朗神父照相机般的神经告诉他。这些不朽的记录将会在印证之后被永远保存起来。

每一次不寻常的事件发生，这种照相机般的感知就出现了，一系列感光底片也出现了——发展并储存在大脑里——它们构成一幅告诉人们事实的照片。

照相机告诉人们事实。它是真实发生的世界不可替代的记录者。那些看到照片——并观察其中所有细节的人——毫无疑问地能够了解整个故事的真相。

这里是呈献给读者的一场游戏。他知道的，正如侦探们知道的，能够看见和听见的所有事情。他那照相机般的双眼所遇到的挑战都在杰出的记录之中。对于他智慧的挑战使得分离开的底片成为一张张动人的照片。

这就是一个导演的基本功。故事的各个部分就在那里，工作就是将他们变成一张照片。

当然这个基本功于我而言非常熟悉。集合在此的确定的指导带给我一种亲密感。这种亲密使我获得一种真实的敬仰，一个同样优秀的导演对此的欣赏。

这些伟大的侦探都是独特的，他们几乎都是独自一人。他们有从法国侦探看似冷漠迟钝的固执地使用法语到赫尔克里·波洛雄辩机智的高度直觉。有一些人很古怪，有一些人很普通，有一些人很天真，有一些人很复杂。这里有职业侦探，也有业余探险爱好者；有富有的外行人，也有辛苦工作的官方警察。

但是他们有一个共同的特质——一个基本的特质——照相机般的直觉。

目　录

第一篇　小路上的人

001　吉尔伯特·基思·切斯特顿（*G. K. Chesterton*）

英国著名的小说家、评论家、诗人、新闻记者、随笔作家、传记作家、剧作家和插图画家。他的各种著作非常多，侦探类的小说主要是以布朗神父为主角的探案集。

第二篇　骑士十字路车站的信号灯悬案

019　欧内斯特·布拉玛（*Ernest Bramah*）

英国作家。第一部侦探小说集为《盲侦探卡拉多斯》，塑造了著名的马克斯·卡拉多斯（Max Carrados）。

第三篇 **失窃的信**

049 埃德加·爱伦·坡（*Edgar Allan Poe*）

十九世纪美国诗人、小说家和文学评论家。各类作品众多，包括短篇长篇小说、诗歌、散文等。

第四篇 **小房子**

069 *H.C.* 贝利 *(H.C. Bailey)*

英国作家。早年从事社会小说的写作，后改为写侦探小说。他的小说的中心人物，是兼职从事侦探破案活动的医生福琼。他在英国和阿加莎·克里斯蒂齐名，是英国现代侦探文学“五大作家”之一。福琼则是仅次于福尔摩斯的另一个私人侦探形象。

第五篇 **东风**

097 *F.W.* 克劳夫兹（*Freeman Wills Crofts*）

1919年他的首部侦探小说《谜桶》，成为侦探文学上里程碑式的作品，和阿加莎·克里斯蒂的处女作《斯泰尔斯庄园奇案》共同揭开了侦探小说黄金时代的序幕，确立了写实派侦探小说。1929年辞职，专门从事侦探小说的创作。他一生留下了五部长篇小说和两部短篇小说集，均为侦探文学史上的不朽作品。

第六篇 塞浦路斯蜜蜂
115 安东尼·韦恩（Anthony Wynne）

安东尼·韦恩（1882—1963年），又名罗伯特·捷·威尔逊，是英国作家和医生。韦恩毕业于格拉斯哥大学医学系并在伦敦从医。1925年，他开始以邪恶为标志，进行侦探小说的创作。韦恩塑造了以海利博士为代表的小说人物，海利博士是一名精神科医生兼业余侦探，这个人物形象的塑造奠定了韦恩在侦探小说界的地位。

第七篇 莱顿府邸失窃案
135 阿瑟·莫里森（Arthur George Morrison）

英国作家、记者，较出名的作品是他的现实主义小说以及他所创作的侦探小说。由阿瑟·莫里森创作的马丁·休伊特就是对歇洛克·福尔摩斯（又译夏洛克·福尔摩斯）的模仿。阿瑟·莫里森在1894年至1896年之间共出版了三部马丁·休伊特的故事集，紧接着又创作了他最著名的作品《雅格的一个孩子》（*A Child of the Jago*）。

第八篇 红发会
161 阿瑟·柯南·道尔（Sir Arthur Ignatius Conan Doyle）

英国杰出的侦探小说家、剧作家，世界著名小说家，堪称侦探悬疑小说的鼻祖。因成功地塑造了侦探人物——歇洛克·福尔摩斯而成为侦探小说历史上最重要的小说家之一。除此之外他还曾写过

《失落的世界》等多部其他类型的小说，其作品涉及科幻、悬疑、历史小说、爱情小说、戏剧、诗歌等。

第九篇 寻宝案
189 埃德加·华莱士（Edgar Wallace）

英国著名小说家、戏剧家、记者。华莱士一生创作了173部小说、15个剧本和无数其他类型作品。他是世界上第一位畅销书作家，正式确立了“创作可以营利”的概念。1931年他仅用了9周时间便为好莱坞创作了4个剧本，其中最著名的就是无人不知的《金刚》。

第十篇 铝制匕首
209 奥斯汀·弗里曼(Richard Austin Freeman)

英国著名作家。创作了以约翰·埃文林·桑戴克为主角的系列故事。1909年结集《桑戴克探案集》出版。

第十一篇 未知的贵族
237 爱德蒙·克莱里休·本特利(Edmund Clerihew Bentley)

英国作家，新闻人，诗人，克莱里休诗体创始者。第一部推理小说《特伦特最后一案》，至今不断再版，并三次登上银幕。还编辑过一部推理小说选集。

第十二篇 **逃出第十三号牢房**
253 杰克·福翠尔（*Jacques Fultrelle*）

美国推理小说家。在他的推理短篇小说中，最著名的是《思想机器》。脍炙人口的侦探小说为他在侦探小说界赢得了较高的声誉。

第十三篇 **闹鬼的警察**
285 多萝西·塞耶斯（*Dorothy L. Sayers*）

女推理小说大师，与阿加莎·克里斯蒂齐名，是唯一能够令阿加莎·克里斯蒂心甘情愿拿出推理小说女王桂冠分享的女推理小说作家。她的第一部侦探小说便被广泛认可为大师级的作品。在推理小说史上，多萝西·塞耶斯（Dorothy L. Sayers）是一个伟大的名字。她的风格无人能模仿，她的作品无人能取代。她创造了永垂不朽的业余神探彼特·温西爵爷（Lord Peter Wimsey），也撰写了多部精彩绝伦的推理文学评论。她的小说，绝大部分都在推理史上的黄金时期（1920—1940年）内完成，因此堪称是最具备古典时期特色的代表杰作。

第一篇　小路上的人

吉尔伯特·基思·切斯特顿（*G. K. Chesterton*）

英国著名的小说家、评论家、诗人、新闻记者、随笔作家、传记作家、剧作家和插图画家。他的各种著作非常多，侦探类的小说主要是以布朗神父为主角的探案集。

在阿德尔菲城的一条依阿波罗剧院而行的小路上，两个男人同时出现在路的两端。夜色如水，无边无际又明亮无比、乳白皎洁又空旷无垠的光亮笼罩着街道。小路却显得狭长又幽暗，两个男人只能看到对方在路的另一头模糊的黑影。尽管如此，即使是这么黑乎乎的身影，他们仍认出了对方，大概是因为他们彼此都有着鲜明的外形轮廓，并且，他们互相憎恨。

这条被夜色笼罩的小路，一端始于阿德尔菲城的一条陡峭的街道，另一端则在可以俯视那条被夕阳染色的小河的露台处。小路的一侧是一堵光秃秃的围墙，这围墙以前曾支撑过一家古旧且经营惨淡的剧院餐厅，当然现在已经关门大吉。另一侧有两扇门，路的两端各有一扇。它们都不是平日所称的后台入口，而是特殊表演者使用的特殊而秘密的入口，比如当时在莎士比亚戏剧中表演的著名演员们。通常这类身份显赫的人都偏爱较为隐秘的出入口，以便他们会见朋友，或者躲避他们。

这两个身份尚不清楚的男人，看起来就是那种地位卓越的人，很明显地，他们都知道那两扇门，而且都期盼它们是开着的，因为他们都以同样冷静的态度和同样自信的气势，走向小路尽头的一扇门。然而，他们并不是以同样的速度行进。走得比较快的那个男人，是从小路另一头过来的，所以他们几乎是在同一时刻到达了那扇秘密的门的前面。他们礼貌地向对方打了个招呼，然后在门口等待了一小会儿。其中走路比较快的那个男人，显然没什么耐心，他上前敲了敲门。

不仅仅是在走路这件事上，包括其他所有事情，这两个男人的作风都是彼此不同的，但是难以说谁好谁坏。私下里，这两个男人都十分英俊，有能力并且广受欢迎。而作为公众人物，两人都是社交排行榜上的头号人物。但关于他们的一切，从他们所获得的荣誉到他们俊朗的外表，都是互不相同，并且是无与伦比的。威尔逊·西摩先生是这样的一个人：但凡认识他的人，都非常熟悉他的重要性。你越深入了解每个政治组织和职业的最核心人物，你就越经常遇到威尔逊·西摩先生。他是二十个无知又无能的委员中唯一聪慧的人——他的聪慧几乎体现在每一项事务上，从皇家学院的改革到为大英帝国设计金银二本位制。尤其是在艺术造诣上，他几乎无所不能。他是如此的独特，以至于没人能说清到底他是一个从事艺术的伟大贵族，还是贵族中的伟大艺术家。要是你没有真正意识到你的一辈子都已经被他所掌控，你连他五分钟的面都见不到。

他的外貌同样的“异常出众”，既符合传统习俗的审美，又带着点独特。时尚界挑不出他那高高的丝绸帽子的缺点——当然它和别人的帽子都不一样——它要更高一点，也许这就给他本人增加不少高度。他那高挑、瘦削的身影有一点点驼背，但看起来并不是虚弱无力的。他的头发是银灰色的，但他看起来一点儿也不老；长度比普通人的要长一点，但他看起来却不阴柔；发质是卷发，但看起来却是顺直的。他那突出的胡须令他看起来比任何人都要阳刚和富有战斗性，就像他屋里悬挂的那些委拉斯开兹的老海军上将们的肖像一样。他灰色的手套带着些许的暗蓝色，他银色的圆头手杖要比这样一副手套得分更高，他拿着这手杖不断敲击地面，并在剧院和餐厅里四处炫耀。

另一个男人没有这么高，但也不算矮，看起来强壮又英俊。他的头发同样是卷发，但由于修剪不齐，使得整个头部看起来又坚固又巨大——就是那种你可以用来撞破一扇门的模样，正如乔叟形容米勒发型的那样。他那军事家般的小胡子和架子一般的肩膀显示他是一个战士，但他有一双坦率又富有洞察力的深蓝色眼睛，而这在航海水手中比较常见。他的脸有些四方形，他的下巴是方形的，他的肩膀是方形的，甚至连他的夹克衫也是正正方方的。事实上，马克思·毕尔博姆先生将自己表现为欧几里得第四册书中所讽刺的对象。

他同样是一个公众人物，尽管他的成功走的是另一条路。你不必身处于最好的社会，就能听说卡特勒上尉、香港攻城战以及横穿中国的伟大行军。事实上，无论你身在何地，你都会听说他的事迹；他的肖像被印在每一张明信片的背面；他的地图和作战图在每一本图文并茂的杂志里都可以看见；赞颂他的歌曲在每一座音乐厅里回响，或者在每一支枪管上空飘荡。他的名声，尽管可能是暂时性的，也要比其他任何人的名声广泛、普遍和自然十倍之多。在成千上万的英国家庭中，他比英格兰还要权威，就像尼尔森那样。但是实际上，在英格兰他比威尔逊·西摩先生的影响力要小得太多。

一位年长的仆人，或者说身穿演出服的人为他们打开门，这人耷拉着脸，身形孱弱，穿着一身与豪华的更衣室奇妙地和谐的破旧黑色外套。更衣室里四处都装有可以折射的镜子，它们看起来像是一颗钻石的几百个切面——如果一个人可以钻进钻石里，他所见便是如此。此外，更衣室里有许多奢华的物件，几束鲜花，几个彩色的靠枕以及一些穿坏了的道具服。这些经过镜面的千百次折射，看起来就像《一千零一夜》故事里所描述的疯狂景象，而且随着剧场助理来回地移动镜子，所有景象都不断旋转。

他们都和那个叫帕金森的穿着肮脏衣服的人说话，问他奥萝拉·罗姆小姐是否已经到了。帕金森说她在另一间屋子，但他必须先过去跟她说一声。两个男人的眉间都闪过一丝不快，因为那间屋子是和奥萝拉小姐搭戏的演员的私人房间，而她是那种只会让人嫉妒的女人。

大约半分钟后，里侧的门打开了，即使是在私下里，她也如戏中一般走出来，那片刻的宁静更像是为她鼓掌的掌声，而且她值得。她穿着看起来怪怪的孔雀绿和孔雀蓝的丝绸衣服，闪耀着蓝色和绿色的金属色，就像高兴不已的孩子和美学家一样。她那丰茂的棕色卷发散落在她的脸庞两侧，那张脸对于所有男人，特别是男孩和上了年纪的男人来说有着危险的吸引力。

与她的男同事、伟大的美国演员伊西多尔·布鲁诺相比，她正在演绎一部诗意般美妙的《仲夏夜之梦》：这一部要将出色的艺术成就归功于 Oberon 和 Titania，或者说布鲁诺和她自己。梦幻又典雅的布景，变幻莫测的舞步，青绿色的服装，就像甲虫光洁的翅膀，这一切都为了表现一位精灵王后难以捉摸的个性。但是在光天化日之下相遇，一个男人只会看见这个女人的脸庞，而忘却她的身份。

她带着愉悦又神秘的微笑向两位男士问好，这种微笑令所有的男人们与她保持着一段危险的距离。她欣然接受了卡特勒上尉的鲜花，这鲜花就像上尉自己的成功一样热情似火又昂贵无比。而来自威尔逊·西摩先生的礼物则稍后被不咸不淡地递过去。因为表现得太热情有违于他所受到的教养，而且送鲜花这类感情表露太明显的事情也不符合他向来送礼物的习惯。他带来的礼物是个小玩意儿，带着一点把玩的语气，他说这是一把迈锡尼时代的古希腊匕首，在忒修斯和希波吕忒时代被严重磨损了。就像所有英雄的武器一样，它也是由黄铜制成的，但是，非常出乎意料的是它现在依旧锋利无比，可以刺伤任何人。他非常着迷于它那树叶般的外形，它就像一只希腊花瓶一样完美。如果罗姆小姐对它有丝毫兴趣，或者让它出现在剧中的某个场景中，他希望她可以——

内室的门突然打开，一个庞大的身影出现，这身影明显比西摩先生甚至卡特勒上尉更好辨认。伊西多尔·布鲁诺，近六尺六高，身上长满了夸张的肌肉块，皮肤像美洲豹一样紧绷，穿着剧中人物 Oberon 金棕色的外套，看起来就像个原始野蛮世界里的神明一样。他倚靠着一根捕猎用的长矛，这根长矛在舞台上看起来像一支重量很轻的银色魔杖，但在这间相对较小又比较拥挤的房间里，它就像一根常见的棍棒一样普通，但仍旧有威胁性。他灵动的黑色眼珠不停地转动，他古铜色的脸庞，尽管还是一如既往的英俊，高耸的颧骨和洁白的牙齿，都让美国人情不自禁地猜测他的祖先是从南方种植园来的。

“奥萝拉，”他开始用一种感动了许多观众的，低沉如鼓点的声音说，“你能否——”

他犹豫不决地停了下来，因为第六个身影突然从里面的走廊出现——一个与在场其他人如此不协调的身影，使得一切看起来很滑稽。那是一个矮小的，身穿罗马神父袍的男人，看着像（尤其是布鲁诺和奥萝拉在的情况下）是没有方舟的呆板的诺亚。然而，他似乎并没有察觉有任何不协调的地方，而是用平缓而礼貌的语气说：“是罗姆小姐派我来的。”

一个精明的观察者立刻就会发现，屋子里的气氛因这个不怎么有感情的打断反而上升了。这个职业的禁欲者的出现，仿佛揭示了其他围绕在那个女人四周的男人们，彼此都是恋爱中的情敌。这就像一个外套上满是风霜的人一进入屋子，就显得是个火炉一样。这个毫不在意奥萝拉小姐的人一出现，让她意识到周围的人都爱上了她，但都是以一种危险的方式：男演员带着粗鲁的欲望和被宠坏的孩子般的贪婪；士兵（也就是卡特勒上尉）是失去理智的全然的自私心理；威尔逊先生那来自享乐主义者养成的爱好，使得他每日愈加爱她；更有甚者，连卑微的帕金森，这个在她成名之前就认识她的男人，这个在屋子里眼神和脚步时时刻刻跟随她的男人，也像一条忠犬一样迷恋着她。

一个精明的观察者也许还注意到一件越来越发奇怪的事情。那个长得像呆板的诺亚（但实际上他并不是真的这么呆）带着泰然自若的兴趣注意到了，很明显高贵的奥萝拉对于男人们的仰慕并非无动于衷，但此刻她却想摆脱所有迷恋她的男人，和那个没有爱上她——至少感觉上他不爱她——的男人单独在一起。这个矮小的神父确实很欣赏也很享受她为了实现这一目的所使用的女性社交手法。

也许，奥萝拉·罗姆小姐只了解一件事，而且这仅仅是人性的一半——另一半是男人的心理。矮小的神父犹如观看拿破仑一世的战役一样观察着一切，她那抗拒所有人但又不明确拒绝任何人的社交手腕，不断进行着细微的转变。布鲁诺，那个大个儿的演员是如此的幼稚，很轻易就能让他生气发火。卡特勒，这位英国军官，对于别人的看法非常迟钝，但对于自己的行为却是一丝不苟的。他可以忽略所有的暗示，但他宁愿死去也不会去轻忽来自一位女士的委托。至于老西摩，他要被不同地对待，应该留在最后一个。唯一能够感动他的办法，就是自信地以一位老朋友的姿态去迎合他，让他对秘密知无不言。神父真的非常欣赏罗姆小姐，她只用了一个选中的动作就达成以上三个目标。

她走向卡特勒上尉，用她最甜蜜的态度说："我非常喜欢这些鲜花，因为它们一定是你最爱的花了。但那还不够，你知道的，缺少了我最爱的鲜花。请去街角的那家商店，帮我买几束白色铃兰花，那就将非常完美了。"

她的手段的第一个目标，即让愤怒的布鲁诺离开。立刻就实现了，他将他的长矛以一种王权授予的贵族姿态，递给了可怜的帕金森，然后想装腔作势地指出其中一个坐垫坐上去就像刺扎一样。这让一旁关注他的对手眼中一亮，对于他的傲慢无礼显得很感兴趣。他立刻握紧他那力大无穷的拳头，然后猛地冲向大门，将自己的公寓甩在身后。然后过了一会儿，罗姆小姐驱走那位英国士兵的努力，并不像预计的那样轻松，反而失败了。

卡特勒僵持地抗拒了一会儿，突然，他走向了大门，甚至连帽子也忘记戴上，好像长官命令他立刻过去似的。但是也许依靠在其中一扇镜面前的西摩先生懒洋洋的身影显得太招摇，他一时分不清哪里是入口，他转过头，看起来像一只困惑不已的斗牛犬。

“我得去告诉这位愚蠢的先生该怎么走。”奥萝拉悄声对西摩说，然后快步走到门口，送走了即将离开的客人。

西摩看起来在认真听她说话，一如既往地保持着优雅和放松的姿态，当他听她对上尉发出最后的指令时，似乎感到很欣慰，她迅速转身，笑着跑向小路的另一端，那个发源于泰晤士河上游的地方。然而一两秒钟之后，西摩的眉毛又皱了起来。一个在他这样地位的男人，总是有很多对手，而且他记起来，小路另一头的那扇门正好是布鲁诺私人房间的入口。

他仍然没有失去应有的风范，他有礼貌地对布朗神父谈着威斯敏斯特教堂里，那些重新被使用的拜占庭式建筑，然后很自然地，慢慢踱出了房间，走向小路的尽头。布朗神父和帕金森被留了下来，他们俩也对没什么必要的谈话没有兴趣。穿着破烂衣服的人在屋子里绕了一圈，拔出窥镜又塞了回去。他还拿着国王 Oberon 的王杖，但他肮脏的黑色外套和裤子使一切看起来更加凄凉。每次他拔出一块新镜子，就多了一个布朗神父的黑影子。这间荒诞的玻璃房里充满了布朗神父的身影，有的从空中倒着看就像一群天使，有的就像一群翻筋斗的杂技演员，有的就像非常粗鲁的人一样背对着别人。

布朗神父似乎没有意识到这群“旁观者”的存在，他无所事事地盯着帕金森，直到帕金森带着那把长矛，离开房间到离布鲁诺的房间稍远一些的屋子。接着他放纵自己沉溺在这般虚无但总是引起兴趣的冥想中——计算镜子的角度，镜面折射的角度，以及为了嵌进墙壁适合的角度……直到他听见一阵猛烈但又被压抑的哭叫声。

他突然站起来，仔细聆听动静。几乎同时，威尔逊·西摩先生冲回房间，脸色苍白无比。“那个小路上的男人是谁？”他叫嚷道，“我的匕首哪儿去了？”

在布朗神父穿上他厚重的靴子之前，西摩在房中四处寻找武器。在他找到那把匕首或者其他武器之前，一阵轻快的脚步声从外面的人行道传来，卡特勒那张方形的面孔也出现在门口。他手里还可笑地抓着一把白色铃兰花。“这究竟是怎么回事？”他叫嚷，“那路上的怪物是什么东西？是你的把戏吗？”

“我的把戏！”他那脸色苍白的对手发出嘘声，然后大步走向他。

当这一切发生的瞬间，布朗神父信步走到小路的最高处，俯看这条小路，然后立即走向他所看到的东西。

这时候，屋子里的两个人也放弃了争吵，紧跟着布朗神父，卡特勒上尉冲神父喊道：“你在干什么？你到底是谁？”

“我叫布朗，”神父悲伤地说，他弯下腰查看什么东西，然后直起身子。“是罗姆小姐叫我来的，我已经尽快赶过来了。可还是太迟了。”

三个男人同时低头，至少有一个人也跟着在夕阳余幕的微光里死去了。在小路的中央，奥萝拉·罗姆身穿着她那绿色和金色的长袍，仿佛一条金色的小路，脸冲着天空，已经死去了。她在挣扎中离开人世，右肩裸露着，但血流不止的伤口来自另一个肩膀。那把黄铜的匕首静静躺在距她一码左右的地方。

这时现场完全寂静，他们可以听到来自查令十字街的卖花女的笑声，以及斯特兰德大街传来叫停出租车的猛烈的口哨声。然后，或许是出于激愤或者表演，上尉突然扼住了威尔逊·西摩先生的喉咙。

西摩毫无恐惧或气愤，一动不动地看着他。“你用不着杀我，”他以一种十分冷酷的声调说着，“（要是我知道凶手是谁）我将为了自己亲手这么做（杀了凶手）。”

上尉的手迟疑了一下，然后颓然放下。对方仍用同样直白冷酷的声音说："要是我没有勇气用那把匕首杀了凶手，我就会喝上一个月再去杀了他。"

"喝酒对我来说没什么用处，"卡特勒回答，"但是在我死前，我将全力投入这件事中。"

就在其他人对他的态度表示欣赏之前，卡特勒猛地抓起匕首，冲向小路低处尽头的那扇门，闯了进去，在布鲁诺的更衣室中和他一对一较量。在他做这些时，老帕金森步履蹒跚地摇晃着走出大门，看着小路上横陈的尸体。他颤抖地走向尸体，虚弱地看了一眼，然后颤抖地走回了更衣室，一屁股坐进了堆满靠垫的椅子里。布朗神父立即走向帕金森，完全不顾卡特勒和大个儿的演员。更衣室里充满了这群人的喘气声，他们开始争抢匕首。西摩，这个还保留着一点实际思考能力的先生，站在小路的尽头呼叫警察。

当警察到来后，才分开这两个像猩猩一样缠斗在一起的人。几个例行询问之后，警方准备按照他愤怒的对手提议的那样，以谋杀罪逮捕伊西多尔·布鲁诺。名噪一时的国民英雄，因自己手上有凶器，被当做谋杀犯逮捕，对于从不乏新闻焦点的记者来说更是个大看点，警方因此是有压力的。他们以严密的态度审视卡特勒，指出他手上有道小切口。就在卡特勒转身要越过倾斜的桌椅时，布鲁诺从他手中抢过匕首，并且划伤了他的手腕。伤口很浅，但他仍被从这间屋子转移走，因为那半开化的犯人正带着镇定的微笑盯着那流血的伤口。

"他看起来很像个食人族吧？"巡警对卡特勒密语道。

卡特勒没有回答，片刻后突然说："我们必须得注意……死亡……"他的声音模糊不清。

"是两具尸体，"神父的声音从屋子的另一头传来。"当我走向这个老伙计的时候，他也死掉了。"他站在那里，低头看着坐在五颜六色的拥挤椅子上的帕金森。尽管没有开口说话，他也为那个死去的女人悼念。

卡特勒率先打破了沉默，他似乎并没有受到这股柔情的触动。“我真希望我就是他，”他沙哑地说，“我记得他比任何人都关注她的行踪。她就是他的空气，他已经干枯了。他也死掉了。”

“我们都死了。”西摩先生看着小路，以一种奇怪的声音说道。他们在街角向布朗神父告别，为他们可能表现出的粗鲁胡乱地道歉。他们的脸都是悲痛不已的表情，还带着一些神秘。

矮小的神父总是有仿佛养兔场里活蹦乱跳的兔子们一样的无限想法，但是思维跳跃太快，他总是抓不住它们。但就像兔子的白色短尾巴一样，他抓住了一瞬即逝的想法，他确信他们的悲伤是真实的，但对他们的清白却不那么肯定。

“我们还是走吧，”西摩先生沉重地说，“我们已经竭尽全力帮忙了。”

“你能了解我的意思吗，”布朗神父低声询问，“如果我说你们已经竭尽全力去伤害？”

他们顿时好像很愧疚，卡特勒立刻问道：“去伤害谁？”

“伤害你们自己，”神父回答，“如果不是出于正义的考量警告你们，我是不会给你们增添麻烦的。如果这个演员是无辜的，你们的所作所为已足够让你们上绞刑架了。他们一定会传唤我，我必然将会告诉他们，在那凄惨的叫声之后，你们都冲进屋子，处于一种疯狂的状态，并且开始为了匕首而争吵。由于我已发誓，因此我的证词有效，你们每个人都可能犯案。这就是为何我说你们是在伤害自己，而且卡特勒上尉一定是用匕首割伤自己的。”

“割伤我自己！”上尉带着轻蔑的口气大呼，“一道愚蠢的小伤口。”

“但（伤口）流血了，”神父点头说道，“我们现在知道黄铜（匕首）上有血迹，但我们并不知道之前那上面有没有血迹。”

片刻沉寂之后，西摩带着与平时不同的奇怪语气强调道：“但是我看见小路上有人。”

“我知道你看见了，”布朗神父一脸麻木地说，“卡特勒上尉也看到了。这就是看起来不太可能的地方。”

在他们想好怎么回答之前，布朗神父礼貌地告别，然后带着他的短柄雨伞走上小路。

正如新闻的一般规律，警方的新闻永远都是最真实和最重要的。如果在二十世纪的报纸，报道一件凶杀案占据了比政治事件更多的篇幅，那一定是这件凶杀案有着更为值得报道的原因。但这也无法解释在伦敦以及外省市的媒体所报道的，无处不在的、广为传播的“布鲁诺案件”的细节，或者叫“小路谜案”。媒体们报道了事实，导致对于案件的广泛关注持续了好几周。报道中的提问和交互提问，即使冗长无比，即使难以忍受，但至少是值得信赖的。真实的原因，当然了，是因为案发现场人们对事实表述的一致性。受害者是个受欢迎的女演员，嫌疑犯是个受欢迎的男演员，而且被捕的时候手上沾满鲜血，被当时爱国主义高涨年代里，最受欢迎的战士抓了个现行。在那些离奇的情节里，媒体们变得麻木，以至于失去了正直感和精确性，这件案子余下的细枝末节，都可以从布鲁诺的审讯稿中获得。

案件的审讯由蒙克豪斯大法官主持，他是个幽默的法官，经常嘲弄犯人们，但通常他比一般严肃的法官还要严肃很多，这种轻率多变来自法官们专业严肃性导致的生活枯燥，没有耐心。这位严肃的法官确实很轻浮，因为他的虚荣心过剩。由于男演员非常知名，他的律师也同样大名鼎鼎，检察官是来自皇室的沃尔特·考德雷先生，一个很笨重，但实际上是个非常了解如何看起来很有英国正统气派、值得信赖，以及如何利用修辞表示不情愿的重量级人物。

嫌疑犯的辩护人是英国王室法律顾问帕特里克·巴特勒先生，他常常被那些误解爱尔兰人性格的人——还有那些没有见过他的人——误认为是个浪荡公子哥。医学鉴定结果显示事实与当事人所说的没有矛盾，西摩先生在现场请来的医生，也同意杰出的外科医生在尸检之后的结论。奥萝拉·罗姆是由一种类似刀或者匕首的尖锐利器刺死的，这个利器的刀刃部分很短。伤口就在心脏上方，她当场死亡。当医生第一次见到她的时候，她已经死亡大约二十分钟。由此，布朗神父发现她的时候，她已经死亡约三分钟。

一些官方的证据随之而来，主要是集中在现场是否有打斗痕迹的遗留物，唯一的证据就是她肩膀上被撕裂的裙子部分，这与致命伤的方向不一致，也与她被殴打的方向不一致。当这些细节被提供，没有人对其进行任何解释，第一位重要的目击证人被传唤了。

威尔逊·西摩先生作证就像他做其他事情一样彻底——不仅是好，而是完美。尽管作为一个公众人物，他比法官要出名很多，但他在国王的法官面前，表现出非常谦逊的态度。尽管每个人都像盯着首相或者坎特伯雷大主教那样盯着他，但没有人能说他有不当之处，要不是这位私下里的绅士在说名词时带着口音。他头脑如此清晰，仿佛他身在委员会中演讲一样。

当时他正在剧院拜访罗姆小姐，在那里遇见了卡特勒上尉，他们与嫌疑人短暂地聚在一块，然后嫌疑人就回到了他自己的更衣室，接着一位罗马天主教神父加入他们，他要求见死去的那位女士，并说他的名字是布朗。罗姆小姐之后就走出剧院，走到小路路口，以便指给上尉看那家他将为她买花的花店位置。接着这位目击证人就留在了屋子里，跟神父交谈了几句。然后他清晰地听到她交代上尉差事，转身大笑着跑向小路的另一头，也就是嫌疑犯的更衣室。出于对他的朋友快速行动的无聊的好奇心，他踱出屋子走向小路一头，俯看它延伸到嫌疑犯的门前。他是否看到小路上有什么东西？是的，他确实在小路上看到了什么。

在这位证人低头，平日里的镇静似乎比此刻脸上的苍白要多一些时，沃尔特·考德雷先生及时宣布证人休息。接着，辩护人用更为低沉的声音说——这声音让人同时感到同情但毛骨悚然："你确实看到他了吗？"

威尔逊·西摩先生，不管怎么感动，他出色的头脑还是保持着工作状态。"轮廓的话，看得非常清晰，至于轮廓里面的细节，不甚清晰，实际上什么也看不清。小路很狭长，所以任何人站在路的中间，由于光线的关系在路的尽头看起来都是一个黑乎乎的影子。"证人沉着的眼神再一次低下，然后补充道："在卡特勒上尉第一次进屋子的时候，我就注意到一个事实。"又是一阵沉默，法官向前倾身，做了一点笔记。

"那么，"沃尔特先生耐心地问道，"那个轮廓看起来什么样，它是不是，比如说，像是那个被谋杀的女人的身影？"

"一点儿也不像。"西摩低声回答。

"那它在你看起来像什么？"

"它于我而言，"证人回答，"像一个个头很高的男人。"

法庭上的每个人都盯着他视线碰巧看到的东西，他的笔，他的伞柄，或者是他的书，他的靴子以及其他东西。他们似乎被一股力量强迫将视线转移开嫌疑犯，但他们能感知他坐在被告席上的身影，而且他们感觉那个身影非常巨大。布鲁诺的身高，在证人的视线离开他后，在法庭上其他人的眼中似乎越来越高。

考德雷一脸严肃地在椅子上重新坐好，抚平他黑色丝绸长袍上的褶皱，还有他白色丝绸般的胡须。威尔逊先生离开了证人席，在说了几个现场还有其他目击者的细节之后，辩护席上的法律顾问站起来打断了他。

"我要打断您一下，"巴特勒先生说，他是一个农民模样的人，有着红色的眉毛和一脸没睡醒的表情。"您能否告诉法官大人您是如何判断那是个男人的？"

西摩的脸上一闪而过一个文雅的微笑。"恐怕是因为他的裤子吧，"他说，

“当我看到他两腿之间的光线时，不管怎么说，我确定那是个男人。”

巴特勒迷蒙的眼睛仿佛无声的爆炸一样睁开。“不管怎么说！”他慢慢重复，“所以你一开始认为那是个女人？”

西摩最初显得有些困惑。“其实不是这样，”他说，“但如果法官大人需要我回答我的第一印象，我当然会如实相告。那个人有些特点，那既不是男人的，也不是女人的。影子的弯曲有些不同，好像是长发之类的。”

“谢谢您。”王室顾问巴特勒先生说，然后径直坐下，好像他已经得到了他想要的讯息。

卡特勒上尉作为目击证人，远不及威尔逊先生镇静与言辞虚浮。但他对这起公众事件的责任感还是一如既往。他描述了布鲁诺回到他自己的更衣室，他被派遣去买一束白色铃兰花，他回到小路高处的路口，他在小路上看见的东西，他对西摩先生的猜忌，以及他与布鲁诺的争斗。但是他无法给出对于那个他和西摩都看到的黑影子更多细致的帮助。在被问到那个人的轮廓时，他说他不是个艺术批评家——这明显是在嘲讽西摩先生。在被问到那个人是男是女的时候，他说那个东西看起来更像是头野兽——明显就像嫌疑人的嘶吼。但是这个士兵，却因为悲伤和实在的愤怒而微微颤抖，所以考德雷不让他再把已经相当清楚的事实重复确认。

辩护人同样简洁地进行交叉询问（这是他的习惯）。尽管非常简洁，他还是花费了很长时间完成。“你用了一个相当令人印象深刻的词语，”他说着依然困倦地看着卡特勒。“你说那个影子相比起男人或女人，更像个野兽，这是什么意思呢？”

卡特勒看起来很焦躁不安。“也许我不该那么说，”他说，“但那个残暴的家伙有着大猩猩一样巨大健硕的肩膀，还有像猪一样直立起来的毛发——”

巴特勒先生半途由于失去耐心，打断了他。“别管他是不是有猪一样的毛发了，”他说，“那看起来是不是像女人的头发？”

“女人的头发！”士兵叫起来，“天哪，绝对不是！”

“上一个目击者说那是女人的头发，”法律顾问很快肆意地评论道，“那个影子有没有像之前证言里提到的弯曲的和类似女人一样的曲线？没有？没有女性的曲线？那个身影，如果我了解了你的意思，是要比其他东西都笨重和棱角分明？”

“他也许是向前弯着腰的。”卡特勒用一种嘶哑且苍白的声音说。

“也或者，他并不是。”巴特勒说，然后第二次径直坐下。

沃尔特·考德雷先生传唤的第三个证人，是矮小的天主教神父，和其他目击者相比，他是如此矮小，以至于走上证人席都非常困难，好像他们在盘问一个小孩子。可惜的是，一些先入为主的观念占据了沃尔特先生的脑袋（这主要是受到他家族宗教信仰的影响），使他认为布朗神父站在嫌疑犯的一边，因为嫌疑犯很恶劣，又是外国人，甚至带有黑人基因。因此，无论那位骄傲的大主教试着说明什么事情，他都立刻打断，告诉他直接回答“是”与“否”就行了，要如实告知所有事实，别耍花招。当布朗神父以他一贯简洁的风格开始陈述，他认为小路上的男人是谁的时候，辩护律师告诉他，他并不需要他的作证。

“有人看到小路上的一个黑色影子。你说你看到了。既然如此，那个影子是谁的？”

布朗神父仿佛被指责般眨了眨眼，但他很早就知道遵守的文字含义。“那个影子，”他说，“又矮又壮，但是有两个尖角，黑色的弯曲的部分沿着两边向头部或者说上端眼神，就像喇叭一样，而且——”

“噢！毫无疑问，那是长着犄角的恶魔。”考德雷坐着突然以得意洋洋的语气，诙谐地说。

“不，”神父冷静地说，“我知道那是谁。”

整个法庭的人都被一种不合理但确实存在的怪物弄得紧张兮兮。他们忘记了码头的身影，只记得小路上的身影。而小路上的那个身影，经由三位有才能的且备受尊重的，又都看到它的证人描述，是一个狡猾的、变化多端的梦魇：一个人说它是女人，一个人说它是野兽，还有一个说是恶魔……

法官以敏锐的眼光直视布朗神父。“你是个非常接近的目击证人，”他说，“有些关于你的事情让我觉得你在尽力说出真相。好吧，究竟谁是你在小路上看到的人？”

“他就是我自己。”布朗神父说。

王室法律顾问巴特勒先生以一种格外镇定的姿态匆匆站起来，并低声说：“法官大人可否允许我进行交叉询问？”然后，没有停顿地，问了布朗神父一个不相关的问题：“你听说这把匕首的情况了吧，你应该知道专家们说这宗罪行是由短的刀刃所犯下的？”

“一种短刀刃，”布朗同意道，像猫头鹰一样严肃地点了点头，“但很长的刀柄。”

就在其他人还没有完全打消神父看见他自己用一把长柄短刃的匕首犯罪（这看起来更加恐怖）这个念头之前，他急急忙忙地做了解释。

“我是说匕首并不是唯一有短刀刃的东西。长矛也有短刃，而且长矛顶端钢制的部分看起来很像匕首，如果它们是剧院里才有的昂贵的长矛，就像可怜的老帕金森用来杀掉他妻子的那个一样，就在她来找我解决他们的家庭矛盾的时候——我来得太晚了，上帝宽恕我！但他忏悔地死去了——他因忏悔而死。他无法承受他所做的一切。”

法庭里的人的一致观点，是矮小的、刚刚畅言一番的神父，已经在证人席上疯掉了。但法官仍旧以明亮的和兴趣盎然的眼神看着他。辩护人则仿佛没有被打扰过的一般提问。

“如果帕金森用那把剧中的长矛做了这一切，”巴特勒说，“他一定是从四码远的地方刺入她的。你怎么解释争斗的痕迹，比如肩膀被撕扯掉的衣服？”他将难得站在他这一方的目击证人当做专家了，但是没人发现这点。

“那个可怜的女士裙子破了，”证人说，“因为裙子夹在她身后的仪表板上了。她挣扎着从中解脱，这时帕金森从嫌疑犯的屋子里出来，刺进了长矛。”

“仪表板？”辩护律师好奇地问。

“另一面是窥镜，”布朗神父解释道，“当我在更衣室的时候，我注意到有一些可以滑落到小路上。”

又一阵全场不自然的沉寂，这次法官说话了。“所以你说你俯看那条小路，你其实是在看你自己——通过一面镜子？”

“是的，阁下，那就是我试图要说明的，”布朗说，“但是他们问我形状，我们的帽子棱角的形状很像喇叭，所以我——”

法官向前倾身，他的眼睛苍老但更有神，他以一种非常清晰的语调说道：“你真的认为当威尔逊·西摩先生看到那个野蛮的或者你叫他什么名字的，带着女人的头发和男人的裤子的东西时，他只是看到他自己？”

“是的，阁下。”布朗神父说。

“而且你也认为当卡特勒上尉看到那个有着巨硕肩膀的大猩猩，和猪一般直立的毛发，他只是看到他自己？”

“是的，阁下。”

法官带着一种分不清是嘲讽还是敬佩的满足表情靠回椅子。“那么你是否能告诉我们为什么，”他问，“你知道你自己在镜子里的样子，而那两位如此的绅士却不知道？”

布朗神父比之前更平静地眨了眨眼睛，然后他结结巴巴地说道：“确实，阁下，如果我不经常对着镜子看自己的话，我也不知道自己在镜中的模样的。”

第二篇　骑士十字路车站的信号灯悬案

欧内斯特·布拉玛（*Ernest Bramah*）

英国作家。第一部侦探小说集为《盲侦探卡拉多斯》，塑造了著名的马克斯·卡拉多斯（Max Carrados）。

“路易斯，”卡拉多斯先生愉快地招呼着，他兴高采烈的问候让卡莱尔难以察觉向他打招呼的是一个盲人，“您来这儿是为了什么难以解释的难题吧！我从您的脚步声中听出来了。”

距离那起令两人重逢的狄奥尼修斯银币的案件发生，已经有将近一个月的时间了。现在是十二月份。不管卡莱尔先生的脚步声有什么样的深意，对于外人而言，猛一看他其实是一个做事干脆、非常警觉又有自制力的成功商人。事实上，卡莱尔还是像他在之前那件事的表现一样，悲观而又沮丧。

“这件案子没什么意思，您这是自找的，”卡莱尔反驳道，“如果您上次没有逼迫我轻率地许诺——”

“下次再有让您困惑不已的案子，不管那是什么事情，您都要给我一个机会——”卡拉多斯说道。

“那正好。结果是您马上会得到一个不能让您满足的案子，对于业余侦探爱好者来说，也许是没什么特别之处的，唯一令人困惑的是——嗯——”卡莱尔说。

“嗯，令人困惑的是什么？”盲人说道。

“是的，马科斯。您的玩笑话说出了一个谚语般的真理。我不用告诉您

‘只有解决不了的才是令人困惑的’，因为这个案子很可能是真的解决不了的。您还记得几个星期之前，发生在骑士十字路车站城郊客运火车的可怕事故吗？”

“是的，”卡拉多斯很感兴趣地回答，“我当时阅读了关于事故细节的所有报道。”

“您看过了？”他的朋友质疑道。

“我只是用了您熟悉的表达方式，”卡拉多斯微笑着解释，“实际上，是我的秘书读给我听的。我把想听的部分做上标记，这样当他十点钟来的时候，我们可以很快地处理掉早上的报纸信息。”

“那您是怎么知道什么该做标记的？”卡莱尔先生追问。

卡拉多斯的右手随意搭在桌子上，摸向手边的一份报纸。手指扫过一行标题，他的眼睛仍旧盯着他的访客。

“‘金融市场’从第二页开始。‘英国铁路’。”他说。

“真是厉害。”卡莱尔喃喃说。

“其实没什么，”卡拉多斯说，“要是有人用蘸了糖蜜的棍子在大理石板子上写下‘老鼠’，就算蒙着眼睛，没准您也能分辨出来那是什么。”

“也许吧，”卡莱尔先生承认，“反正我们不会做这个试验。”

“对我来说，报纸上的油墨印迹就像大理石板上的糖蜜对于您一样容易分辨。但比十二点活字还小的字号我就不怎么在行了，如果比十一点活字还小我就根本没法识别了。所以我需要一个秘书。现在来谈谈这起事故吧，路易斯。”

“这个案子：嗯，您应该还记得。一列普通的城郊客运火车，没有在骑士十字路车站停下来，而是闯过信号灯，撞上一列满载乘客的，刚要出发的电力火车。”这就像用一个园圃镇压器碾过一排手灯。电力火车的头两节车厢都被压扁了，后面两节也撞得不成样子。这是英国铁路史上第一起重型蒸汽火车和轻型电力火车相撞的严重事故，这‘对于首席运营官而言太惨了’。”

“二十七人丧生，四十人不同程度受伤，后来又死亡八人。”卡拉多斯补充。

“对于首席运营官来说确实很倒霉。”卡莱尔说，“您看，主要事实就是这样平淡无奇。重型蒸汽火车是要负责的一方。但是火车司机该为此负责吗？他声称，从一开始他就激烈地声称自己没有丝毫差错，他看得非常清楚，那个信号是‘通过’——也就是说，绿灯。但是与事件相关的信号员却坚持说他从没有拉下信号灯——事故发生的时候，是标志‘危险’的灯亮着，而且已经亮了五分钟了。很明显，他们两个人不可能都是对的。”

“为什么呢，路易斯？”卡拉多斯先生平静地问。

“信号灯一定是一个亮一个不亮的——要么是红灯要么是绿灯。”

“路易斯，您有没有注意过大北方铁路的信号灯？”

“没特别注意过。怎么说？”

“大概就是我们出生的那天冬天的一个寒冷的冬日，一列苏格兰快车的司机收到亨廷顿车站附近，一个叫做阿伯特·雷普顿的信号员发出的‘通过’信号。司机因此继续向前开，接着撞上一列货运火车，又撞上一列全速行驶的特快列车。十三人死亡，其他人则受了伤。司机坚称他看到的信号灯是‘通过’；而信号员同样坚称他从未拉下‘危险’的标识。他们两个人都没错，而且信号灯也正常运行。就像我说的，那是个寒冷的冬日，那天下了很大的雪，信号灯横杆上冻结和堆积的雪，因为重力的原因把它压下来了。这简直是连科幻小说家也不能编出来的事实，由于这场风雪，现在北方铁路公司的信号灯都从边上挪到了中间。”

“我猜这些也在调查报告里吧？”卡莱尔先生说，“我们已经有了贸易委员会的调查以及相关调查结果，但还是没有事故原因的解释。所有事情看起来都没问题，只是信号员和司机之间的证词有分歧，但是都没有更直接有力的证据。究竟谁是正确的？”

“这就是您要查清楚的事情吗，路易斯？”卡拉多斯问。

“这就是别人付钱给我让我查明的事情，”卡莱尔先生坦白地承认，“但目前我手里只有调查结果，事实上，私下里跟您说，我对这件事是一点头绪也没有的。”

“我也没有，”盲人说道，嘴角扯开一个微笑，“别担心。当然了，火车司机是您的客户，对吧？”

“没错，”卡莱尔承认，“怪了，您怎么知道的？”

“因为您的立场是站在他那边。陪审团应该是倾向于信号员免责的，不是吗？您的客户将被他的公司怎么处置？”

“他们两个都被暂停职务了。哈金斯，就是司机，听说他可能被发配到某个车站打扫卫生。他是个正直、率真而寡言的老伙计，一心都扑在他的工作上。此刻正是他最糟糕的日子——痛苦又多疑。一想到刷厕所和收零钱，他就没办法安静。”

“那是自然了。好吧，现在我们诚实的哈金斯：沉默寡言，也许有些敏感，一辈子为公司服务，对他的538列车像斗牛犬一样忠诚。”

“啊，那正是他所开列车的号码——您怎么知道的？”卡莱尔尖锐地问道。

“调查报告里提过两三次了，路易斯。”卡拉多斯温和地回答。

“那么您是毫无根由地记住了？”

“一般来说，您可以相信一个盲人的记性，尤其是他努力要提高记忆力的时候。”卡拉多斯依然很平静。

“那您也应该记住了他在整件事情中都没给人留下什么好印象。在这场严酷的考验下，他显得无礼又急躁。我需要您从各个方面来分析这个案子。”

“我记得他称呼信号员——就是米德——‘一只说谎的小狗’。米德现在怎么样了？我猜您肯定也见过他了吧？”

“是的。他也没给我留下什么好印象。他是个油嘴滑舌、善于谄媚又非常狡猾的人。在您开口对他进行提问之前，他就想好了所有问题的答案。他对一切都深思熟虑。”

“现在您要打算告诉我什么新消息，路易斯？”卡拉多斯鼓励他。

卡莱尔先生笑着掩盖他那不由自主的惊讶。

“有一条暗示性的线索没有在报告里出现。”他承认，“哈金斯一生都非常的节俭，他的收入也不错。在他所在的阶层里算是个富人了。我敢说他在银行里至少有五百镑。他是个鳏夫，有个二十来岁非常有礼貌的女儿。米德是个年轻人，他跟那姑娘是对小情侣——他们私下订终身有一段时间了。但是老哈金斯不答应这婚事，看来他从一开始就不喜欢这个信号员，最近出了事后，他更是禁止他去他家，也不许他的女儿跟他说话。”

“棒极了，路易斯。”卡拉多斯非常兴奋地大声说，“我们可以为您的客户澄清有关红绿灯的谜团，然后把那个油嘴滑舌又爱谄媚的信号员挂在他的信号灯柱上面。”

“这线索真的很重要吗？”

“非常有说服力。”

“米德也许是因为一时的走神而犯错，当他发现时已经太迟了，然后，他又因怯懦而不敢承认错误，由于处在非常紧要的关头，他设法隐藏了事实并且让调查没法查明真相。也许是这样，但我的想法是，这不是一场纯粹的意外事故，也不是一场纯粹的预谋。我可以想像，米德卑鄙地暗自高兴，那个挡着他的路又令人讨厌的老家伙的命运，掌握在他的手里。我可以想像这个想法让他难以自拔。无数次他把手放在信号灯的拉杆上，放纵自己去想背叛司机后的种种可能。有一天他虚张声势地拉下操纵杆——然后很快又拉回到危险标识。在那个致命的时刻到来之前，他可能这样做过一次或者几次。这些可能里包括司机死亡的结果。无论如何，老司机都将名誉扫地，因为从表面上看，人们更倾向于相信一个人心不在焉地冲过红绿灯，而不是漫无目的地拉动信号灯操纵杆。”

“火车的锅炉工死了。您的推断能包括锅炉工死亡的可能性吗，路易斯？”

“没有。”卡莱尔说，“锅炉工之死是个难题，但从米德的观点来看——不管他是否对这个错误或者说犯罪感到愧疚——可以这么认为：首先，锅炉工可能死亡。其次，他也许根本没注意信号灯。第三，无论如何他都会支持司机的说法，我们的陪审团则必定会忽视这点。”

卡拉多斯抽着烟，若有所思，那双睁开的但什么也看不到的眼睛，仿佛只是平静地凝视着屋子里的某个地方。

“这倒不是不可能的，”他过了会儿说道，“百分之九十九的人会说：‘人们不会做这些事。’但是您跟我，咱们从不同侧面研究犯罪学，就知道有时候人们会做一些什么事，否则就没有令人好奇的案件了。您根据那条线索做了什么？”

对于任何能够看见的人来说，卡莱尔先生的表情说明了一切。

“您对一切都了如指掌呢，马科斯。我还能做些什么呢？但我还是得为了佣金做点什么。好吧，我私下对那几个人做了很严谨的调查。其中有个人知道的比说出来的多——一个人可能会因为友谊、敌意甚至强烈的嫉妒而沉默。但调查没有什么新的进展。也许有人当时碰巧注意到了信号灯，但没怎么在意，或者有人还是能够辨认出来，但机会渺茫。所以我亲自去了那条铁路。信号灯的一侧是一堵银行的高墙，另一侧是住宅区，但是信号灯的位置比贮藏室的地板还要低，不可能有人从窗户里或者在路上看到信号灯。”

“可怜的路易斯！”卡拉多斯友善地嘲笑道，“您的办法都用光了吧？”

“确实。”卡莱尔承认，“现在您知道这是什么样的工作了，我建议您别在这上面浪费时间。”

“这么说可能有些不公平，不是吗？”卡拉多斯说，“恰恰相反，我要接手您忠诚的老司机，油嘴滑舌的信号员和那个在任何地方都看不到的致命信号灯。”

“但有一点很重要，马科斯，虽然信号灯看不到，但如果装置出了问题，或者什么人对它动了手脚，指示灯会自动告诉米德绿灯正在亮着。噢，我向您保证，在技术上我进行了非常深入的研究。”

“我也会这么做的。”卡拉多斯先生严肃地说。

“关于这一点，如果您有什么需要了解的，我保证我都能告诉您。”他的访客建议道，“这也许会节省您不少时间。”

“说实话，”卡拉多斯说，“我倒想知道铁轨另一侧的住宅区，在十一月二十六日那天是否有人成年或结婚？”

卡莱尔先生好奇地望着屋子的主人。

“这我还真是不知道，马科斯。”他干脆利落地回答，“如果您允许，我想问问这究竟有什么关系呢？”

“一七七五年的庞特圣林挂桥事故的唯一解释，就是附近民宅玻璃上反射的绿色焰火光芒。”

卡莱尔先生暗自笑了笑。

“我亲爱的朋友，别让您对于偶然事件的好记性分散了注意力，”卡莱尔明智地评论道，“十有八九，那个显而易见的原因就是正确的。这里的困难是，怎样证明它是正确的。现在，您愿意见见这些人吗？”

“我非常希望见见他们。无论如何，我想先见哈金斯。”卡拉多斯说道。

“他们两人都住在霍洛威。那么我让哈金斯来见您，明天怎么样？他现在无事可做。”

“不。”卡拉多斯说，“明天我要见我的经纪人，时间都排满了。”

“是啊，您不能耽误自己的正事来做这个——试验。”卡莱尔同意。

“此外，我更倾向于去哈金斯的家里拜访他。现在，路易斯，一晚上用来谈论那个忠诚的老伙计已经够了，我有个埃乌美涅斯时期的好玩意儿想给您看。今天是星期二。周日请您来吃晚餐，对于我对成功的渴望您可以尽情嘲笑。”

“这可真是个亲切的邀请，”卡莱尔说，“没问题，我会来的。”

两个小时后，卡拉多斯似乎在继续他的研究，由于思考问题而呆坐着。有时候他自顾自地微笑，有一两次甚至笑出声来，但是他愉悦平静的脸上，大部分时候是看不出有什么感情的，他的盲眼凝视着某处。他用一缕光线来嘲弄自己的失明，这其实是个古怪的做法。十二盏吊灯的柔和光芒将屋里照得像白昼一样。最后，他站起来，摇了一下铃。

“我想格雷特莱克斯先生已经不在这儿了吧，帕金森？”他问仆人。

“大概是的，先生，但是我并不确定。”仆人回答。

“没关系。到他的房间，把最近的两份《泰晤士报》拿给我。现在——”当仆人回来的时候——“翻到您手里日期最早的那份。日期是？”

“十一月二日。”

“就是那份。找到金融市场那版，大概是在增刊里。现在找到关于英国铁路的那栏。”卡拉多斯说道。

“找到了，先生。”

“城郊客运。读出收盘的价格和涨跌幅度。”

“城郊普通股，六十六点五至六十七点五，跌幅八分之一。优先普通股，八十一至八十一点五，无涨跌。次等普通股，二十七点五至二十七点七五，跌幅四分之一。就是这样了，先生。”帕金森恭敬地回答道。

“拿张大约一星期前的报纸。只读次等普通股。”卡拉多斯要求帕金森。

“二十七至二十七点二五，无涨跌。”

“再一个星期。”他说。

“二十九点五至三十，涨幅八分之五。”

“再一个。”

“三十一点五至三十二点五，涨幅为一。”帕金森一直很认真地回答。

“很好。现在再读十一月二十七日周二这天的。”他又接着要求他的仆人帕金森。

“三十一点八七五至三十二点七五，涨幅二分之一。”帕金森依然保持同样的语调。

“嗯，第二天。”

“二十四点五至二十三点五，跌幅为九。”还是依然平静。

“差不多了，帕金森。您看那天发生了事故。”

“是的，先生。非常令人不愉快的事故。简说她认识的一个人的姐姐的男朋友的堂兄在事故中失去了他的胳膊——从胳膊那儿被扯断了。她是这么说的，先生。似乎带着那条断掉的胳膊回家可以重新拼起来，先生。”

“嗯，够了。还是您刚才看的那页，往下看第一财经专栏，看看有没有涉及城郊客运列车事故的内容。”

“好的，先生。‘城郊客运列车，因最近的公共汽车拓展业务进展不顺，该公司已经悄悄放弃了该项目，其原本良好的运输业务也由于周四晚上一起惨痛的交通事故导致股价暴跌。尤其是次等普通股一度下滑了十一点，最近盛传分红已经无望’。”

“嗯，差不多了。您可以把报纸收起来了。这倒是可以给您做个借鉴，帕金森，千万别把您的存款投资到次等普通股上。”

“是的，先生。谢谢您。我会努力记住这一点的。”他又停留了一小会儿，把报纸收拾好，他说：“我得说，先生，我在阿克顿看中了一套小别墅。但是现在，即使不动产也极少能避免被合法剥夺所有权，先生。”

第二天，卡拉多斯先生在城里会见了他的经纪人。可以料想他比预期的时间更快地处理好了自己的私人事务，因为在离开奥斯丁修道院后，他又继续前往霍洛威，在那儿，他在哈金斯的家中发现后者正愁眉苦脸地坐在厨房的炉火前。想到他奢华的汽车可能会引起卡隆戴克街民众的瞩目，这个盲人让车停在离房子较远处，在帕金森那几乎令人无法察觉的细微指引下步行而来。

“这儿有位绅士要见您，爸爸。”哈金斯小姐站在门口说。她一下子就看出了来访的两位客人的地位。

“为什么不请他们进来客厅坐坐呢？”前火车司机喃喃地说。他的脸就是努力工作以及清醒节制的证明书，但此刻，其中一项可能失效了，从他的声音和举止来看，他早些时候喝了不少酒。

“我并不觉得这位绅士会察觉我们的客厅和厨房有什么区别，”女孩优雅地说，“何况这里要更加暖和些。”

“客厅有什么问题吗？”他的父亲有些尖酸地问道，“它对于我和您母亲来说已经够好的了，对您而言也一样。”

“客厅什么问题也没有，厨房也没问题。”她冷漠地转身，问身后两位跟着她走在狭长走廊里的客人，“您愿意进去吗，先生？”

“我不想见什么绅士，”哈金斯啜泣着，“除非——”他的举止突然变得令人怜悯的渴望——“除非您是公司派来的吧，先生，是——是来——”

“不，我是代表卡莱尔先生来的。”卡拉多斯边回答，边靠着直觉摸向椅子。

哈金斯轻蔑地笑了笑。

“卡莱尔先生！”他重复道，“卡莱尔先生！他可是过得不错。为什么他不为他得到的钱做点什么事情呢！”

“他当然做了，”卡拉多斯冷静地带着幽默回答，“是他派我来的。现在，我想请问您几个问题。”

“几个问题！”发怒的男人大吼道，“凭什么，见鬼，这个月除了回答问题我什么都没干。我可不是花钱雇卡莱尔先生问我问题的。一分钱不花我也被问够了。您怎么不去问问赫伯特·亚纳尼亚·米德先生您那几个问题——没准您还能从中知道点什么。”

门口处有点动静，卡拉多斯知道那女孩悄悄地离开了屋子。

“您瞧见了吗，先生？”这位父亲说着，转向另一种苦涩的抱怨，“您瞧见那女孩——我的女儿，我为了她工作了一辈子！”

“没看见。”卡拉多斯回答。

“那个刚刚离开的女孩——她就是我的女儿。”哈金斯解释。

“我知道，但是我看不见她。我看不见任何东西。我是个盲人。”

“盲人！”老先生惊讶道，震惊得一下子坐直了。“您是说真的吗，先生？您好好地走进来，跟常人一样看着我。您肯定是在开玩笑吧。”

“不，”卡拉多斯微笑地回答，“千真万确。”

“要是这样，事情可就有些滑稽了，先生——您是盲人怎么能期待查清那些能看见的人都查不清的事情呢。”哈金斯明智地问道。

“有些事情，是您的眼睛无法看到的，哈金斯。”

“也许您是对的，先生。好吧，您想知道些什么呢？”

“先来根雪茄吧，”盲人说，然后拿出他的烟盒，直到一系列声响告诉他，他的主人已经很舒适地抽起烟。“事故那天您驾驶的是从诺特克里夫开出的六二七次列车，到达朗伯斯桥——在伦敦主站之前是各处都停，朗伯斯桥再往后就相当于一趟快车了。列车在七点十一分离开朗伯斯桥，在到达泰晤士河的斯旺斯特德之前是不会停的，这段距离是十一英里，到站时间是七点三十四分。然后从斯旺斯特德驶向英格菲尔德，即这条线的终点站，到站时间是八点五分。”

哈金斯点头，突然想起对方看不到，又说：“没错，先生。”

“这就是您一天的工作吧——在诺特克里夫和英格菲尔德之间穿梭？”

“是的，先生。差不多是三趟上行三趟下行。”

“下行路线上的停靠车站都一样吗？”

“不。七点十一分是唯一一班从朗伯斯桥直接开到斯旺斯特德的火车。您知道，就是人们说的晚高峰时间刚过去。很多住在斯旺斯特德的下班较晚的绅士经常乘坐七点十一分这班车。其他路段我们每站都停靠，然后就是不定时停靠。”

“那么，事实上还有其他列车也经过同样的路段——既然是公共服务？”卡拉多斯问道。

“没错，先生。大约有六趟列车。”

“那么其中——就是说，在高峰期之内——有从朗伯斯桥到斯旺斯特德之间不停站的车次吗？”他接着问。

哈金斯想了一会。怒气和不耐烦渐渐从他的脸上消失。他又是个优秀的技师了，虽然恢复的过程很慢，但那个有能力又自信的技师回来了。

“我可说不准这个，先生。很少有经过铁路交叉点而不停站的短途火车，但有些也许会。之前一分钟会有指示，但我没得到过这样的指示。”

“没关系。您在调查中说过，骑士十字路车站东边的‘停止’信号灯对您来说不是什么稀罕事。这个频率有多高——请注意，只是七点十一分这班车。”

“一周大概三次，或者两次。”

“事故发生在星期四。您有没有注意到星期四通知您停靠的频率比平常要高？”

听到这个问题，司机脸上闪过一丝笑意。

“您碰巧不住在斯旺斯特德吧，先生？”他问。

“不，”卡拉多斯承认道，“怎么？”

“是这样的，先生，我们总是在星期四被通知停车，可以说，实际上是这样的。对那些长期乘车的人来说这几乎相当于定律了，他们都很期待这趟车。”

卡拉多斯失明的双眼有一种能够完美掩盖情绪的能力。“噢，”他温和地说，“总是星期四，而且这已经是个定律了，对吗？那么为什么总是在星期四呢？”

“我被告知原因是和那天要提早结束营业有关。郊区的交通有些不同。按理我们的车应当是推迟两分钟的，但我想那大概不值得在时间表里为我们特别做出改动，所以我们通常都要在三深隧道外头，等一辆西行的电力火车通过。”

“那天您也是准备等电力火车通过的？”

“是的，先生。”哈金斯说，努力地回忆着情况。“陪审团忽略这点让我很生气。但是，大概三个月一次，我也会在星期四这天得到通过的信号，我不能因为那不是我期待的，就去询问这种做法的对错。信号灯就是对我的指令，先生——停止！前进！这就是我要遵守的，就像听命于战场上的将军的命令一样。否则会发生什么呢！他们说我走神，这简直是胡说八道。提出这个主张的人是个理发师，在他们作出判决时，他还分不清‘保持距离’和‘停止’的信号有什么差别！那些信号灯给我的命令，先生，就是‘直走，守时’！”

卡拉多斯点头表示同意和安慰。“那就暂时这样吧，我想。”他说。

“就这样！”哈金斯吃惊地叫出来，“为什么，先生，您还有很多事情不知道呢。”

“已经差不多了。而且我想被反复问同样的问题肯定会觉得不舒服。”

哈金斯在椅子里笨拙地挪了挪，然后紧张地捋了捋他灰白色的胡子。

“您一定不要介意刚刚我说的那些话，先生，”他道歉地说，“但不管怎么说，我觉得您让这件事有了希望。过去几个星期里，他们那些人一个一个来盘问我，纠缠我，指责我，我已经对所有事情感到反感。现在，他们又打算把我赶到厕所去干活——我在这公司干了四十五年了，有三十二年都踩着脚踏板——就这样我还被怀疑闯过了一个危险信号！”

“您有过艰苦的日子，哈金斯，可是您还是要再耐心等待些时日。”卡拉多斯同情地说。

“您真的觉得这事儿有转机了吗，先生？您认为您能够为我澄清吗？相信我吧，先生，如果您能给我点解救我的希望——”他突然止住，然后悲伤地摇了摇头。“我会再多点耐心的。”他简单补充。

卡拉多斯想了想，然后作出决定。

“今天是星期三，我想下个礼拜，您就可以从总经理那里听到消息了。”

“天啊，先生！您是认真的吗？”哈金斯不敢相信。

“在这段期间，您要表现良好，理智一些。要表现得很谦逊，尽量不要再谈论这事。就这些。”——他朝立在两人中间那张桌上的一个夸脱壶示意地点了点头，这事让头脑简单的火车司机回想起来总是满腹疑问——“尤其是，别再碰它了。”哈金斯抓起酒壶砸在炉石上，他的脸因为下定决心而熠熠闪光。“我不再喝了，先生。是烦恼和绝望才让我这样的，现在我没它也行了。”

门被匆忙地打开，哈金斯小姐焦虑地看着她的父亲和两位访客。

“噢，发生什么事情了？”她喊道，“我听见很响的破裂声。”

“这位绅士准备为我澄清了，梅格，我亲爱的。”老人抑制不住兴奋地说，“而且我以后再也不会酗酒了。”

“哈金斯！哈金斯！”卡拉多斯警告地说。

“她是我的女儿，先生，您不会连她也不能告诉吧？”哈金斯垂头丧气地申辩道，“那我不再多嘴了。”

卡拉多斯暗自笑了笑，感觉到哈金斯小姐吃惊和怀疑的眼神正试图看出他在想什么。但他只是和火车司机握了握手，也不再说什么，就在帕金森不引人注意的指引下走向门外那平凡狭窄的街道。

“哈金斯小姐穿半丧服很得体，帕金森，”他边走边评论道，“想得很周到，也不会太招摇。”

“是的，先生，”帕金森同意，对他主人敏锐的洞察力早已司空见惯。

“罗马人，帕金森，他们有句谚语，是说金子无香。那有时却是个遗憾。哈金斯小姐穿戴什么首饰了吗？”

“几乎没有，先生。一只普通的金色胸针，仿佛代表着愉快——要我说，是愉快的雀鸟，先生。其他的东西只有一块背面光滑的青铜表，挂在一个青铜蝴蝶结上。”

“没有什么显眼的或者昂贵的东西吗？”卡拉多斯问道。

“还真是没有，先生。非常符合她这个身份的年轻人。”

“我该想到的。”他放慢了脚步。“我们正在经过一个招贴板，是吗？”

“是的，先生。”

“我们在这里站一小会。给我读读我们面前这张海报的正文部分。”

“这张写着‘氧络’的？”

“是的。”

‘氧络’，先生。”

卡拉多斯无声地大笑起来。帕金森就庄重多了，对这件可笑的事只作了轻微让步。“这枪打偏了，帕金森，”当他的主人能开口时说道，“我们试试另一个。”有三分钟，随着朗读者严谨的责任心和听者强烈的兴趣，某个多余木料和建筑材料的拍卖细节被逐一道来。“行了，”当最后一点儿念完时，卡拉多斯说，“从一七号的门那儿还是可以望见咱们的，是吧？”

“是的，先生。”

“没人从那儿向我们走来？”“没有，先生。”

卡拉多斯再次思索着向前走。他们回到停在霍洛威路的汽车里。“朗伯斯桥火车站。”司机收到指令。

汽车在站台那儿被打发回家了，帕金森按指示买了两张到里士满的头等票，要在斯塔福德路换车。“下班高峰期”还没开始，火车进站时他们没怎么费事就找到了一节空车厢。

从朗伯斯桥到骑士十字路车站，帕金森一直忙着描述自己的沿途所见。差不多四分之一英里的路程，卡拉多斯都在不停地询问他那观察力和记忆力极佳的仆人。随后他的提问结束了。他们在骑士十字路车站东边经过了“停止”的信号灯。

第二天下午他们又往回坐到骑士路十字车站，但这次卡拉多斯对周围的事物不再感兴趣了。“我们要去看些房间，”对此他只说了这么一句。“是的，先生。”帕金森对这趟不寻常的旅程也只答了这么一句。离开车站后，他们迅速来到与铁路线平行的一条路上。这是一条沉闷的乡村大道，老房子摇摇欲坠。偶尔有一两处钉着黄铜名牌的住户，但大部分都是用于出租的二流公寓。

“去有旗杆的房子后面的第三栋。”卡拉多斯说。

帕金森按了门铃，一个年轻女仆前来应门。因为是午后，她看起来不是那么整洁。她通报了卡拉多斯的到来，随后回复他丘伯小姐在家，把他们带进一个气氛阴郁的小客厅等她。

“我现在是‘几乎’失明，帕金森，”卡拉多斯在屋里一边踱步一边说道，“这样就省得解释了。”

“好的，先生。”帕金森答道。

五分钟之后，他们等来了大概也在午睡的丘伯小姐。她为“要在伦敦看眼科大夫”的卡拉多斯和他的仆人安排暂住的房间。

“我的单人间必须朝北，”他说明，“我需要光。”

丘伯小姐表示她非常理解。“有些绅士是需要，”她补充道，“有些则是出于习惯。”她会尽力适应这一切。的确有个曾经租出去的房间是朝北的，但她不知道刚来的这位绅士也会提出同样的要求。

“是个像我一样的可怜人吗？”卡拉多斯亲切地问道。

丘伯小姐可不这么想。就那个人的状况而言，她认为只是习惯问题。他说他在另一侧的房间会睡不着。丘伯小姐不得不腾出自己的房间来安置他，谁叫她是在经营一个人人都要适应的公寓楼呢，而且古什先生也对自己的习惯给予了慷慨的补偿。

“古什？我猜他是一位印度绅士？”卡拉多斯猜测道。

看来古什先生是个印度人。丘伯小姐承认，她一开始还为自己接收了个“黑人”而担心过。但她重申，古什先生确实是个“不折不扣的绅士”。五分钟的亲切交流让卡拉多斯充分了解到古什先生的生活态度和动向——他到达和离开的时间，他的离群索居和日常习惯。

“这是最好的房间了。”丘伯小姐说。这是一层一个相当大的房间，从窗户可以望见外屋的屋顶，再过去就是铁路，对面立着卡莱尔先生曾经提过的那堵死气沉沉的围墙。

卡拉多斯以他敏锐得让人感到难堪的观察力“环视”着这个房间。

“我得做些日常锻炼，”他边说边走向窗户，抚摸着木框，“您不会介意我修一下这儿吧，丘伯小姐——只是安几个小螺丝钉——”

丘伯小姐说她不介意，随之她确定自己的确不介意，最后她对介意这个想法嗤之以鼻。

“如果足够宽的话——”卡拉多斯沉思道，严谨地丈量立面，“您有好用的木头尺子吗？”

“哦，当然有！”丘伯小姐喊道，迅速打开抽屉找到卡拉多斯要的东西，“古什先生走后我们清理房间，他认为没必要带走的东西里有这个尺子。这是您需要的吗，先生？”

“是的，”卡拉多斯答道，接过尺子，“我想这正是我需要的。”这是一把崭新的白木尺，一便士就可以在任何一家小文具店里买到。他漫不经心地量了立面的宽度，以触摸读出数字，随后继续将指尖在工具边缘轻微地上下移动。

“四又八分之七英寸。”这是他没说出口的结论。

“希望它还好用，先生。”

“好极了，”卡拉多斯回答，“但我的要求还没完全得到满足，丘伯小姐。”

“还有什么需要吗，先生？”女房东说，为一位这样和蔼可亲的绅士效劳是很愉快的，“您还有什么要求呢？”

“因为我的视力很差，所以需要一盏灯，但并不是什么灯都行。煤气灯我用不了。您能帮我找一盏油灯来吗？”

“当然，先生。我有一盏很好的黄铜油灯，是特别为古什先生准备的。他晚上要看很多书，而且比较喜欢油灯。”

“那真是太方便了。我想它可以点一整晚吧？”

“是的，确实如此。古什先生每天都要加满油。”

"油灯要是没油的话也就没多大用处了。"卡拉多斯笑道，随她走向另一个房间，漫不经心地将尺子插在口袋里。

不管帕金森对入住一条偏僻街道上的二流公寓有什么想法，都必须肯定他对主人的忠诚足以压倒他作为一个独立的人的私下想法。无论如何，当他们向火车站走去时，他不带任何感情地开口问道，是否有给他的任何指令。

"没有，帕金森，"他的主人回答，"我们现在的住处很好啊。"

"对不起，先生，"帕金森有些局促地说，"我以为您是要租住这个公寓一个星期。"

"我恐怕丘伯小姐也这么认为，但某些不可预知的事会阻止我们前往。格雷特莱克斯先生明天要写封信，附上支票和我的歉意，并为我不经意带走的尺子加上一便士，至少这是照价付款了。"

帕金森对这一连串事件不打算再深入了解——这被认为是无可厚非的。

"您的火车来了，先生。"他仅仅说道。

"让它过去吧，我们搭乘下一趟。这个月台的任何一端有信号灯吗？"卡拉多斯说道。

"是的，先生，在比较远的那端。"

"我们走过去吧。这里有搬运工或站台人员吗？"他又问。

"没有，先生，一个也没有。"

"拿着这个尺子。我要您走上台阶去——顺便问一下，信号灯下面有台阶的吧？"他又提出一个问题。

"是的，先生。"帕金森毕恭毕敬地回答道。

"我要您量一下灯罩。爬到需要的高度即可，如果必须探身去量的话小心别让您的指甲在尺子上划下记号，虽然这是很自然的，但类似的标记已经做过了。"

帕金森紧张地四处张望了一下。幸好那是个黑暗且人迹罕至之处，其他人都走向月台另一端的出口。同样幸运的是，这个信号灯并不高。

“依我的判断，灯罩的直径差不多是四又八分之七英寸。”帕金森汇报说。

“谢谢，”卡拉多斯答道，将尺子放回口袋，“差不多就是四又八分之七。现在我们搭下一趟火车回去吧。”

周日晚上，卡莱尔先生按照约定的时间来到塔楼。他带来对任何可能性的思想准备和一双锐利的眼睛。但随着时间流逝，难以捉摸的卡拉多斯丝毫没有谈到这起案件，卡莱尔的态度转向对主人的调侃式的同情——事实上他也没说什么，但他的语调表达了一切。

直到晚饭结束他们回到图书馆，卡拉多斯才带来一丝不寻常的气息。他第一个象征性的举动就是将钥匙从门外拔下来插在门里边。

“您在做什么，马科斯？”卡莱尔先生问道，好奇心压倒了他迂回的态度。

“您一直在寻开心呢，路易斯，”他的朋友回答，“但帕金森很快就要回来了，我们最好也做做准备。您有没有带左轮手枪？”

“来和您吃晚饭的我可没带，马科斯，”卡莱尔回答，尽力表现得泰然自若，“一切正常吗？”

卡拉多斯为他的访客迅速恢复常态而亲切微笑，按下身边古董柜子上的秘密弹簧，一个小抽屉平滑地弹出来，里面有一对深蓝色的手枪。

“无论如何，今晚得谨慎行事。”卡拉多斯边说边拿了一支递给卡莱尔，另一支放进自己的口袋。“我们要的人很快就到了，但他的脾气怎么样我们可不知道。”

“我们要的人！”卡莱尔过来兴奋地喊道，“马科斯！您刚才怎么没说米德要认罪了？”

“没人认罪，”卡拉多斯说，“而且这人也不是米德。”

“不是米德……那您是说哈金斯？”

“既不是米德也不是哈金斯。有人动过信号灯——哈金斯是对的，信号灯那会儿确实是绿色——他是个从孟加拉来的年轻的印度人，叫德莱士纳，住在斯旺斯特德。”

卡莱尔先生望着他的朋友，震惊且将信将疑。

“您是说真的，卡拉多斯？”他说。

“我的幽默感这么好啊！”卡拉多斯笑道，“如果我错了，接下来的一个小时就会证明了。”

“可是为什么为什么为什么啊！这样的罪大恶极的罪行，真是史无前例的胆大包天！”卡莱尔先生难以置信，瞠目结舌，有点语无伦次。

“主要是为了把他自己从一桩毁灭性的投机买卖中解救出来，”卡拉多斯回答，“如果有其他动机——或者至少是某种刺激——我想，无疑我们应该听听他的说法。”

“不管怎样，马科斯，我觉得您对我太不公平了。”卡莱尔抗议道。他从震惊的第一反应中恢复过来，感到有些受伤。“事情发展到这一步，而我却什么也不知道，对这整件事丝毫不知情。”

“我们都有点儿寻开心的想法呢，路易斯，”卡拉多斯亲切地说，“但我敢说，您是对的，也许现在还有时间弥补。”他用最简单的话把调查过程描述了一遍。“现在您知道，我们要做的就是等德莱士纳的光临。”

“但他会来吗？”卡莱尔怀疑地问道，“也许他会对此起疑心的。”

“是的，他是个多疑的人。”

“那他就不会来了。”卡莱尔说。

“正相反，路易斯，他会来的，因为我的信让他起了疑心。他正在来的路上呢，否则帕金森会立即给我打电话的，我们就得另外想办法了。”

“您在信里写了什么，马科斯？”卡莱尔好奇地问道。

“我说我很渴望能和他探讨一个有关印度—斯基泰刻印的问题，因此派车去接他，希望他能不吝赐教。”

“但他对印度—斯基泰刻印有兴趣吗？”

“我根本不知道。”卡拉多斯承认。当外面传来汽车轮碾过砾石路面的声音时，卡莱尔一下站起来，双手做了个绝望的姿势，表示他彻底认输了。

“天哪，您是对的，马科斯！”他喊道，从窗帘向外窥视，“车里是有个人。”

“德莱士纳先生到。”一分钟后，帕金森进来通报。

访客带着从容和自信走进房间——也许是真的，也许是伪装。他是个二十五岁左右的瘦弱的年轻人，有着黑色的头发和眼睛，仔细修剪过的小胡子，皮肤呈深橄榄色。他的外貌并非不讨人喜欢，但看起来有点儿刺眼和目空一切，打扮得也太过整洁时髦了。

“哪位是卡拉多斯先生？”他问道。

卡拉多斯站起来，轻轻鞠了个躬，但没有伸出手。

“这位绅士，”他指着他的朋友，“是卡莱尔先生，著名的私家侦探。”

印度人因这样的描述对卡莱尔投去锐利一瞥，随后坐下来。

“您给我写了封信，卡拉多斯先生，”他用带着很重外国口音的英语说道，“我得说那是封有趣的信。您问我有关古代刻印的问题，我对古董一窍不通，但我想既然您都派车来接了，当面向您解释更有礼貌些。”

“那只是我信里所写的。”卡拉多斯回答。

“您想见我？”面对卡拉多斯之后的沉默，德莱士纳终于忍不住开口说道。

“您离开丘伯小姐的公寓时留下了一把尺子。”卡拉多斯说着拿起放在桌上的那把尺子。

“我不知道您在说什么，”德莱士纳警惕地说，“您一定是搞错了。”

“尺子上标着四又八分之七英寸——信号灯玻璃罩的宽度。”

这个不幸的年轻人无法抑制他的震惊，脸色都变了，然后冲动地上前夺走卡拉多斯手里的尺子。

“如果这是我的，那我有权处置它，”他喊道，将尺子折成两段，扔进身后壁炉熊熊燃烧的火焰中。“现在什么都没了。”

“对不起，我可没说被您匆忙处置的这把尺子就是您留下的那把。事实上，它是我的。您的在——另一个地方。”

“不管怎样，如果是我的，您就无权占有，”德莱士纳愈发激动，喘着气说，“您是个贼，卡拉多斯先生，我要离开这儿。”

他跳起来向门外走去。卡莱尔上前一步，但这显然没有必要。

“等一下，德莱士纳先生，”卡拉多斯平静地打断，“真遗憾，您从那么远的地方赶来，不想听听我在沙夫茨伯里大道周边的调查结果吗？”

德莱士纳又坐下了。

“随您的便，”他低声说，“我对这不感兴趣。”

“我想得到某种样式的灯，”卡拉多斯继续道，“最简单的解释应该是我的车需要这种灯。很自然我去了长亩街。在第一家店我说：‘我的朋友——他是位印度绅士，是否最近在这儿买了一盏绿色玻璃、约五英寸宽的灯？’他们说没有，但可以给我订做一盏。在第二家我得到的是同样的答复，第三家，第四家，终于我的坚持得到了回报。我发现了做过这种灯的商店，并以订制一盏的代价得到了所有我需要的细节。店员告诉我，这对他们来说是新闻——在印度的某些地方绿色是表示危险的颜色，因此汽车尾灯是绿色的。他对这点印象很深，可以在一千个人里认出那位预先付款而没有留下任何地址的顾客。我成功地让您对此感兴趣了吗，德莱士纳先生？”

“您觉得呢？”德莱士纳懒洋洋地打个呵欠，“我看起来对此感兴趣吗？”

“您得原谅我是个不幸的盲人。”卡拉多斯冷冷地致歉。

“盲人！”德莱士纳喊道，好像被这个词电了一下，忘了装腔作势，“你的意思是——真的瞎了——你看不见我？”

“唉，是的。”卡拉多斯承认。印度人将右手从大衣口袋里拿出来，以悲剧性的姿势将一把重型左轮手机扔在两人中间的桌上。

“我让您说了个够，卡拉多斯先生。而且如果我要离开，而您和您的朋友却想阻止我，就是将您们的生命置于险地，”他以阴沉的声调说道，“但谁能蔑视命运，谁又能逃避自己的命运？一个月前，我去见某个能预言未来的族人，得到的讯息是：‘您要敬畏一个盲人。’随后她又补充道：‘当这个盲人看见了常人双眼所看不见的，您得与魔鬼讲和。’而当时我还以为她在说来生的事。”

“这应该是在宣告您认罪了吧。”卡莱尔先生实事求是地说。

“我听从于命运的判决，”德莱士纳答道，“预言里说有个盲人将是天意的工具。不过我倒是没想过，卡莱尔先生，”他恶意地补充道，“要是你有眼睛，也能查到这结果。”

“你可真是个冷血的小无赖！”卡莱尔先生反驳道，“我的天哪！你知道自己要为许多无辜的人的生命负责吗？”

“卡莱尔先生，那您有没有认识到，您和您的政府要为我的国家每天逝去的那些成千上万无辜的生命负责吗？如果英国被德国占领——他们派出军队和政府驻扎，把子女和各种开支都强加给这个不幸的国家，直至将老百姓压榨到饥荒的边缘，每一个新任官员都意味着要由一千个人的死亡来支付他的薪水——那么如果您去了柏林，毁掉一列火车，您会被当成爱国者受到欢呼的。

我做的事正如博阿迪西亚和参孙所做的。如果他们是英雄，我也是。”

“噢，的确是！”卡莱尔愤慨地喊道，“但话说回来！博阿迪西亚是个……是个半传说中的人物，我们只能远远钦佩。个人来说，我并非在表达某种观点。但参孙，我得提醒您，是个《圣经》人物，是个被嘲笑的敌人。可您毫无疑问是被当成朋友来对待的。”

“难道我在这儿不是每天都在被您们这些高傲愚蠢、脑袋空空的人嘲笑轻视吗？”德莱士纳沉浸在回忆中说道，眼神恶毒，声音激动得发颤，“哦，我有多么憎恨这些人，每当我走过街道就被他们用纯正的英语一千次称为下等人——一个黑鬼！我多么希望自己能像卡里古拉一样，点点头吹口气就叫一个国家灭亡！我厌恶您自得的伪善，卡莱尔先生，我以您永远不能理解的崇高立场轻视并憎恨您。”

“我想我们有点跑题了，德莱士纳先生，”卡拉多斯打断他，公正地说道，“如果我没想错的话，您也不是憎恶在这里遇到的每个人吧？”

“哦，不是。”德莱士纳承认，他的态度转变成某种天真的率直，“我像憎恨您们这儿的男人一样喜欢这儿的女人。一个民族的性格怎么能如此分裂——男人沉闷、愚笨又无礼，而女人聪明、有同情心又懂得欣赏。”

“但这有时也需要花点钱吧？”卡拉多斯提醒道。

德莱士纳重重地叹息。

“是的，令人难以置信。她们的天性就是挥金如土。我的津贴，虽然您们大部分人称此是贵族待遇，还是远远不够。我被迫开始借钱，连利息也无法支付。破产是不切实际的，因为我本应该被我的族人需要，而且，即使我这么痛恨英国，却因为某种原因让离开这里的想法落空。”

“是和阿卡狄亚剧场有关吗？”

“您知道？哦，别说出那位女士的名字。为了恢复我的经济状况，我开始从事股票交易。因为我父亲在我所在的那家公司的身份和地位，我的信用很好。我从可靠的权威人士那儿很早就得知，城郊客运的股票，尤其是次等普通股，将因为当时还是内部机密的公车业务合并而严重下跌。我开了个空头账户并大量卖出。股票跌了，但只跌了一点儿，我等着。然后，很不幸的，又开始回升。相反的力量起了作用，舆论也转向了。我想不出解决的法子，为了维持账户运转，我被迫暂时交易一些实际上不属于我的股票。"

"这是盗用，先生，"卡莱尔冷冰冰地评论道，"而且是建立在大规模谋杀之上的盗用！"

"这只是所谓的说法。但在我看来，这只是暂时的。很不幸，回升在继续。某天晚上，我在极度绝望中偶然搭乘比平常稍早的一班车回斯旺斯特德，火车停在某个信号灯前停下，让另一列车通过。车厢里有人在谈话，我听到了一点儿。某人说这样早晚会出事，等等。一闪念，我想到怎么利用这点。如果有场严重的事故，股票一定会下跌，我就可以自保。其他的我想卡拉多斯先生已经知道了。"

"马科斯，"卡莱尔先生激动地说，"为什么不让您的仆人去叫警察，立即拘捕这个已经招供的坏蛋？"

"叫警察吧，卡拉多斯先生，"德莱士纳表示同意，"我一定会被吊死，但我准备的演说将传遍印度，我会像烈士一样受人尊敬，我的祖国将因为我的牺牲而尽快解放。"

"换句话说，"卡拉多斯说，"有半打不满意的地区会发生暴动，一些不幸的警察会被殴打致死，也许还有更坏的事发生。那并不是我们希望的，德莱士纳先生。"

"您打算怎么避免这种情况发生？"德莱士纳带着冷酷的自信问道。

"在一个严冬的早上被吊死可不怎么令人愉快，非常寒冷，也没有朋友在身边，很不人道。漫长的审判，孤独，被拘禁，无法入睡，刽子手将您的双臂套入绳结，这些想像中的事都会在您身上发生。只有非常愚蠢的人才会轻易选择被吊死。”

“您想让我怎么做，卡拉多斯先生？”德莱士纳狡狯地问道。

卡拉多斯将手放在桌前的那把枪上，一句话不说地推过去。

“我明白了，”德莱士纳短促地笑了一声，眼神闪烁，“您是想让我自杀，把这事儿掩盖起来，不进行公开审判，避免大规模起义的发生。”

“同时，”卡拉多斯和蔼地打断，“也避免让您那些值得尊敬的人民蒙受羞辱，避免那位无名女士不愉快地放弃您刚给她的房子和财产。否则，她是一定不会怀念您的。”

“此话怎讲？”

“您所做的交易是重罪，不会被法院支持。牵涉的那家公司会将您告上法庭，可以把您支出的钱财全部因为动机不良而没收。”

“马科斯！”卡莱尔先生激烈地喊道，“您不是打算让这个恶棍最终从绞架上逃脱吧？”

“对绞架最好的使用方式就是不用它，路易斯。”卡拉多斯回答，“您是否想过百年之后的人们会怎么看我们？”

“哦，我当然不是发自内心地支持绞刑。”卡莱尔先生承认。

“没人是发自内心地支持，但我们还在继续执行绞刑。德莱士纳先生是只危险的动物，为了那些温和的动物，他必须死。让他的野蛮行径和他一样湮灭无闻吧。将这些散布出去只会弊大于利。”

“我想过了，”德莱士纳说，“我会照您希望的做。”

“很好，”卡拉多斯说，“这是普通信纸。您最好写封信给某人，说您因为经济困难，不想活了。”

“但没有什么经济困难——现在——”

“那一点儿不要紧。它将会被归结于某种幻觉并用来显示您的精神状态。”

“但我们怎么能保证他不会逃跑？”卡莱尔先生嘟囔着。

“他跑不了，”卡拉多斯冷静地说，“他的特征太明显了。”

“我并不打算逃跑，”德莱士纳在写信时插话说，“您无法想像我没考虑过这个可能性吧？”

“不管怎样，”那位前律师继续嘟囔，“我喜欢身后有陪审团。在精神上处决一个人是一回事，实际操作又是另一回事。”

“这样行了吗？”德莱士纳将他写好的信递过去。

卡拉多斯为这个向他的洞察力表示敬意的礼物而微笑。

“很好，”他礼貌地回答，“九点四十分有班火车，适合您乘坐吗？”

德莱士纳点点头，站起来。卡莱尔先生很不安地感到自己应该做点什么，但又想不出应该做什么。

接着他听见他的朋友在穿过大厅时，衷心感谢这位访客对有关印度—斯基泰刻印给他的帮助。随后门关上了。“有时候马科斯可真是个怪人。”这位绅士不安地自言自语。

第三篇　失窃的信

埃德加·爱伦·坡（Edgar Allan Poe）

十九世纪美国诗人、小说家和文学评论家。各类作品众多，包括短篇长篇小说、诗歌、散文等。

18××年秋，在巴黎的一个风声萧瑟的傍晚，夜幕刚刚降临，我和我的朋友C. 奥古斯特·杜宾待在一起。我一边沉思，一边吸着海泡石烟斗，享受着双重的愉悦。这是他的图书室，一个藏书的小后间，在圣·日耳曼旧郊区登诺街33号四楼。至少有一个小时，我们默默无言。在任何碰巧看到我俩的人看来，我们两个大概都好像在专心致志地一味喷吐缭绕的烟云，使房间里的气氛浑浊不堪。然而，拿我自己来说，我脑海里却在思索着黄昏初临时我们当作话料的那个题目，我指的是莫尔格街的那件事，还有关于玛丽·罗杰特谋杀案难解的谜。我正在认真思索，仿佛巧合一般，我们那套房间的门被人推开，迎进了我们的老相识——巴黎警察局长G先生。

我们向他表示热烈欢迎，因为这个人谈吐有趣，差不多有一半抵过了他为人的可鄙，而且我们已经有几年没看见他了。我们一直坐在黑暗的房间里，这时，杜宾站起来打算点灯，可是他又坐下了，没去点灯，因为G说，他来拜访是为了一些已经引起很多麻烦的公事要向我们请教，或者更确切地说，为了要征求我的朋友的意见。

“如果这是什么需要思考的问题，”杜宾既然不想点灯，于是说，“我们在黑暗中研究，效果会更好。”

“这又是你出的怪主意，”警察局长说，他习惯于把超过他理解能力以外的一切事情都叫作“怪事”，因此，他完全是在怪事堆里过日子的。

“完全正确。”杜宾说，他递给他的访客一只烟斗，又向他推过去一张舒服的椅子。

“这一次是什么难题呢？”我问道，“但愿不会又是什么谋杀案吧？”

“哦，不是的，完全不是那一类的事。其实，这个案子也的确十分简单，我觉得没有疑问，我们自己能处理得八九不离十，可是我又想，杜宾也许愿意听一听其中的详细情节，因为这件事怪得出奇。”

“又简单又古怪。”杜宾说。

“嗯，对。可又不能完全这么说。事实上我们全都一直觉得十分难解，因为这件事真是非常简单，可又使我们完全没有办法。”

“也许正是因为案情简单才弄得你们不知所措。”我的朋友说。

“你真是在说废话！”警察局长大笑着说。

“也许谜底有点过分清楚了吧。”杜宾说。

“哎哟，老天！谁听见过这种话呢？”

“有一点过于不言自明吧。”

“哈！哈！哈……哈！哈！哈！……呵！呵！呵！”我们的客人大笑起来，他觉得太有趣了，“哎呀，杜宾，你的话让我快笑死了！”

“那么，究竟你手头是件什么案子呢？”我问道。

“嘿，我这就要告诉你，”警察局长回答，然后他深思再三地慢慢喷出一长缕烟云，在他那张椅子上坐下来。“我可以用几句话告诉你，不过，在我未讲之前，让我先提醒你们，这是一个要求绝对严守机密的案子，万一让人知道我向谁透露了消息，我十之八九会丢掉我现在的饭碗。”

“说下去吧。”我说。

“要么别说了。”杜宾说。

“那么，好吧。我得到的情报是由地位很高的人亲自通知我的，有人从皇宫里偷走了一份极重要的文件。也知道偷文件的那个人是谁，没有任何疑问，有人看见他拿走的。我们还知道，那份文件仍然在他手里。”

“你们怎么知道的？”杜宾问道。

“这很容易就知道，”警察局长回答道，“从文件的性质可以推断出来，还有，文件从抢走的人手里一传出去，立即会引起某种后果，这就是说，他要利用这个文件，而且他一定会计划在最后利用这个文件，但是，并没有出现这种情况。”

“请你说得再清楚一点。”我说。

“好吧，我只敢说到这一步，这个文件会使拿到它的人得到一种在一定场合下具有极有价值的权力。”这位警察局长很爱好外交辞令。

“我还是不大明白。”杜宾说。

“不明白吗？好吧。如果把文件透露给第三个人，现在且不说他的姓名，那可要使人们对一个地位极高的人的名誉产生怀疑；这样就使持有文件的人占了优势，将使得那位辉煌人物的名誉和安静生活都要因此受到危险。”

“可是要依仗这种优势，”我插嘴说，“盗信的人得知道失信人也知道谁是盗信的人。谁还会敢……”

“这个贼，”G说，“正是D部长，他什么都敢，不论是像男人做的，还是不像男人做的事。偷盗的方法之巧妙也不亚于他的胆大妄为。所说的这个文件，坦率地讲，就是一封信，它是失去信件的人单独待在皇宫内院里的时候收到的。她正在仔细地看信，可是突然被人打断了，另外有一位高贵人物进来了，而且她正好特别不愿意让他看见这封信。她打算把信塞到抽屉里，可是匆匆忙忙，白费力气，她只好把那封信，照原样敞开着放在桌子上。尽管这样，最上面的是地址，内容并没有暴露，这封信也没有引起注意，正在这个关节上，D部长进来了，他那双狸猫眼立刻看见了信纸认出了地址的笔迹，看出了收信人不知所措，也看穿了她的秘密。他办了几件公事，像他平常那样匆匆处理完毕，然后，他拿出一封信，跟所说的那封信仿佛差不多，拆开来，假装在看信，接着又把这封信放在靠近另外那封信的位置。他又谈起了公事，大约谈了15分钟。最后，他告辞了，可是他把桌子上那封他无权占有的信也带走了。这封信的合法的主人看见了，可是，当着那第三者的面，他正站在她旁边，当然，她不敢要人注意这样的行为。这位部长转移阵地了，他把他自己的信，一封不要紧的信。留在桌子上了。”

“现在，看起来，”杜宾对我说，“这正好是你所要求的占有十足优势的条件，盗信的人知道失信的人完全知道是谁盗的信。”

“是的，”警察局长回答道，“而且为了政治上的目的，把这样弄到手的权柄在过去几个月运用到了十分危险的程度。这位失盗的人一天比一天更透彻地认识到有必要把她的信收回来。可是，当然了，这也不是可以公开进行的。最后，她被逼得走投无路，把这件事委托我了。”

“因为比起你来，”杜宾说，周围尽是滚滚翻腾的烟云，“我想，所能想望的，甚至所能想像的，也不会有更精明强干的代理人了。”

“你过奖了，”警察局长回答说，“不过当时倒也可能有过这一类的意见。”

“很清楚，”我说，“正像你所判断的，信仍然在这位部长手里，而且只有占有这封信才有权力，如果运用了这封信，权力也就泡汤了。”

“的确，”G说，“我也是抱着这样的信心开始做起来的。我首先考虑的是要彻底搜查这位部长的旅馆。在这一点上，使我为难的主要问题在于有必要不让他知道我们在搜查他。除此之外，我已经得到警告，要是让他感到有理由怀疑我们的企图，那就会产生危险的后果。”

“可是，”我说，“这一类的调查，你是十分在行的。巴黎警察局以前也常常做这种事情。”

“哦，是的。正因为这一点，我并没有感到毫无希望。这位部长的生活习惯也对我的调查十分有利。他常常整夜不在家。他的仆人也不是很多。他们睡的地方离他们主人的那套房间有一段距离，还有，他们大半是那不勒斯人，所以很容易让他们喝醉酒。我有钥匙，你也知道，巴黎的任何一间房，任何一个柜子，我都能打开。为了搜查这家旅馆，一连三个月，我每一夜都亲自参加一大部分的工作，一夜都没有错过。我的名誉要紧，再告诉你一件十分机密的事，酬金的数目极大。所以我没有放弃搜查，直到后来我才完全佩服这个比我更加精明的贼。我以为凡是可能隐藏这份文件的每一个犄角旮旯我都检查过了。”

“可是有没有这种可能，”我提了个意见，“尽管信可能在这位部长手里，毫无疑问信是在他手里，他是否可能把信藏在别的地方而又不放在自己的房子里呢？”

“这也不过勉强有点可能罢了，”杜宾说，“从当前皇家的特殊情况来看，尤其是从已知的D牵涉在内的那些阴谋来看，可能需要立刻拿到文件，也就是有可能需要一得到通知立即拿出文件，这一点几乎是和占有文件一样重要。”

“有可能需要拿出文件来吗？”我说。

“这就是说，比如把它销毁。”杜宾补充。

“确实是这样，”我说，“那么这封信也明明是在他房子里了。至于这位部长随身带着这封信的问题，我们可以不必去考虑。”

“完全不必，”警察局长说，“他曾经有两次被伏击，仿佛遇上了拦路的强盗，他本人是在我亲自监督下经过严格搜查的。”

“你本可以不搀和进这桩麻烦，”杜宾说道，“这位D部长，我敢说，并不完全是个笨蛋，如果他不笨，那么，他一定会预料到这类拦路洗劫的事，那是理所当然的。”

“不完全是个笨蛋，”G 说，“那么他就是一位诗人，我认为这跟笨蛋只有一步之差。”

“确实是这样，”杜宾说，然后从他的海泡石烟斗里深深地，思虑再三地吸了一口烟，“不过我本人也问心有愧，写过几首打油诗。”

“可不可以请你详细谈谈，”我说，“你搜查的具体情况。”

“嗯，实际上，我们是慢慢来的，我们搜查了每一个地方。在这些事情上，我有长期的经验。我对整幢大楼，一个房间一个房间地搜查，把一个星期的晚上的时间用来对付一个房间。首先，我们检查了每一套房间的家具。我们打开了每一个可能存在的抽屉；我估计你也知道，对于一个经过正式训练的特工警察，要卖弄什么‘秘密’抽屉之类的东西是办不到的。如果在这样的搜查之下，有什么人以为用一个‘秘密’抽屉可以瞒过警察，那他就是傻瓜。事情是非常清楚的。每一只橱柜都占有一定数量的体积，或者说空间。我们有标准大小的数字。一丝一毫都不能瞒过我们。在搜查橱柜之后，我们检查了椅子。对于软垫，我们用你们见过我使用的细长针来刺探。对于桌子，我们把桌子面拆下来了。”

“为什么这么做？”

“有时候，桌子，或者其他形状相仿的家具，它的面板会被打算藏起东西的人拆下来；把家具的腿挖空，把东西放在空洞里，然后再安装好面板。对于床架的柱子，也可以按同样方式利用柱脚和柱顶。”

“可是能不能利用听辨声音来查出空洞呢？”我问道。

“一点也不能，把东西放进去的时候，可以在它四周垫上一层厚厚的棉花。此外，我们这个案子要求我们在动手的时候没有声音。”

“可是你不能都拆开——你不能拆开所有可能以你谈到的方式存放东西的家具吧。一封信可以缩成一个小纸卷，同一根粗的织绒线针的形状大小差不多，可以把这样的信塞到，譬如说，椅子的横档里。你没有把所有的椅子都拆散吧？”

“当然没有。可是我们干得更出色——我们检查了旅馆里每一把椅子的横档，甚至还有每一种家具的接头，因为可以使用倍数很高的显微镜。万一有什么新近动过的痕迹，我们都能万无一失地立刻检查出来。例如，一粒手钻的木屑大概会变得像苹果一样明显。胶接的地方有什么变动，接头上出现任何不常见的缝，为了保险起见，都是要经过检查的。”

“我想，你大概也检查了镜子的底板和镜面玻璃之间的情况，床和床上用品，还有帘幕和地毯。”

“那是当然啰！我们用这种方式对家具的每一个细微地方彻底检查完毕之后，就开始检查房子本身。我们把房子的整个表面分成若干部分，都编上号，为的是一处也不会遗漏；然后我们仔细研究了整幢房子的每一个平方，包括它隔壁的两幢房子，我们和先前一样也使用显微镜检查。”

“隔壁的两幢房子！”我大声说，“你们一定费尽了千辛万苦。”

“确实很辛苦，不过给我们的回报也是非常可观的。”

“你检查了房子周围的地面了吗？”

“所有的地面都铺了砖。这没怎么给我们制造麻烦。我们检查了砖块之间的青苔，发现都没有动过。”

“你们当然查阅了 D 的文件，也查过了他藏书室里的书吗？”我问

“当然。我们打开了每一个包裹和纸箱，我们不仅打开了每一本书，而且每一本都一页一页地翻过，而不是像我们的有些警官那样，把书抖一抖就感到满足了。我们还测量了每本书封面的厚度，计算得极为准确，对每一本都用显

微镜百般挑剔地检查过。如果装订的部分新近有人动过，要想让这种事蒙混过去，那是完全不可能的。有五六本是新近装订过的，我们都用针仔细地顺着缝检查过了。”

“你们查过地毯下的地板吗？”

“没有问题。我们掀开了每一块地毯，用显微镜检查了木板。”他回答道。

“还有壁纸呢？”我又问。

“查过了。”

“你检查了地下室吗？”

“也查过了。”

“那么，”我说，“你始终都估计错了，那封信并没有像你想的那样放在这幢房子里。”

“我怕你倒是说对了，”警察局长说道，“那么现在，杜宾，照你的意见，我应当怎么办？”

“彻底地搜查那幢房子。”

“那是绝对不需要的，”G 回答道，“我比我知道我在呼吸还有把握，信不在旅馆里。

“我提不出再好的意见了，”杜宾说。

“你已经提出过很好的建议了。你大概能很准确地说出那封信的特点吧？”

“噢，是的！”说到这里，警察局长拿出一个记事本，大声念起那份失去的文件的详细内容，尤其是它的外表的细枝末节。他念完了这份说明之后立即告辞，精神更加萎靡不振，以前我从没见到这位善良的绅士有过这样沮丧的时候。

大约一个月之后，他又来访问我们，并且发现我们还是差不多像前一次那样待着。他拿起一只烟斗，搬了一把椅子，谈起一些寻常的话题。最后，我说：“哦，可是G，那封失窃的信有什么下文吗？我估计你大概最后还是承认，要胜过那位部长是办不到的吧？”

“见他的鬼，我得说……是这样：不管怎么样吧，我像杜宾建议的那样又检查了一遍，不过那都是白费力气，我早知道是没用的。”

“酬金是多少，你怎么说的？”杜宾问。

“噢，数目很大……真是不惜重金……我不愿意说有多少，不必说究竟有多少，不过有一点是我可以说的，谁要能替我找到那封信，我情愿开一张5万法郎的私人支票给他。事实是，这件事变得一天比一天更重要了，这两天，酬金加了一倍。可是，即使再加一倍，我能办得到的事也都已经做过了。”

“噢，是这样，”杜宾用他的海泡石烟斗吸了一口烟，慢吞吞地拉长调子说，然后又吸了一口烟。“我真的认为……G，你自己没有尽到力……在这件事情上没有全力以赴。你也许，我想，可以再尽一点力吧，嗯？”

“怎么尽力？……在哪一方面？”

“噢……噗，噗……你可以……噗，噗……在这个问题上聘请顾问，嗯？……噗，噗，噗。你记得他们跟你讲的阿伯内西的事吗？”杜宾说道。

“不记得，该死的阿伯内西！”

“确实！他该死，而且罪有应得。不过，从前，有这么一个阔气的守财奴，他想出了一条计策，要挤得这位阿伯内西说出他对一个医学问题的意见。为了达到这个目的，他假装私下里闲谈，把他的病情暗示给这位医生，仿佛这是一个虚构的人物的病情。

“我们可以假定，”那位守财奴说，“他的病征是如此这般，那么，医生，你要指教他怎么办呢？”

“怎么办！”阿伯内西说，“噢，征求医生的意见，那是当然啰。”

“可是，”警察局长说，神色有点不安，“我完全愿意征求意见，而且付出代价。我真的愿意付给任何人五万法郎，如果他能在这个问题上帮助我的话。”

“照这样看，”杜宾回答道，他打开抽屉，拿出一个支票本，“你可以照这个数目给我开一张支票。等你在支票上签了字，我就把这封信交给你。”

我大吃一惊。警察局长则完全像遇到了晴天霹雳一样。有好几分钟，他一言不语，一动也不动，张着嘴，全然不能相信地瞧着我的朋友，眼珠子好像要从眼眶里凸出来了，后来他显然有些恢复了常态，他抓起笔，又停了几次，瞪了几眼，终于开出一张五万法郎的支票，签署了姓名，隔着桌子把支票递给杜宾。杜宾把支票仔细检查了一遍，把它放在他的皮夹子里。然后，他用钥匙打开他那张有分类格子的写字台，从格子里拿出一封信，把它交给警察局长。这位官长抓住信，欢喜到了极点，他用颤抖的手打开信，迅速地把信的内容看了一遍，于是，他慌慌张张起来挣扎到门口，终于顾不得礼貌冲出了房间，冲出了这幢房屋。自从杜宾要他开支票的那个时候起，他连吭都没有吭一声。

他走之后，我的朋友作了一番解释。

“巴黎的警察，”他说，“按他们办事的方式来说，都是极其能干的。他们坚持不懈，足智多谋，很狡猾，大凡在业务上必须懂得的事情，他们都完全精通。所以，当G向我们详细地讲他在D旅馆搜查房屋的方式的时候，我觉得可以完全相信，从他所费的气力来看，他的检查是靠得住的。”

“从他所费的气力来看吗？”

“是的，”杜宾说，“所采取的措施不仅是其中最好的，而且执行得一丝不苟。如果这封信曾经放在他们搜查的范围之内，这些家伙大概会毫无问题地找到这封信的。”

我不过笑笑罢了，可是他似乎十分认真地看待他所说的一切。

“那么，这些措施，”他接下去说，“本身都是好的，而且执行得很好。它们的缺点在于对这个案子和这个人不能适用。对于这位警察局长，一套十分别出心裁的计策，可说是一张普罗克拉斯提斯的床，他硬要使他的计划适合这套计策。他处理他手上的案件，总是要犯钻得太深或者看得太浅的错误，许多小学生都比他头脑清楚。我认识一个八岁的小学生，在玩‘单双’游戏的时候，他猜得很准，引得人人钦佩。这个游戏很简单，要用石弹子来玩。一个人手里握着一定数目的弹子，要求另一个人来猜这个数是单是双。如果猜中了，猜的人赢一粒弹子，如果猜错了，他就输一个弹子。我说的这个男孩子把学校里所有的石弹子都赢过来了。当然，他猜起来是有点规律的，那不过是要观察和衡量他的对手的精明程度。例如，对方是个大笨蛋，举着握紧了的手来问，‘是单是双？’我们的小学生回答，‘单。’他输了，可是第二次再试，他赢了，因为他自己寻思，‘这个笨蛋第一次用的是双，他那一点狡猾本事只够让他在第二次用单数，所以我要猜单，’他于是猜单，赢了。那么，对于比起先的这个笨得好一点的，他会这样来分析：‘这个家伙看到我第一次猜单，他首先想到的第一个念头，大概是要采取由双到单的简单变化，像第一个笨蛋一样，可是他再想一下就觉得这种变化太简单了，最后他决定还是像先前那样用双数，所以我要猜双。’他猜双，赢了，这是小学生推理的方式，小伙伴都说他‘侥幸’……那么，归根到底，这是怎么回事呢？”

“那不过是，”我说，“推理的人有设身处地体察他对手的妙思罢了。”

“是这样，”杜宾说，“而且，我还问这个孩子用什么方法来做到能完全设身处地的体察对方，并取得连续的胜利，我得到的回答如下：‘我要是想弄清楚那个人有多么聪明，或者多么笨，多么好，或者多么坏，或者他当时在想什么，我总是要模仿他脸上的表情，尽可能学得和他一模一样，然后等一等来看，我脑子里或者心里会产生什么思想和情绪才配得上这幅神气，才装得一模一样了。’小学生的这种反应是一切貌似深奥的东西的起因，卢歇夫科、拉布吉夫、马基雅维利，还有康帕内拉，都曾经被认为有这个特点。”

“而且推理的人要有完全设身处地体察他对手的智力，”我说，“如果我对你理解得正确，这要看他把对手的智力估计得多么准确了。”

“从实用价值来看，这是关键，”杜宾回答道：“警察局长和他那一帮人这么经常地失策，首先是因为没有这样设身处地想一想，其次是估计不当，或者更确切地说，根本没有估计他们所对付的人的智力。他们只考虑他们自己的巧妙主意，在搜查任何藏起来的东西的时候，只想到他们自己会以什么方式来隐藏东西。他们只有这一点对——他们自己的智谋忠实地体现了大众的智谋，可是如果那个罪犯的鬼主意在性质上跟他们自己的不一样，他会使他们枉费心机的。当然啰，如果比他们自己的高明，那就老是会发生这种情况，如果不如他们，那也时常会这样。他们进行调查的原则一成不变；至多，由于情况非常紧急，或者在重赏的促使之下，他们会把老一套的办法扩充或者变本加厉地运用一番，可也不会去碰一碰他们的原则。例如，在D这桩案子里，有没有做过什么事去改变行动的原则呢？钻孔，用探针刺探，测量，用显微镜观察，还有把房子的表面分成多少编了号的平方英寸，这一大套是干什么呢？这不过是根据那一套对人类的心机的见解，把警察局长在长期例行公事里习以为常的那种或者那一套搜查的原则，变本加厉地运用起来，还能是别的吗？”

“难道你没有看出，他认为理所当然，凡是人要想藏信，虽然不一定去把椅子腿钻个洞，至少也总要放在什么偏僻的小洞或者角落里，这岂不是跟劝人把椅子腿钻个洞来藏信的主意一脉相承吗？难道你也没有看出，这样考究的藏东西的角落只适合于寻常的情况，大概只有智力寻常的人才会采用；可以说，在凡是要隐藏东西的案子里，对所隐藏的东西的处理，以这种考究的方式来处理，这首先就是可以想见的，而且本来料得到的；因而，要查出赃物，完全不必依靠才智，而全然是依靠追查的人细心、耐心和决心；遇到案情重大，或者从政治眼光看也同样关系重大，而且赏格非同小可，那倒从来没听见有在所说的这些条件上失策的。现在你可以明白我的意思了，譬如说，假定失窃的信确实是藏在警察局长搜查范围之内的什么地方，换句话说，假定藏信的原则包括在警察局长的那些原则之内，那么，查出信来大概也原本不在话下。可是，这位长官却完全受了蒙骗。他失败的原因在于他推测这位部长是个笨蛋，因为D已经有了诗人的名气。凡是笨蛋都是诗人，这位警察局长觉得就是这样，他不过是犯了使用不周的命题的错误，而因此推断出，凡是诗人都是笨蛋。”

“可是这一位真是诗人吗？”我问道，“据我所知，一共是两兄弟，两个人都在文才上有名气。我知道这部长在微分方面有学术论著。他是一位数学家，不是诗人。”

“你错了！我很了解他，他是兼而有之。作为诗人兼数学家，他大概是善于推理的；单单作为数学家，他根本不能推理，大概要任凭警察局长摆布了。”

“你这些意见使我很吃惊，”我说，“那可是全世界一向反对的意见，你不是想把多少世纪都融会贯通的意见一笔抹杀吧？数学推理早已被认为是最好的推理。”

“‘十之八九，’”杜宾引用沙福尔的话回答道，“‘任何公认的意见，任何公认的常规都是愚蠢的，因为它们都只适合群众。’就算你对，数学家们也一直在尽最大努力传播你所指的为一般人接受的错误，可是把它当作真理来传播，错误还少不了是错误。例如，他们不惜小题大做，把‘分析’这个词暗暗挪用到代数方面。法国人是这种特殊的障眼法的创始人；可是如果某一名词还多少值得重视……如果字眼由于使用而产生了什么价值……那么，‘分析’表示‘代数’，差不多就像人们把拉丁文‘ambitus’当作表示‘野心’，‘religio’表示‘宗教’，‘homineshonesti’表示一群高尚人物一样无稽。”

“我明白了，”我说，“你要跟巴黎的一些代数学家争论一下，不过，说下去吧。”

“关于用抽象逻辑以外的其他任何特殊形式培植起来的理智，我对它的效用，也就是它的价值，表示怀疑。我尤其怀疑的是，由研究数学而引导出的理智。数学是形式和数量的科学；数学的推理仅仅是在考查形状和数量时的所用的逻辑。所以会铸成大错，在于设想连所谓纯代数的真理也都是抽象真理或普遍真理。而且这种错误又错得这么异乎寻常，从它一向为人们接受的普通程度来看，我觉得十分令人厌恶。数学的公理并不是普遍真实的公理。譬如，适用于表示关系，表示形状和数量的正确道理，用在伦理学方面却往往大错特错。在伦理学上，要说各部分累积之和等于整体，那常常是完全不能成立的。在化学方面，这个公理也不能成立。在考察动机的时候，它不能成立，因为两种动机，各有既定的价值，把二者结合起来得出的价值不一定等于它们各自的价值之和。还有其他的许多数学真理，仅仅在表示关系的限度之内才是真理。然而数学家却出于习惯，根据他的有限真理来论证，仿佛它们具有绝对的普遍适用的性质、也正像全世界的确以为它们都能普遍适用似的。布莱恩特在他的十分渊博的《神话》中提到一种类似的错误根源，他说，‘虽然异教的传说是不可信的，我们却不断地忘记我们自己的身份，把它们当作既存在的现实，根据它们来进行论证。’对于代数学家，既然他们本身是不相信基督的异教徒，‘异教的传说’就是可信的，他们根据这些来论证，与其说是出于记性不好，倒不如说是出于不可理解的一种糊涂头脑。总之，我还没有遇到一个在求等根以外能靠得住的数学家，也没有哪个不是私下里坚信 X×X ＋ PX 是绝对无条件地等于 q 的。如果你愿意，你不妨试一试，对这些先生之中的某一位说，你相信可能出现 X×X ＋ PX 完全不等于 q 的情况，在你使他明白了你的意思之后，你赶紧溜走，让他抓不住你，因为没有疑问，他是一定要把你打翻在地的。”

这最后一句话只使我觉得可笑。这时杜宾继续说：“我的意思是说，如果这位部长不外是一位数学家，警察局长也没有必要把这张支票给我了。可是，我知道他既是数学家又是诗人，我的措施是按他的智能来编排的，而且考虑到了他所处的环境。我还知道他善于在宫廷里献媚，同时又是一个大胆的阴谋家。这样的人，照我估计，不会不了解到普通的警察行动方式。他不会不预料到，而且事实证明他早就料到他会遭受拦路抢劫。我又想，他必定也预料到他的住宅要受到秘密搜查。他经常不在家里过夜，警察局长认为这一点肯定有助于警方的成功，我只认为这是诡计，向警察提供进行彻底搜查的机会，以便早一点使他们深信，那封信并没有放在房子里，而且G也终于达到了这个目的。我觉得，关于警察在搜查隐匿物件时不变的行动原则，这里面有一整串的想法，刚才我已经费力地向你详细讲过了，我觉得在这位部长的头脑里也必然考虑过这一整串的想法。这必然会使他看不中一切寻常的隐藏东西的角落。我又想，他不会这样不中用，看不出在警察局长的眼睛、探针、手钻和显微镜的检查下，他旅馆里最奥妙、最偏僻的隐蔽的角落都是像他的壁橱一样敞开的。最后，我看出来，他大概要被迫而求其简单了，如果不是有意选择，也是理所当然。在警察局长头一次访问我们的时候，我向他提出，这桩奇案所以使他十分为难，也可能正是因为案情过于不言自明罢了，你也许还记得起来他当时是怎么狂笑的。”

“对，”我说，“他笑的情景，我记得很清楚。我真以为他要笑断肚肠的。”

“物质世界，”杜宾继续说，“有许多和非物质世界极其类似的地方。因此，修辞学的教条也还有其可信之处，例如它说：隐喻或者明喻既可用来润色一篇描述，也可用来加强一个论点。举例说，惯性力的原理，在物理学和形而上学上似乎是完全相同的。一个大物体要比个小物体难以起动，而且后来的动量也是与这种困难相称的，这在物理学上是真实的，然而在形而上学上，智能较大的有才识的人虽然在运用才智时比那些等而下之的人更有锐势，更持久，更多彩多姿，但是在开始前进的头几步，他们不大容易动，比较拘谨，充满了疑虑，这也是真实的，不亚于前者。再则，你有没有注意过沿街的商店门上的招牌，哪一种最有吸引力？”

“我从来没有想过这种事。”我说。

“有一种智力测验的游戏，”他重新说下去，“这要用地图来玩。玩的一方要求对方找出一个指定的字，城镇、河流、国家或者帝国的名称，总之，在地图的五颜六色、错综复杂的表面上的任何一个字。玩这种游戏的新手，为了难住对方，通常都是让他们找字型最小的地名，可是老手却选择那种从地图的一端拉到一端的印得很大的字。这些，就像街道上字型过大的招牌和招贴一样，正由于过分显著，反而没有引起注意；在这里，视觉上的疏忽和是非上的失察可以说惟妙惟肖，正因为有些道理是明摆着的，十分突出，十分明显，有才智的人在思考时反而把它们放过去，没有理会。不过，这个问题，看起来，可能超过了警察局长的理解能力，也可能是他不屑于考虑的。他从来没有想一想这位部长也许，甚至可能拿信放在大庭广众眼前，把它当作让谁也不会有所觉察的绝妙好计。”

“可是我愈是想到 D 的敢作敢为，勇往直前，当机立断的智谋；想到他如果打算把这份文件利用得恰到好处，一定总是把它放在手边；想到警察局长得出的明确的证据——信并没有藏在这位尊贵人物平庸的搜查范围之内；我愈是相信，为了藏住这封信，这位部长采取了经过周密考虑的精明手段，索性不去把信藏起来。”

“我拿定了主意，于是备了一副绿眼镜，在一个明朗的早晨，完全出于偶然，到部长的旅馆里去拜访。我发现 D 正好在家，他正在打哈欠，懒洋洋地躺着闲混，跟平常一样，而且装出一副无聊之极的神气。在目前还活着的人里面，大概可以说，他是真正精力最充沛的了——不过，只有在谁也看不见他的时候他才是这样。

“为了对付他这一套，我说我的视力弱，并且为必须戴眼镜感叹了一番。我装做只顾和我的东道主谈天，却在眼镜的掩饰下小心谨慎地把房间里详细察看了一遍。”

“我特别注意到靠近他坐的地方的那张大写字台，那上面杂乱无章地放着一些信和其他的文件，还有一两件乐器和几本书。然而，在经过长时间周密的观察之后，我看不出有什么可以引起怀疑的东西。”

“我用眼睛向房间里巡视了一圈，最后，我的眼光落到一个用金银丝和硬纸板做得好看而不值钱的卡片架上，架子上拴着一根肮脏的蓝带子，吊在壁炉架中下方一个小铜疙瘩上晃来晃去。这个卡片架有三四个格子，里面放着五六张名片和一封孤零零的信。这封信已经弄得很脏，而且给揉皱了，它已经差不多从当中断成了两半，仿佛起初的打算是觉得这封信没有用，要把它完全撕碎，可是再想一想又改变了主意，就此住手。信上面有一个大黑印章，非常明显地印着 D 的姓名的首字母，这封信是写给 D 这位部长的，纤细的字迹像是出自女人的手笔。它是漫不经心地，甚至好像很轻蔑地塞在卡片架最上一层的格子里的。”

“我一瞧到这封信，立即断定这正是我要找的那封，当然，从外表的各方面来看，这跟警察局长向我们宣读的详细说明完全不同。印章又大又黑，印着 D 的姓名的首字母；在原来的信上是一个小红印章，印着 S 家族的公爵信章。这封信是写给部长的，字迹纤细，出自女人的手笔，那封信姓名地址抬头是某一位皇室人物，字体粗犷鲜明，只有信的大小跟原信一样。然而，从另一方面来看，这些区别的截然不同，也嫌过分肮脏；信纸污染和破损的情况，这些都跟 D 实际的有条不紊的习惯那样自相矛盾，而且那样使人联想到这是在企图欺骗看到信的人，让他以为这封信没有用，这些情况，再加上信的位置过分突出，来访的每一个人完全看得清清楚楚，这正同我先前得出的结论完全一致。这些情况，嘿，对于一个抱着怀疑的目的而来的人来说，都是引起疑心的强有力的证据。”

“我尽可能拖长这次访问的时间，我一方面跟这位部长极其热烈地高谈阔论下去，我深知这个题目万无一失，一定会使他感到兴致勃勃，另一方面，我的注意力其实是集中在那封信上。经过这样的观察，我把信的外表，以及它放在卡片架里的方式都牢牢地记在心里，而且，我终于发现了一个情况，使我排除了我原来感到的任何一点疑问。在仔细观察信纸的边角的时候，我看出边角的伤损超过了似乎应有的程度。信纸破损的样子，仿佛把一张硬纸先折叠一次，用文件夹压平，然后又按原来折叠的印子，朝相反的方向重新折叠了一次。发现了这个情况就足够了。我看得很清楚，这封信翻了个面，好像一只把里面翻到外面的手套，重新添上姓名地址，重新加封过。我于是向部长说了一声早安，立即告辞，可是把一只金鼻烟壶放在桌子上了。”

“第二天早晨，我假托拿回鼻烟壶又去访问，我们又兴冲冲地接着前一天的话谈下去。可是，谈着谈着，又听见紧挨着旅馆的窗户下面很响地爆炸了一声，仿佛是手枪的声音，接着是一连串可怕的尖叫的声音和吓坏了的人群喧叫的声音。D 冲到一扇窗口，推开窗户向外面张望。这时候，我走到卡片架旁边，拿起那封信，放在我的口袋里，同时用一封复制的信来调包（只从外表来说），这是我在家里先仔细地复制好的，并且仿造了 D 的姓名的首字母，我用一块面团当作印章，做起来很方便。”

“街上的混乱是一个佩带滑膛枪的人的胡作非为引起的。他在一群妇女儿童中间放了一枪。可是经过查证，枪膛里没有实弹，就把这个家伙当作疯子或者醉汉随他自己走开了。他走之后，D 也从窗口回来了，我一拿到我要的东西也立刻跟着他走到窗口。不久之后，我向他告辞。那个假装的疯子是我出钱雇来的。”

“可是你用复制的信来掉包，你有什么目的吗？”我问道，“如果你在第一次访问的时候公开地拿起信来就走，那岂不更好吗？”

“D是一个穷凶极恶的人，”杜宾回答说，“而且遇事沉着。他的旅馆里也不是没有甘心为他效劳的仆人。假使我像你提出的那样轻举妄动，我大概永远不会活着离开那位部长的旅馆了，好心的巴黎人大概再也不会听到有人说起我了。你知道我在政治上的倾向。在这件事情上，我充当了那位有关的夫人的坚决拥护者。这位部长已经把她摆布了十八个月。”

“现在要由她来摆布他了，既然他没有发觉信已经不在他手里，他会继续勒索，仿佛信还在手里一样。因此，他就免不了要弄得他自己马上在政治上毁灭。他的垮台，与其说是一落千丈，倒不如说是难堪。常言说，下地狱容易，这种话好倒是好，可是，在各种各样的攀援过程之中，正像卡塔兰尼谈唱歌一样，升高要比降低容易得多。对于他这样出了格的人，我不同情他，至少是不怜悯他。他是那种十分残忍的怪物，一个有天才而不顾廉耻的人。不过，我得承认，等到警察局长称之为‘某一位大人物’的那位夫人公然反抗他了，他只好去打开我放在卡片架里那封留给他的信的时候，我倒十分想知道他究竟有何感想。”

“怎么？你在信里写了什么东西吗？”

“呀……要是在信封里放一张白纸，那也看起来完全不妥当……那岂不是侮辱。先前有一次，在维也纳，D做了一件对我有损的事，我十分委婉地对他说，我是该记住这件事的。”

“所以，既然我知道他会觉得有点奇怪，想知道比他手段高明的那个人究竟是谁，我觉得如果不给他留下一点线索，未免遗憾。他很熟悉我的笔迹，我于是在那张空白纸当中抄写几个字：……这样恶毒的计策如果配不上阿尔特拉厄，也配得上蒂埃斯特了。”

“这些话在克雷比戎的《阿尔特拉厄》里可以查得出来。”

第四篇　小房子

H.C. 贝利 *(H.C. Bailey)*

英国作家。早年从事社会小说的写作，后改为写侦探小说。他的小说的中心人物，是兼职从事侦探破案活动的医生福琼。他在英国和阿加莎·克里斯蒂齐名，是英国现代侦探文学“五大作家”之一。福琼则是仅次于福尔摩斯的另一个私人侦探形象。

潘贝顿太太总说这是天意，她并不是唯一这么说的人。福琼先生听她这么说，不免用怀疑的眼神望着她，这是一起少有的叫他感到惊恐的案件。

潘贝顿太太相信这是天意让她来找福琼先生的，她好不容易才把她的名片送到福琼手中时，他正要为肯辛顿花园里发现一具男尸的案件不大情愿地离开家中暖烘烘的炉边去伦敦警察厅。

“来客叫我通知您是沃纳姆夫人叫她来找您的，先生。”女仆解释道。

福琼先生只好下楼接待这位穿戴得很像维多利亚女王那样的小老太太。她圆脸盘儿，两颊红润，白发浓密，举止虽无王家那种气派，却也还算秀气。“福琼先生，您肯接待我真是太好了！沃纳姆夫人说您肯定会帮助我的。”她握着福琼先生的手，“您过去帮了她那么大的忙！”

“沃纳姆夫人太客气了。”

“您救了她那宝贝儿子的命。”

“哪里哪里。”福琼先生谦虚道。

潘贝顿太太擦擦眼角，弄得她那顶帽子上的白丁香花直晃悠：“不，确实是的。要知道，我的小孙女维薇安身体挺好，没病，可她那只小猫咪最近丢失了，我是来请您帮忙给她找一找的，福琼先生！”

福琼先生竭力克制着自己，说道："实在抱歉，小猫咪恐怕不归我这一行管。"

她那张漂亮的脸现出焦虑的神情："这我明白。我也是这样跟沃纳姆夫人说的。我跟她说您不会管这事的，只会像警察那样笑话我。"

"我可没笑话您。"瑞吉·福琼说。

"请您千万别笑话我。"她那悦耳的嗓音显得有点儿着急，"沃纳姆夫人说我得来找您，告诉您我真的十分着急，您会听我诉说的。"

"她说得对。"

"我非常着急，"潘贝顿太太绞着两只小手，"不瞒您说，这事发生得很奇怪。我们隔壁的邻居那家人古怪极了！我明白警方没把这当回事。那位警官倒挺客气，也仔细听我诉说，可他面带微笑，福琼先生，只是冲我笑笑而已。"

"这我明白，"瑞吉说，"我也有这种感觉。"

潘贝顿太太叹了口气："沃纳姆夫人却说您会理解的。"

"哦，她老人家过奖了。那您可不可以说说究竟是怎么回事。"

潘贝顿太太便开始诉说，可她不善于表达，前言不搭后语。她那个脑筋总认为人人都早已对她很了解了。瑞吉费了点儿劲才把她说的话理顺。原来她是个寡妇，有个独生子是一位驻印度的司令官，她本人住在伊莱克脱门公园附近一幢维多利亚女王时代的老房子里。她 6 岁的小孙女维薇安最近前来跟她住在一起，带来了一只灰色的波斯猫。老太太在后院花园里精心种植了许多盛开的花，维薇安和她的小猫咪常在那个小花园里玩。可是最近有一天猫咪跳过了墙，维薇安爬上矮院墙，看到隔壁院里有个小女孩从那座小房子里跑出来，抓住猫咪就跑进屋去了。维薇安唤她，却没得到回应，便哭着告诉了潘贝顿太太，后者立刻戴上帽子，去敲隔壁住家的门。人家对她说没人到后院去过，也没有什么小猫进来过，他们家里没有猫咪，她的小孙女一定搞错了。那家人表现得很不客气。

“他们是些什么人？”瑞吉问道。

卡博小姐和她爹住在里面。她跟那家人不大熟悉，只是见面时点点头而已。不过他们在那里居住很久了，有10来年了吧，是一户十分安静的邻居，两家在这事发生之前从没闹过什么矛盾。但是，潘贝顿太太当然不情愿让他们拿走维薇安的小猫咪，便去警察局投诉，警方却没把这当回事。

福琼先生面对潘贝顿太太那双单纯的蓝眼睛，只好尽量想法敷衍。凡是认识福琼的人都称赞他能沉得住气跟老太太们周旋。

潘贝顿太太离开时，嘴里不断夸他性情好，可他自己都怀疑她会保持这种看法多久。看来警方是不会为这桩小事费心而少睡会儿觉的。在开车去伦敦警察厅的路上，福琼先生脑子里一直在琢磨这件怪事。

他迟到了。“你们这帮老爷，只会坐在家里烤火，逍遥自在！”刑警侦察处处长鲁玛斯挖苦他，“可胃口倒挺好，习惯于午饭吃得饱饱的，福琼，对不对？”他指指福琼的肚子。

“并非是午饭胃口好，”瑞吉不大高兴地说，“我刚刚接了一件十分棘手而又挺有意思的案子，因此耽误了一会儿。”

鲁玛斯坐直身子：“十分棘手？那就说说看。埃弗里探长的想法倒很多。死因是什么？”

瑞吉瞪视着他，又瞧瞧埃弗里探长，嘟哝了一声：“你好。”然后对鲁玛斯说：“死亡原因？哦，哦，你指的是肯辛顿花园里发现的那具男尸吧。”

“还会指什么？”鲁玛斯略感不快地说，“就是为这事我才召集大家，想听听各位的看法。”

“没什么。那人死于暴晒。”

“暴晒？”埃弗里探长失望地说，“难道这会发生在春季夜晚的户外吗？”

“再加上三月里的风也大，他着了凉。”瑞吉耸耸肩，“那家伙生活不检点，饮食不良，心脏也差，是吸毒嘛，还有别的一些坏毛病，那人是干什么的？”

“做外国餐馆生意的，挺有钱，在他那个行业里算是个人物。可他干嘛要走到花园里，躺在那儿咽了气呢？这真叫我捉摸不透。”

瑞吉又耸耸肩：“他走到花园里，没气力再往前走了，大概是喘着气儿跑到外面去的。”

“你刚才谈到吸毒？”

“哦，倒不是毒品麻醉致死的。也许他手头没有了毒品，就难受得熬不过去了，匆匆往外跑，随后夜晚的寒冷便要了他的命。”

鲁玛斯朝椅背上一靠：“嗯，这就把案子弄清楚了。埃弗里，你可以回家喝茶去了。”

埃弗里探长却还不满足：“福琼先生好像还有点儿什么别的事不大放心似的。”

“对，还有一桩挺有趣的案子。埃弗里，伊莱克脱门那一区归你管辖吗？”

“是的，先生。”

“你对潘贝顿太太丢失那只小猫的事有所了解吗？”

鲁玛斯把眼镜往脑门上一推：“老伙计，那算什么事！”

埃弗里探长也觉得有损自己的威严：“人们不找我管小猫的事，先生。”

“可人们却找上我了。”瑞吉叹道，“这么说，那位只顾微笑的警官不是你了。”

“你这是什么意思？”

“潘贝顿太太说她去分局投诉，他们倒挺客气，却只顾微笑，这伤透了她的心。”

“我倒是听人谈起过这件事，”埃弗里探长承认道，“那位老太太心情十分激动，我们便破例派了一位警官去调查。据说那只小猫跑到隔壁人家去了，可是那家女主人却说他们没抓到那只小猫。她的小侄女倒确实想要逮住它，可它逃跑了，因此我们也就无能为力，爱莫能助了。”

瑞吉点燃一支雪茄。“她的小侄女确实想要逮住它。”他若有所思地重复那句话，“这就有趣了。”他透过烟雾望着那位感到莫名其妙的探长。

“我可真有点儿闹不明白。”鲁玛斯嘟囔道，“瑞吉，你怎么忽然间对小猫那么感兴趣啊？”

瑞吉便把潘贝顿太太诉说的情况向他讲了一遍。

“倒也叫人难过！”鲁玛斯叹了口气说，“不过小猫总会长大跑掉的。你说要我干些什么呢？送去一张名片表示慰问吗？”

瑞吉摇摇头：“你没听懂我的意思。难道你没发现这事有点儿不大对头吗？鲁玛斯。你根本就没认真对待这件事。潘贝顿太太敲门找小猫的时候，卡博小姐说没人去过后院，可警官去问的时候，她又说她的小侄女确实想要逮住那只小猫来着！”

鲁玛斯又把眼镜往脑门上一推。“啊哈！看来这事确实有点儿不大对头！不过嘛，卡博小姐也许起先并不知道小侄女逮猫的事，后来才闹清楚。据说那位小姐的头发倒挺漂亮咧，福琼。”他哈哈笑起来。

“唉，警方可真是一支爱开玩笑的队伍，”瑞吉叹息道，“怪不得潘贝顿太太很不满意。现在你可否想一想？一位亲切的小老太太挺伤心地来说卡博家的小姑娘抓走了她孙女的小猫咪，卡博小姐却说她家里根本没有什么小姑娘，就把她撵走了。为什么那么不客气呢？因为那家确实有个小姑娘，也确实有只小猫。”他转身问埃弗里探长：“你们分局那位警官见到那个小姑娘了吗？”

“没见到，先生。他只见到了卡博小姐，那位小姐坚持说那只小猫逃跑了。”

“是啊，明确表示自己对那只小猫一无所知，另外还有个躲躲闪闪的小姑娘。”

“瑞吉老兄，”鲁玛斯反驳道，“这事可以有好几种不同解释嘛。譬如说，那个女人不喜欢小猫啦，那个小姑娘是个小淘气啦，那个女人不想让别人打搅啦……”“对，她不想让别人打搅，这一点倒叫我觉得有点儿蹊跷。”

“瑞吉，你说的那位潘贝顿老太太也未免有点儿大惊小怪，太多事儿了！”

“你不该这样抱怨，鲁玛斯。”瑞吉不悦地说，“好，对不起，你们对这事不感兴趣。”他冲埃弗里点点头，便起身告辞了。

埃弗里有点儿不安地望着鲁玛斯。

“没事儿，”鲁玛斯笑着说，“瑞吉是个好伙伴，可他总爱对一些没影儿的事儿胡思乱想，瞎琢磨。”

“我倒希望他对花园里那桩暴尸案更感兴趣些。”埃弗里说。

“那案子在他看来显得太平淡无奇了。”

“小猫这件事倒也分了我的心，”埃弗里沉思道，“我想咱们该去看看那个小姑娘。”

“老天爷！”鲁玛斯惊呼道，“你回家去吧，好好休息一个晚上。我可不想让我的探员也胡思乱想，瞎琢磨！”

但是埃弗里探长并没回家，他是个办事认真的人，他又回到了分局。

福琼先生办起事来也特别较真儿，他来到伊莱克脱门区。那一带由贝尔警长和一些崇拜他的警员管辖，福琼本人有一种奇异的本事，能推测出隐藏在事实表面背后的真相，可以说是一种直觉吧。可他自己却嘲笑这种看法，认为自己不过是个极为普通的人，任何怪事都叫他心中感到不安罢了。从一开始，他就觉得小猫失踪这件事极不寻常。值得称道的是他没轻易忽视这件小事，而是要按照科学规律去调查。

他来到伊莱克脱门区，把车停在公园附近，顺着那条宏伟大道溜达过去。那一长排灰围墙有一处豁口通向一条死胡同，那里面有两幢面对面的红色小砖房，干净利落，隐藏在伊莱克脱门区的那些高楼后面。潘贝顿太太的房子位于巷内一个犄角处，紧隔壁是卡博小姐家——一座处于巷内深处的小房子。瑞吉抚摩了一下下巴。这么说，卡博小姐的生活水平并不像其他住在这一带的居民那样高。房子相当小，好似一两个仆人住的小房子，环境倒也不错，蛮幽静，不受街上来往车辆喧哗的骚扰。另一边也没有邻居。卡博这家人像是退休隐居的人。

瑞吉按响了潘贝顿太太家的门铃。他刚被引进一间有点儿过时的舒适客厅，潘贝顿太太便匆忙走进来喊道："哦，福琼先生，承蒙您大驾光临，真是太好了！您发现什么线索了吗？"

"还没有。我顺便到这边来看看能不能发现点儿什么。"

"那我太高兴了！不瞒您说，新近又发生了一件怪事。让我拿给您看看。"她领着福琼先生进入另一间起居室，从书桌抽屉里取出一张粗糙的蓝纸："您看！这是我从您那里回来后，在我的小花园里捡到的。"

瑞吉把那张纸抚平在桌子上。纸给裁得奇形怪状，周围画着粗黑线。

"您瞧，这意思是指一只小猫！"

"对，有人在包装纸上画了一只小猫，"瑞吉严肃地说，"是用煤块画的，然后沿着画儿边缘把纸撕下来，肯定是个年纪不大的小孩干的。您的小孙女看到了吗？"

"没有。我发现时，维薇安出门去参加小朋友聚会了。不瞒您说，我倒高兴她没见到，这好像是故意逗她玩儿似的！”

瑞吉把那张纸折起来放进笔记本，脸上现出不安的神情。

“哦，您要不要跟维薇安谈谈？”潘贝顿太太焦急地问。

“最好谁也不要跟她谈起这件事。”

“嗯。您知道，维薇安才 6 岁，而且……”“除去维薇安，还有谁见过隔壁那个小姑娘？”

“没人。唉，我从来也没这样想过。真的谁也没见到过她。我们原本不知道隔壁还有个小姑娘！可是，福琼先生，维薇安如果说有，那就一定有。”

“维薇安有没有注意她长得什么模样？”

“可怜的孩子，她当时太难过了，所以没有太注意。”潘贝顿太太替孙女道歉，“她只说那是个脏了吧唧的小姑娘。您知道，孩子心烦意乱时总会这样说的，其实她并没有什么恶意。”

瑞吉没再问什么，径直走到窗前。潘贝顿太太那个小花园里有铺着碎纹石的小道，种着一些花卉，十分悦人；隔壁那家的小院则是个光秃秃的院子。

“哦，您愿意到小花园里去看看吗？”潘贝顿太太问道，“我可以把我捡到那张纸的地方指给您看。”

“不必了，”瑞吉答道，“我要告辞啦，潘贝顿太太。别让人瞎传这件事，也别让人知道我是谁，更别让维薇安总惦记这件事！”

“哦！福琼先生，您别是说这里面有什么可怕的事吧？”

“对维薇安来说，最糟糕的事就是她丢了一只小猫咪。眼下没有什么别的事让您着急。”

“可您好像在担心什么事似的。”

“对，我正在着手认真调查这件事呐。”福琼先生说，“再见！”

鲁玛斯处长惯于每天在他的俱乐部里消磨一个小时光景。他正站在吸烟室里的壁炉前，高谈阔论地判处新近上演的一出戏的死刑。这当儿瑞吉出现在门口，他朝里张望了一下，向鲁玛斯打了个招呼就转身走开了。鲁玛斯随即跟出去，走进门厅问道：“老伙计，怎么了？莫非你查出小猫咪丢失那件事里有什么鬼吗？”

“来，跟我走一趟！”瑞吉说。

鲁玛斯大模大样地跟随在后，然后硬被塞进了瑞吉那辆汽车，车开动了。“干吗如此匆忙，瑞吉？”他抱怨道，“干吗要这样浪费我这有趣儿的美好时光？老兄，你要把我带到哪儿去啊？”

福琼先生并不感到有趣儿。“咱们得马上去埃弗里探长所在的那个警察分局，”他一边说，一边把那张蓝纸摊在膝头上，“就是为了这玩意儿！”

“老天！”鲁玛斯嘟囔道：“一只小猫！小孩儿画的一只小猫！”

“对，小孩儿画的一只小猫，”瑞吉重复道，“就是为这事。是今天下午给扔进潘贝顿太太的小花园里的。我正为这事担心。”

“啧，啧，画得可真不怎么样！我这样说大概会伤害画这张画儿的小孩儿的感情吧。”

瑞吉叹口气。“你能不能少说点儿笑话？”他低声说，“我正为这事担心呐。”

“哦，老伙计！究竟为了什么呢？”

“为画这张画儿的小孩儿担心。”瑞吉把那张纸收起来，“老天爷！难道你还没觉出来吗？那座小房子里肯定他妈的有点儿不大对头！”

这句话使鲁玛斯感到震惊了，因为福琼一向不说脏话。“我可真没觉出什么，”他慢腾腾地说，“那你要我干点儿什么呢？”

“去找埃弗里，叫他马上了解一下那家人的底细。好，现在到了！”

埃弗里探长还在分局，他见到他俩并没感到吃惊。鲁玛斯对他说：“小伙子，我原本叫你回家休息去！”“是的，长官，可我对小猫那个案子有点儿不放心。”

“哦，不放心，是吗？福琼先生也认为情况不妙。”

埃弗里转向瑞吉问道：“是关心那个小姑娘吗，先生？”

“对，你了解那个小姑娘的情况吗？”

“谁也闹不清楚，但我也觉得这事有点儿不大对头。”

“是有问题，”瑞吉说，“赶快派两个人把那座小房子监视起来。”

“我已经派去一个人了。”

“你居然已经派人去了！”鲁玛斯惊叹道。

“好。不过咱们最好还是派两个人去吧。万一那个小姑娘给转移走，那就得有个人跟踪。另一个人留在那里监视，也许还会发生什么别的事。值班警官该跟他俩不断保持联系。”

“好。请二位稍等一下。”埃弗里下达指示去了。

“恕我直言，”鲁玛斯挖苦道，“你的节奏未免太快了，福琼？”

“不，咱们的节奏太慢了！”

“我可不能让警方全照你的意愿去办事，这你得明白。”

“这我明白。你喜欢等罪犯犯下了罪才开始调查，鲁玛斯先生，这是你那套警察工作的章法。可我已经把监视一座可疑的房子的任务交托给你了。过去没听说过这种干法儿吧？”

鲁玛斯压住火：“你认为这有趣儿，那就监视吧。可是没有什么合理的怀疑根据。”“唉！”瑞吉叹了口气。

埃弗里匆匆返回来了：“事情已经办妥了，先生。还有什么别的事要办吗？”

“这里面究竟还会有啥事呢？”鲁玛斯尖刻地说，“你们监视那家人到底有什么理由呢，埃弗里？”

“鲁玛斯先生倒是说到点子上了，”瑞吉点点头，“那家人究竟是干什么的，埃弗里？”

“我也很想搞清楚，”埃弗里探长兴致勃勃地说，“据说是彻底退休的人，过着隐居生活！”

“见鬼！我看不像。”鲁玛斯嚷道，“为了一只小猫和一个小姑娘，你们根本没有理由监视人家。”

“有点儿稀奇古怪，是不是？眼见一个小姑娘抱走一只小猫，可是猫的主人却被告知没人见到那只猫，而潘贝顿太太又说她的小孙女确实看见那个小姑娘了。这里面肯定有鬼。另外，那一带没人知道那户人家有个小姑娘，谁也没见过她，没听说过她。”

“他们干吗非让人知道不可呢？”

“鲁玛斯，你有没有住过邻居有小孩儿的房子？”瑞吉不耐烦地说，“我敢肯定你会注意到孩子的。可是潘贝顿太太却说她不知道邻居还有个女孩儿呢！”

“谁也不知道，大伙儿都不信。”埃弗里说。

“这你怎么知道的？”

埃弗里微微一笑：“那一带的警察跟各户的仆人都认识，我查问了一下。那座小房子里住着卡博小姐，一位不太年轻的漂亮女士和她的父亲，另有一对不爱理人的老夫妇是那家的仆人。他们在那里住了10多年了，很安静，从来没有客人来访。一提到那个小女孩儿，那一带的仆人都付诸一笑，其中一位说那家人要是有个小女孩儿，一定是把她藏在柜子里养活着呐！但是卡博小姐却又承认有个小侄女！”

“那儿就是有个小女孩儿。”瑞吉一边严肃地说，一边掏出那个用蓝纸做的小猫。

埃弗里探长目瞪口呆。“这可真够离奇的！”他困惑不解地望着那张蓝纸，“真闹不清这是怎么回事，先生。”

“这说明那座小房子里有个小孩儿想做只小猫，可手头只有一张包装纸和一小块煤块，她也没有剪刀，只好用手撕扯下来。这是她能做出来的最好的了。她是想告诉隔壁小姑娘丢失猫咪那件事，于是便把这张纸扔过了墙。”

“这事真叫人难以理解，先生。”

“这又算得上什么事呢？”鲁玛斯说，“不过是个孤独的小孩儿淘气罢了。”

瑞吉转向他：“那座小房子里无疑有个小女孩儿在过着极不正常的生活。她唯一能找到的是包装纸，而那是包装科学仪器的纸。”

“这一点您敢肯定吗？”埃弗里急忙问道。

“这种纸一向只用来包装玻璃器皿的，”瑞吉用手指着，“看这张撕碎的纸上的商标：‘……埃特’。这是指‘布埃特’，一家头等玻璃公司。卡博这家人在那座小房子里购买布埃特公司的玻璃仪器干什么？再者，他们又禁闭着一个小女孩儿，又脏又可怜，这又是为什么？”

“脏？”鲁玛斯问道。

“潘贝顿太太的孙女看见了她，说她脏极了！”

“可是大家都说那座小房子里一向收拾得挺干净。”埃弗里皱着眉说。

“是啊，外表相当干净，可是藏着的那个女孩儿却邋里邋遢。”

“他们别是在干什么科学活儿吧，会不会拿那个小女孩做什么试验？”

“这我还没闹清楚，可我很为那个孩子担心。”

“不管他们在要什么鬼把戏，咱们一定得抓住他们！”埃弗里严厉地说。

“包括那个小女孩儿吗？”瑞吉问道。

鲁玛斯站起来说道："瑞吉，对不起，我的看法错了，你说得对，可我也没太浪费时间。咱们赶紧布置一下。首先要做的，当然是查一查卡博这家人到底是干什么的，布埃特公司卖给他们的是什么玩意儿。埃弗里，甭管他们到哪儿去，包括他们的仆人，咱们现在都得监视。今天晚上我会安排贝尔警长值班，不管发生什么事都向他汇报。另外，半小时之内咱们就可以跟布埃特公司取得联系。还有什么别的事要做吗，瑞吉？"

"有。还该了解一下近期内谁家丢失了一个小姑娘。"

鲁玛斯耸耸肩："这倒好办，可以查一下记录。但查到的可能性不大，因为不管那个小姑娘是谁，那家不声不响的人想必是不声不响地把她弄到手的。"

"嗯，这绝对不是一般的绑架。"瑞吉愁眉不展地说，"埃弗里，千万别让卡博那家人发觉他们受到了监视，否则的话，他们很可能今天晚上就会把那个小姑娘处理掉！"

"哦，老天爷！可我想不会的。他们要是知道自己被警方监视了就会明白，如果那么干是没法逃脱谋杀罪的。"

"咱们也不一定能证明是谋杀。要知道，卡博先生是个搞科学的家伙。吩咐你的部下务必多加注意。"

"这事咱们也不能开张搜查证去搜查，"鲁玛斯气愤地说，"今天晚上来不及了。天哪！明天早上我一定想法儿派一个人进入那座小房子。"

"好，我也去。"瑞吉说。

"老伙计，不必了。"

"可你总得带个我这样的医生去看看那个小孩儿啊！"

福琼忘不了那个夜晚，他彻夜辗转反侧睡不着。次日清晨，他开车到伦敦警察厅，找到值了一夜班的贝尔警长，看上去他还很精神。

"您真行，福琼先生，卡博那家人确实是怪人。您猜他们昨天晚上到哪儿去了？去了夜总会，就是杜达俱乐部那家。那个老头儿和他的女儿平时生活得那么宁静，居然去了夜总会，那儿可是个热闹非凡的地方。我一听说他们去了那儿，就派了一名专管夜总会的警探前去。他认得卡博父女俩，说他们是那里的常客。卡博先生在那儿被称呼为斯密逊先生，他在索霍区（伦敦一个多夜总会和外国餐馆的红灯区）开了一家会计事务所。局里倒没有什么他的不良记录。不过我们当然要调查一下斯密逊会计事务所。"

"对。有没有找到丢失小孩的信息？"

贝尔警长摇摇头："没有跟那个小姑娘相符合的记录，这年头丢孩子的事不多了。我还会继续调查，不过要费点时间。"

"这我明白。那家布埃特玻璃公司呢？"

"哈兰德在负责调查，先生。午饭前就可以弄清他们的业务情况。"

"好。现在谁跟我一起去那所房子？我想要个精明能干而又能闲聊的人。"

贝尔警长关切地望着他："您打算亲自前去吗？恕我说一句——"

"说吧。"瑞吉笑着说。

"让埃弗里探长跟您去吧，他是最合适的人选啦。先生，他像条猛犬。"

"我也是这么想的，可他会闲聊吗？"

"他啊，会没话找话说，活活像个政治家。"

"噢，老天！"瑞吉感叹道，"好。"

过了不大一会的工夫，两个身穿首都自来水公司检验员制服的男人走进了伊莱克特门区，一个清道夫向其中一位讨个火抽烟，顺便说道："除了那个女仆以外都出门了。卡博和他的女儿一起走的。男仆到酒馆喝酒去了。"

那两个自来水公司检验员继续往前去。

"运气不错！"埃弗里说。

"不是运气，准是贝尔警长派人在斯密逊事务所那边纠缠，想法把他俩引过去的。你们那位伙伴说那个男仆在酒馆会喝到酒馆打烊才回来，我原以为他会给咱们开门呢。咱们过去后，你想法拖住那个女仆，尽量跟她闲扯。”

埃弗里敲了下那座小房子的门铃。过了好几分钟，一扇旁门才打开，露出一个身穿黑衣服、面容憔悴的女人，怒视着他俩。埃弗里先为打搅了她表示道歉，不过他们得进内检查一下自来水设备。她不同意。埃弗里歉意地说明必须进行定期检查，法规就是法规。“太太，警察就在那边，您可以去问问他。”于是她只好让他俩过去。“先查一下所有的水笼头，然后再看一下所有的水管子和水箱。一切装置都要查查。现在嘛，总水门在哪儿？”

他挺在行地问那女仆。“嗯，嗯。伙计，你先去查一下厨房旁边那间洗涤室。太太，咱们上楼去看看。”他一边把她推在他的前面，一边谈论着自来水和有关法规。

瑞吉进入厨房，走进洗碗碟的那间屋，拧开水笼头，弄出哗哗的流水声，然后他又回到厨房，嘴里喊道：“再试试水笼头，伙计！”对方答道：“好，看着点儿总水门！”接着他听见埃弗里在滔滔不绝地跟那个女仆闲扯，便迅速从一间屋到另一间屋一一查看。各间屋子都是按主人的喜好布置的，没发现有孩子的踪迹。他可以听到埃弗里在楼上开门关门的响声，对水管的议论，看来什么也没漏掉查看。“伙计，现在试一下总水门！”埃弗里从楼上喊道，“太太，咱们到楼顶去看一下蓄水池吧。”

这当儿，瑞吉走进门厅，发现楼梯底下有个柜门。他打开那扇门，看到黑暗中有一双闪亮的眼睛。他走进去，温柔地说：“亲爱的，你叫什么名字？”

没有回答，只有喘气声。

他开亮手电筒，只见一个小姑娘蜷缩在角落里，又瘦又脏。她害怕地躲避他。

“别害怕，我是好朋友，”瑞吉说，向她伸出手，“没事的。”

他轻轻抚摸她的胳臂和脖颈："小猫咪哪儿去了？"

小姑娘摇摇头，气喘吁吁地说："它死了，死了，在垃圾箱里头。"

"别害怕，我是好朋友。"瑞吉又说，"你等着，没事的。"

他关上手电筒，从柜橱里出来。埃弗里嗵嗵的脚步声从楼梯上传来。

"伙计，后院有些废水管。"瑞吉喊道。

"那你就去看看吧，比尔，去查一下。"埃弗里说，然后就把那个女仆留在门厅里闲聊。

瑞吉走过铺砖的后院，一边望着洗碗碟那间屋子的窗户，一边把手伸入垃圾箱。他从里面掏出一个小藤篮子，把它塞进大衣里，然后一边往回走，一边大声说道："一切正常，伙计。我去关上总水门啦。"

"关上吧，比尔。好，咱们走吧。对不起，太太，打搅您了，可这是履行公事。再见！"

那个女仆没好气儿地嘟囔着，砰地一声把门关上了。

他俩经过附近一辆汽车前时，埃弗里小声对那个司机说："注意盯紧点儿，盯紧点儿！"然后就追赶上瑞吉。

瑞吉朝邮局走去，他让埃弗里去叫辆出租车，自己则走进了公用电话亭："贝尔警长吗？我是福琼。了解到卡博父女什么情况了吗？已经派一个人去斯密逊事务所跟他们谈话了吗？好，让他尽量拖延时间，接着谈。房子里那个孩子处境不妙。对，随时都有死亡的危险。我需要一张搜查证，立刻送到我家来。"随后他就上了埃弗里叫来的出租车。

"没发现那个孩子的踪迹，先生，"埃弗里懊恼地说，"不过，那里有……"

"我见到了那个孩子！"瑞吉打断他的话，"她还活着。那只小猫也给找到了，可惜死了！"他掏出那个小篮子，从中取出一只僵硬的波斯小猫咪。

“死了？是正常的自然死亡吗，先生？”

瑞吉指着猫的眼睛：“不是，不是正常的自然死亡。那座小房子里很不正常。”

“他们干吗要把它弄死呢？”埃弗里问。

“他们干吗要把一个孩子关在漆黑的柜橱里呢？”瑞吉问。

“我猜想她是在咱们去的时候给关进去的。”埃弗里说。

“对，有时她也出来一会儿，可她已经习惯那里面的黑暗了。”瑞吉深思道。

“这群魔鬼！”埃弗里骂道，“可这是在搞什么鬼名堂，先生？科学试验吗？对了，有一间屋我没能进去。那个女仆说钥匙在主人手里，可我辨别得出那里面装着自来水管呐。”

“是啊，试验室里需要用水。”出租车拐进温波尔街停了下来。“你先去分局找一下贝尔。我得去化验一下这只小猫。”瑞吉下了车，给他的医院打了个电话，找一位护士商量了点事情。

随后，他回到家中，换了衣服，吃了午饭，但胃口并不好。

没多会儿，贝尔警长来了。“搜查证弄到了吗？”瑞吉立刻问道，“好。卡博父女眼下在哪里？”

“说不好，先生。我让派去的那个人尽量跟他俩交谈，时间拖得越长越好，可已经没什么话题可谈的了。看来那家事务所没多大问题，他们专为外国餐馆做些财务统计工作。”

“嗯，怪不得那个男人死在肯辛顿花园里！”瑞吉喃喃道。

“天哪！是啊，”贝尔惊叹道，“那人是干餐馆行业的，没错。经过调查，他还是个贩毒的坏蛋。”

“来吧，来吧。我要赶在卡博父女回家之前再去看看那个小女孩。”

汽车一开动，贝尔警长又提起贩毒的话题："至于毒品，福琼先生，您今天上午在那所房子里发现了什么吗？据埃弗里说，有个房间可能是间试验室。布埃特公司说他们向卡博先生供应试验室玻璃器皿已经好多年了。"

"我想咱们一定能找到一间试验室。那只小猫给下了毒，那个小姑娘也给下过毒。"

"他们到底在干什么？拿毒品做某种科学试验吗？"

瑞吉不禁浑身一颤。"他们确实一直在做试验，却不是为了科学，而是在干坏事。小姑娘喜欢那只小猫，他们便把它杀了。后来小姑娘用纸做了个猫咪，为了告诉另外那个小姑娘猫咪死了。真是怪事，对不对？"他神经紧张地笑笑，"这车开得太慢了，贝尔！"

"差不多快到了，福琼先生。"

"差不多！说得好，差不多！我的上帝！"瑞吉急切地说。

"沉住气，先生，沉住气！"贝尔关心地把手按在瑞吉的胳膊上，"我需要您的协助。一到那里，我首先就叫他们交出那个孩子。"

汽车进入了伊莱克特门区，在那条小巷深处停下来。人行道上一个健壮的便衣走过来，对贝尔说："卡博父女从事务所回来了，刚刚进门。"

贝尔走到小房子门前，接连按了几下门铃。过了半天，门才开了一道隙缝，露出一个男人萎靡的脸，两只泪眼东张西望。

"我是警官，有搜查证，前来搜查！"贝尔推开门，跟瑞吉走过去。两名壮汉跟随在后，灵巧地把那个男仆拽到街上，交到别的警员手中，然后把门关上。

贝尔警长在门厅里站住，侧耳倾听。一间屋子里有小声说话的声音。门开了，那个面容憔悴的女仆走出来。"干什么？"她抗议道，"你们是什么人？"

那两名壮汉把她推到一边，贝尔和瑞吉走进那间屋。

屋里有两个人。一个胖老头儿，满头白发，棕脸膛儿，衣着整洁，一眼就能看出是个精明能干、生活富裕的人。另一个女人比他肤色更深些，黑头发，黑眉毛，年轻时想必还很漂亮。她瞪大眼睛望着他们，突然撇嘴尖笑一声，又突然止住了。

“这是怎么回事，诸位先生？”那个老头问道。

“是卡博先生，别姓斯密逊吗？”

“对，我姓卡博，她是我的女儿。我开的那家公司叫斯密逊会计事务所。很荣幸您认识我，可我还不知道您是哪位？”

“我是贝尔警长，带有搜查证，奉命搜查！”

“警方居然对我如此感兴趣，真是荣幸之至！能不能问一下为了什么事？”

“我命令你交出那个女孩！”

卡博先生望了一眼他的女儿。“噢，我们那个可怜的小宝贝……”他慢腾腾地说。

“她叫什么名字？”贝尔打断他的话。

“您说什么？”卡博先生又转向贝尔，“她的名字？噢，当然叫格蕾丝。”

“当然叫格蕾丝？”

“是啊，格蕾丝·卡博。先生，我看出您们大概不知道我们这个家庭的悲剧。我那可怜的小孙女智力上有缺陷，几乎是个白痴。她……”

“是来到这里之前还是之后变成这样的？”

卡博先生舔了一下嘴唇：“您大概听到了什么谣传吧。她……”

“她在哪儿？”

“噢，我去把她找来。”卡博小姐插嘴道。

但是，瑞吉比她先走出门口，卡博小姐跟在后面喊道："格蕾丝！格蕾丝！"然后就跑上楼去。

瑞吉连忙指示一名壮汉跟随她上楼。他自己走到楼梯底下的柜橱那儿，打开门，冲里面很温柔地说："出来吧，亲爱的，我是你的好朋友。"卡博小姐的尖声叫喊从楼上传下来："格蕾丝！格蕾丝！"

瑞吉看到里面有一个模模糊糊的白身影，还听到一声呜咽。

"没事了，"他说，"别害怕。我们是你的好朋友。"

"格蕾丝！格蕾丝！"那尖叫声越来越近。

"不，不，不。"那个孩子在黑暗里哽咽着说。

瑞吉走进去，把她一把抱在怀里。她虚弱极了。"小宝贝。"他把她抱到亮处，小声说。小姑娘蜷缩在自己的脏衣服里，浑身打着哆嗦。

这时，卡博小姐跑下了楼梯。"噢，你们已经找到小宝贝了！"她伸出两臂喊道。

瑞吉连忙转过身，背朝着她，嘴里喊道："快抓住她的手腕！"她身后那个壮汉立刻甩两只胳膊抓牢她，她喊叫起来，一个注射器"哨"的一声掉到了地上。卡博小姐开口咒骂不休。

"快把孩子抱出去，带到我的住处去！"瑞吉严肃地说。可是那孩子紧偎在他怀里呜咽。"别怕，别怕。把这个女人押走！"一副手铐顿时带在了卡博小姐的手腕上。她挣扎着，又哭又骂，被推出门外交给了街上的警员。

"这娘们长得倒挺漂亮。"一个壮汉嘟哝道。

整所房子安静下来了。那个女孩也感觉到了，从瑞吉怀里抬起她那饿得苍白的脸，小声说："她走了吗？"她朝四下里望望，看到身旁都是些亲切可靠的男人，又仔细听听。"真走了吗？"

"真走了。她再也伤害不了你啦，"瑞吉说，"现在你身边都是好朋友。你跟我一块儿回家，一个舒舒服服的家。不过，稍微等一会儿。先让这人抱着你。”他一边劝说孩子，一边把她交给一名警员：“把她抱到后院去透透空气。亲爱的，我马上就回来。”

他小心翼翼地捡起那个注射器，转身走进了贝尔在里面监视着卡博的那个房间。那个老头儿站在窗前朝外张望，他脸色发黄，可他还是竭力控制住自己的神经和嗓音：“您能不能告诉我这到底是怎么回事，警长？”

“你迟早会知道的。”贝尔恶狠狠地说。

“我看到我女儿被逮捕了……”

“对，她不大服气，对不对？”瑞吉用话讥刺他。

老头儿转身问道：“请问这位是谁？”

“这位是福琼先生。”

“嘿，那位了不起的福琼先生！干吗烦劳他来管我们家这些微不足道的小事？”

“不必客气。”瑞吉答道。

“很高兴能让您感兴趣。可是请问你们为什么逮捕了我的女儿？”

“我们在你家中发现了一个受虐待的小女孩。”

“这大概是那孩子说的吧，”老头格格笑了，“您可真找到了一个好证人，福琼先生。那孩子是个白痴。”

“我们并不用她的证词，”瑞吉说，“反正你们再也不能虐待她了。”

老头儿冷笑一声。贝尔急忙问道：“那孩子死了吗？”

瑞吉没有立即回答，而是注视着老头儿那张脸。“没有，”他慢悠悠地说，“噢，没有。卡博小姐方才倒是想杀死她，但没成功。”

老头儿呼呼地喘着气。“真是胡编乱造，”他轻蔑地说，“这一点你在法庭上没法充分加以利用，福琼先生。还有别的事吗？”

“有。我要看一下你的试验室。”

“我的试验室？噢，您太抬举我了！那只是间十分简陋的小屋，我做些化学试验解解闷。你们当真要看吗？”

“要看。”贝尔答道。

“那我就领你们去。”

贝尔朝瑞吉瞟了一眼，后者点点头，两人便把老头夹在中间一齐走上楼。老头打开一间屋子的门锁，他们走进去。室内有一张桌子，几个柜子，一个洗涤槽和许多化学试验仪器。瑞吉来回走着查看那一排排的瓶子，打开柜子瞧瞧，屋子里有不少引起他注意的东西。他逗留在一排玻璃瓶和玻璃管子的装置前。老头走过来说道：“您喜欢这种装置吗？这是我个人的试验方法。”他摆出专家的姿态，熟练地指来指去。“那边，”他转身打开一个抽屉，弯下腰，“您再看那边……”

“我看见了。”瑞吉手急眼快地一把抓住了老头儿那只往嘴边放的手。他使劲摆紧，那只手松开了，露出了一粒白药片。

“这可不行！卡博先生，”瑞吉斥责道，“时间还没到！”

“你跟你女儿一道走！”贝尔警长召唤门厅里的壮汉上楼把他押出去。

“诸位，诸位，先让我好好想想。”老头咧着嘴说。

“这你不用犯愁，有的是时间，在人间和阴间都有。”贝尔讽刺道。

老头放声大笑，被押了出去。瑞吉松了口气，叹道：“感谢上帝！”他走到窗前，朝下看了看那名壮实的警员手里抱着的那个获得自由的小姑娘。

“这个老混蛋究竟在这里搞什么鬼名堂？要解剖那个孩子吗？”

“噢，不是。小姑娘的事只是枝节。他啊，在制作毒品呐！一家挺整洁的加工厂。”

“制作毒品？那他一定干了许多年了。”

“对，一项发大财的行业。”

“可是那个孩子呢？难道拿她来检验毒品效果吗？”

“他不必用她来检验，可他们也让她试试毒品，只是拿她开心解解闷。你还没弄清那个小姑娘的底细，还有不少调查工作要做呢。”

“那您还要我干些什么，福琼先生？”

“把这座小房子彻底搜查一下，查清卡博父女的经历，再查一查谁家丢失了孩子。再见。”

那个健壮的警员在院子里挺费劲地哄着小姑娘，不好意思地冲瑞吉笑笑：“我干这活儿不大在行，先生，可她又不愿意让我放她下来。”

“是啊，有人抱着多舒服啊，对不对，小东西？”瑞吉抚摩了一下她的脸蛋儿，“来，让我抱吧。”他伸出双手，第一次看到她那消瘦的脸上露出一丝微笑，身子歪向他。“来吧。咱们到一所漂亮的房子去，那儿有一位好心眼儿的小姐，大伙儿都等着爱你呐！”

在贝尔警长的汽车里，小姑娘围着一条毯子，坐在瑞吉的膝盖上，望着外面公园里的树木和热闹的街道飞快地滑过去。忽然，她抓住瑞吉的手嘟囔道：“这是真的吗？”

“真的，都是真的。”瑞吉拍拍她的手。

汽车停在他的住宅门前，女仆早已等在门口，慈祥而愉快地看着瑞吉抱过来一个孩子，连忙说：“先生，让我来抱她吧。”

“她没事，挺乖，谢谢。嘉丽护士来了吗？”

“我在这儿，福琼先生。”一个体态丰满的年轻女人从楼梯上跑下来。“让我瞧瞧！”她端详着小姑娘，“噢，我会非常喜欢你的。你也喜欢我，好吗？”

对那粉红脸蛋、说话温柔的女人任何人都不可能不表示喜欢，小姑娘消瘦的脸上又一次露出了微笑。

“真是个可爱的孩子！”嘉丽护士噙着泪水说着，看了一眼福琼先生。

“说的是啊。”

“我会把你打扮得漂漂亮亮的，”嘉丽护士说，“跟我来吧。”她把孩子抱了过去。

在楼上的浴室里，她脱掉小姑娘的破衣烂衫，发现她胳臂上有不少被拧伤的痕迹，还有针眼儿，身上有的地方还有皮疹。嘉丽护士惊愕地望着福琼先生。

“这我早就料到了，”他小声说，“他们一直给她扎毒品！”

“可这是为什么呢？”

“为了拿她开心解闷！”

“这帮魔鬼！”嘉丽护士气呼呼地骂道。

“对，我也是这样认为的。”福琼先生一边说，一边摸弄那几件脏衣裳。那些原本是挺体面的衣服。他仔细查看着，发现上衣的衬里上绣着一个名字——萝丝·哈弗德。他转身望着躺在温水里的小姑娘，嘉丽护士正在忙着给她用肥皂搓洗。“怎么样，好不好，萝丝？”

“这么说，你叫萝丝，对吗？”嘉丽护士笑道，“我的小萝丝。”

“妈咪的萝丝。”小姑娘小声说。

福琼先生走出浴室，拨通了伦敦警察厅的电话：“是鲁玛斯吗？我是福琼。那个小姑娘叫萝丝·哈弗德，有个妈妈。赶快查找一下。谢谢！”

萝丝穿着金黄色的睡衣，坐在床上，身边围着几个枕头，瞧着福琼先生和嘉丽护士在床上用玩具给她摆出一个小农场。他们拿着那些母鸡逗她玩儿，可她没笑，时而沉静哀伤地望着，时而抚摩一下自己那件漂亮的睡衣。这时，警察厅来电话了，请瑞吉马上去一趟。

他来到警察厅，发现鲁玛斯、贝尔和埃弗里正在总结那个案子。鲁玛斯问道："老伙计，小病人怎么样了？"

"她侥幸脱了险，需要好好调养一阵子。他们把她折腾得够苦的。"

"即使绞死卡博父女俩，也算是便宜了他们，"贝尔警长气愤地说，"可咱们现在还不能马上绞死他俩。"

"对，得叫他俩先尝尝铁窗的滋味。"

"卡博父女犯的罪绞死一次也顶不了罪。"埃弗里狠狠地说，"还记得那个死在肯辛顿公园里的家伙吗，福琼先生？那人一直从斯密逊事务所弄到毒品。"

"是啊，那人的事你说得完全正确，埃弗里。我原应该同时也在那方面进行追查。"

埃弗里笑了："要说正确，还应该是你。还记得当初关于那只猫我们怎样笑话你吗？要是你也没把那当回事，卡博那家人现在还会消遥法外呢。"

"我先前的错误看法就别提了，"鲁玛斯说，"那不光彩。瑞吉老兄，你真行，比我们考虑得周到。"

"别恭维我。"瑞吉喃喃道。

"你不像一般人那样只凭证据办事。"

"老天！"瑞吉不满地说，"我当然只凭证据办事。"

"那你能不能给我说说卡博这桩案子的整个案情？"

"这很清楚嘛。卡博是个挺有技术的化学师。贩毒行业最主要的问题在于弄到货源。卡博为他们解决了这个问题，他买进原料，加工制造出毒品。他在夜总会和餐馆里物色买主，然后再通过斯密逊会计事务所达成交易。他大概是用斯密逊会计事务所的名义把毒品邮寄出去的。"

"是的，先生，"贝尔点点头，"我们已经查到了这一贩卖途径，他做的都是大买卖。这家伙一定把不少可怜的蠢货送到魔鬼那里去了。"

"分析得很清楚，瑞吉。"鲁玛斯笑着说，"可是那个小姑娘的事你还没说呐。"

“噢，那只是出于报复，也许是对小姑娘的父母采取的一种报复手段。”

“是那个小姑娘跟你说的吗？”鲁玛斯问道。

“不是，不能向那个孩子提起任何往事。这你明白吗？不需要她提供任何证据，也不需要她上法庭作证。”

“对，老伙计，有你们俩提供医学证明，指控他们父女蓄意谋杀就行了。另外，我只想知道你怎么料到那孩子有个在寻找她的妈妈？”

“你们终于找到孩子的妈妈了吗？”

“3个月前，”鲁玛斯说，“乔治和露丝·哈弗德因贩毒被判了刑。男的是个年轻会计，女的是一名演员。他们住在布卢姆伯里街的一幢公寓里，两人常到索霍区的餐馆吃饭。一名侍者检举那个女人在贩毒，他俩就被逮捕了。从那个男人上衣和那个女人的外衣兜儿里都搜出了毒品，在他们的公寓住所里还搜出了更多的毒品，因此他们两人就被判了刑。在监狱里待过一阵之后，那个女人报怨没听到她的孩子的消息。那幢公寓里住着的另一名女演员答应过为她照管那个小女孩，于是狱方就花了不少时间打听那个孩子的下落。那个女演员出外巡回演出去了，后来才找到了她，可她却说哈弗德太太的姐姐把孩子领走了。但是哈弗德太太说她压根儿就没有什么姐姐。这事后来就报到局里来了。”

“嗯，你们曾让那位母亲在监牢里焦急地担心了3个月光景。”

“担心世上还有没有仁慈的上帝！”贝尔严肃地说。

“反正这是件邪恶的事。”鲁玛斯耸耸肩，“对此你怎么看，瑞吉？”

“我猜想卡博小姐准是爱上了乔治·哈弗德，可他却跟另一个女人结了婚。于是她便寻找机会报复，折磨那个女人。她等待时机，先想法把哈弗德夫妇投入监狱，然后弄走了那个女孩，百般虐待她。真是个颇有耐心而又心肠毒辣的女人！”

“说真的，哈弗德夫妇其实早已离开英国了，男的在法国一家公司工作。

这事发生之前，他们一直就没回来过。”

“这方面你有什么证据吗？”

“那个醉鬼似的男仆供出了对同谋犯不利的证据。他说自己一直在受他的老婆的支配……”

“这我敢说确实如此。你见过那个女人了吗？简直是个活畜牲！”

“他不仅交代了是他老婆把毒品放进哈弗德的公寓住所里的，而且还交代了是那个餐馆侍者趁哈弗德夫妇去吃饭时偷偷把毒品塞进他俩的衣兜里的。我们现在还没抓到那个侍者。卡博父女被捕后，不少人就失踪了。乔治·哈弗德说他是在一家夜总会里认识卡博小姐的，跟她并不很熟悉，只跟她跳过几次舞罢了。他妻子从来没见过她。夫妇俩一直坚持自己是清白无辜的，对毒品根本就不知晓。”

“这可是执法上的一大失误，鲁玛斯。”

“案情现在总算搞清楚了，”鲁玛斯耸耸肩，“谁也不怪。”

“对。叫人感到欣慰的是，哈弗德夫妇的冤案得到了平反，小姑娘也得到了解救。”

“我们当然会尽一切努力恢复那对夫妇的名誉，让他们重新站起来。这真是一件不幸的事，简直动摇了人们对警方工作的信心！”

福琼先生望着鲁玛斯，深吸了一口气，说道：“是啊，这是咱们总结出来的一个经验教训！”

“多亏了那只小猫咪，先生。”贝尔警长补充道。

福琼先生那两只大眼睛庄重地转向他：“对，这又是另一个教训。”

“可我把这称之为天意，”贝尔郑重其事地说，“就是天意！”

身兼医师和侦探两职的福琼露出疑惑的眼神：“天意？好，好，就算是吧。当初潘贝顿老太太前来求我帮她寻找小猫咪的时候也这样说过！”

第五篇　东风

F.W. 克劳夫兹（Freeman Wills Crofts）

1919年他的首部侦探小说《谜桶》，成为侦探文学上里程碑式的作品，和阿加莎·克里斯蒂的处女作《斯泰尔斯庄园奇案》共同揭开了侦探小说黄金时代的序幕，确立了写实派侦探小说。1929年辞职，专门从事侦探小说的创作。他一生留下了五部长篇小说和两部短篇小说集，均为侦探文学史上的不朽作品。

刑事侦查部的约瑟夫·弗伦奇探长一生中侦办过形形色色的案子。其中，有些颇具戏剧化场景，有些暴露了邪恶的人性，有些在寻求答案的过程中因为精彩的逻辑分析而令人印象深刻。科尼什·里维埃拉有限公司特快列车一案不属于上述任何一类。这件案子发生在上午十点三十分。在这个案件中弗伦奇不是一个以抽象推理成功解决难题的分析者，而是实实在在地参与到破案过程当中，并以高超的组织能力调遣了英国警察部队。

那时快到五月底了，弗伦奇在南伦敦为一件复杂的伪造案已经工作了好几个星期。他对城市感到厌倦，并渴望离开。因此当他需要去普林斯顿探访一个服刑的老囚犯时，他很高兴。相对于兰贝斯单调肮脏的街道，呼吸一下达特穆尔的空气是个愉快的替换。

他怀着快乐的期待驱车前往帕丁顿火车站，并很快出现在火车上。在到达监狱之前他还有很多工作要做，特快列车一启动，他就取出文件开始工作。有好几个小时他都在阅读、做笔记，之后释然地舒口气，把文件放回包里，将注意力转向窗外的风景。

火车刚过埃克塞特，沿着河开向埃克斯茅斯。头一天夜里下过雨，现在天空晴朗，阳光灿烂。雨水将万物清洗一新，如同春天来临。当他们看到大海时，海面平静湛蓝，与道利什、廷茅斯的红色悬崖和山峰形成鲜明的对比。

火车在廷河口转弯，驶向纽敦阿伯特。弗伦奇觉得从这儿到普利茅斯的乡间景色相对乏味，就转向他塞在包里的一本小说。刚读了几分钟，他听到一声哨响，刹车片开始摩擦车轮。

时刻表上没有显示要在这一带停车，火车是从伦敦直达普利茅斯的。“是修理铁道或是被别的火车堵住了？”弗伦奇想。因为以前去南部怀特尼斯附近工作过，他认为自己算个铁路专家。

带着一丝不快，他打算继续读书。忽然，他听到微弱的爆炸声，接着另一声，又一声。车速减下来了。他们停在一个小站，他看到的地名是绿桥。

他猜这是三声远方有雾的信号。这是紧急危险信号，弗伦奇放下车窗向外看。他对着月台一侧，一看到月台上的场景他就跳了起来。

一场劫持正在上演。在车尾方向大约隔了四个车厢的位置，一扇门被打开了，对面站着一个男人，高大健壮，穿着灰色的衣服，戴着白色面罩，举起的手中拿着一支手枪。因为他用枪威胁着，所以外面一个乘客都看不到。保安下车了，站在他的面包车前，双手举过头顶。

当弗伦奇走到月台上时，两个男子从开着门的车厢里走出来。一个中等身材，穿戴着浅黄褐色外套和帽子，也戴着面罩，挥舞着一支手枪；另外一个和他一样高，没有武器和面罩，虽然隔着一段距离，弗伦奇也能感觉到他在行动中流露出的急迫。这三个人，两个拿着武器，另一个迫不及待。他们飞快地跑出车站，汽车加速的声音立刻从路上传来。

弗伦奇冲向出口，但他跑到时车已经消失了。于是他又跑回那几个人走下来的车厢，那里已经围满了激动的乘客。弗伦奇挤上前去。

车厢里躺着两个穿监狱守卫制服的人。一个已经死了，额头中枪；另一个蜷缩在角落，看上去似乎失去了知觉，但没有明显的伤痕。

“我是伦敦警署的警官，”弗伦奇喊着，“现在我来负责。”他指着几个围观的乘客，“这几位绅士，请你们赶快到车上找一位医生来。其余的人，关上车厢的门，不要让任何人进来，除非是来抢救角落上那位男士的人。保安，哪里有电话？”

弗伦奇一看到守卫的制服，就知道发生了什么事。虽然这不是他主管的业务，但他知道有一个囚犯要乘火车转到达特穆尔去。这是一个叫杰瑞米·桑兹的男人，弗伦奇对他很有兴趣，因为这人是他的俘虏之一。桑兹所犯的罪行是从奥姆斯比·基茨夫人距埃普瑟姆一英里远的达顿庄园乡间宅邸偷走了她的珠宝。他靠伪造的推荐信得到了男仆的职位。这给了他机会。据推测桑兹仅仅是一个犯罪团伙中的一员，在被捕前他已设法把赃物转给同伙，但这两项猜想都未能证实。不管怎样，他盗走的价值一万七千多镑的珠宝至今一件都没找到。

弗伦奇令人鼓舞的出现促使乘客都行动起来。一位医生很快被找到。当他照料那位守卫时，弗伦奇、保安和一些乘客跑到车站楼。这个车站只比一个小站大一点儿，有一间普通的候车室和一个小售票间。售票间被锁上了。弗伦奇敲着门，喊道：“有人在吗？”

里面传来一声低沉的呻吟作为回答。弗伦奇和保安用身体使劲撞门，但门很结实，抵抗住了他们的努力。

“椅子！”弗伦奇一指。

在月台上有一把沉重的木椅。大家很快举起它，把它作为撞锤，用它的一端来回撞门。伴着木头断裂的声音，门锁守不住了，门被撞开了。

在这间小办公室里有一把单人椅，椅子上坐着一个穿搬运工制服的人。他被绳子绑在椅子上，一块布严严实实地堵着他的嘴。人们只花了几秒钟就把他释放出来。除了压抑已久的狂怒让他有中风的风险以外，这个人看上去别无大碍。

“一个大个子、戴面罩的男人进来，”他气得语无伦次地说，“我还没采取任何行动，就发现自己被一把枪指着。接着，第二个人又进来了，我就被捆起来了。”

“车站附近还有别的人吗？”弗伦奇急切地问。

“有，有一个信号员。他们肯定也把他捆上了，否则他们不可能让火车停下来。”

信号亭在月台的另一端，位置比较靠后，这一小群人很快就跑过去。正如搬运工所言，信号员坐在一个凳子上，被捆起来堵上嘴，但没受伤。

他说，他在亭里坐着时，看到两个男人在月台另一端踱步，好像在测量什么，然后就不见了。几分钟后，他们忽然冲上信号亭的台阶，用枪指着他。他什么也没来得及做，就被绑住堵上了嘴。之前信号员已经放下了安全信号，但他们马上把信号改设为危险。他们等到发给特快列车的信号传到后，切断了闭塞线路和电话线。当火车出现并开始减速，他们放下进站信号，把预告信号和出站信号设为危险。这是正确的铁路操作程序，说明他们不是外行。

结果就是火车停在月台旁。他们放下停车信号后飞快地跑下月台，当火车进站时他们装作背对铁道看时刻表。他们显然知道囚犯在哪儿，因为他们就等在那人的车厢外，而且毫不迟疑地打开车门。

弗伦奇听他大略讲述了事情的原委，要求他写下来，但并没有得到什么有价值的东西。由于事情进展的速度很快，再加上那伙人戴着面罩，铁路工人头脑中只留下这一伙人的模糊印象。

他跑回火车里，举手示意大家安静，询问是否有人注意到那些人有什么可辨认的特征。开始没有人回答，然后一位坐在出事地点邻近车厢的女士站了出来。

她坐在窗边，有充足的时间观察那个在月台上放哨的大个子男人。她当然无法看到他的脸，但她能描述他的衣服。除了一点之外其他都平常——在他精致的黑皮鞋头上有三个小泥点，组成了一个小等边三角形。

这是弗伦奇得到的唯一线索，它非常令人满意。如果那个大个子男人没有注意到这些泥点并把它们抹掉，那么它们将让他完蛋。

弗伦奇又转向铁路工人，焦急地询问最近的电话在哪里。信号亭内的电话线已被切断，搬运工建议他去找农场主顾德伯迪，他就住在路前方三百码处。

三分钟后，弗伦奇在敲农场主的门，又过了两分钟，他与埃克斯特警察部门的负责人通上电话。他非常迅速地查问着，到此时案发不过十分钟。逃犯们最多跑了七到八英里，如果行动迅速，警方能在他们逃脱前在附近布置好搜捕圈。但弗伦奇要求不要抓捕他们，只是跟踪。

他非常清楚地描述了那三个人。关于那个囚犯，杰里米·桑兹，他能提供完整的信息。他曾多次研究他写的供词，能想起所有细节。对于其他的人，他知道他们的身高和体形，还有无比珍贵的一点，就是那三个泥点。

信息传到了埃克塞特、普利茅斯、奥克汉普顿和其他中心以及伦敦警署。守卫的尸体已得到处置，弗伦奇打电话给最近的一个村庄，找到一辆车，一路开到纽敦阿伯特。在那里他刚好赶上一趟去埃克塞特的火车。四十分钟后，他到达当地的警察总部，负责人汉布鲁克是他的老朋友，热情地接待他。

“我们按你的要求做了，探长。”他接着说，“能用的人都用上了，从这儿到克雷迪顿、奥克汉普顿、塔维斯托克和普利茅斯的一大圈内，所有道路都封锁了，而且埃克斯茅斯渡轮和这一地区所有的码头都被监控了。这个圈子半径大约有十到十二英里，那伙人要三十到四十分钟才能到达。运气好的话我们会抓到他们。但，弗伦奇，你确定不要逮捕他们吗？如果你现在放走他们，也许就不容易再抓到了。”

“我知道，警官，但我认为值得冒险。你认为他们策划这次逃亡是为了什么？”

汉布鲁克闭上眼。“赃物？”他说。

弗伦奇点了点头。“就是为这个。他们从不会仅仅为救同伙而杀人。桑兹把东西藏起来了，其他人逃走了。现在他们想要他把东西交出来。”

“你想让他找到那些东西？”

“他是唯一能找到的人。”

“这是个主意，”警官带着一点儿疑惑承认，“但我不知道。如果这是我的案子，我想我会选择抓在手里的这只鸟。”

弗伦奇的回答被一阵刺耳的电话铃声打断。汉布鲁克拿起听筒，一秒钟后递给弗伦奇。

“卡宁汉警官从伦敦环城路附近的埃克塞特报告。我想我们认出了那个大个子男人和囚犯桑兹。他们开着一辆车号是 AZQ9999 的戴姆勒车向伦敦方向前进。如果我们没搞错的话，他们已经换了衣服。大个子男人穿戴着深色的外套和帽子，当我们叫他出来时看到他左脚尖上的三个泥点。司机符合桑兹的特征，虽然他的脸变黑了，并穿着司机的制服。大个子男人自称是奥立弗·霍克先生，钻石商人，住在汉普斯特德的布拉布菲尔德路，哈顿花园和圣奥斯特尔斯第 767B 号。他们马上就停车了，而且非常有礼貌。他们说来自普利茅斯的伯灵顿饭店，准备回家。我们放他们走了，埃默生警官骑摩托跟着他们。他们的轮胎都是新的登路普牌。”

弗伦奇非常高兴。“如果他们彬彬有礼回答问题，就说明他们已找好托辞了，而且觉得托辞很可靠。”他搓着手，“一名钻石商人！世界上最好的销赃者。”

汉布鲁克表示同意。弗伦奇继续说："我可以用任何东西同你打赌，霍克会像他说的那样回家。如果这样，我们在那儿会抓到他和桑兹。能提前打个电话吗，警官？如果他去城里，我们将取消跟踪。"

当汉布鲁克打电话时，弗伦奇在研究一张时刻表。"五点四十二分有一班特快，"他说，"如果这是去伦敦的，我就坐这趟。我承认我愿意在汉普斯特德等他们到达。请让普利茅斯的人查查那家饭店，行吗，警官？"

伯灵顿报告霍克先生和他的司机在此前两晚都住在那儿，当天中午离开前往伦敦。他们是带着午饭走的，说路上在车里吃。

"这个托辞已经冒出来了。"弗伦奇宣布，"他们为什么在普利茅斯和埃克斯特之间花了这么长时间？因为他们要停下来吃午餐。为什么他们没有在任何饭店出现？因为他们在车上带了午餐。正是这样！现在该看伦敦警署的了，伙计们好好干吧！"

弗伦奇向总部汇报了发生的一切，询问是否有一个霍克先生；他是否住在他说的那个地址；如果是，这位绅士长得什么样。很快回复就来了，显示车里的人报的是真名。

弗伦奇站起来。"要是动作快，我能正好赶上那趟车，"他说，"好吧，警官，很高兴见到你。如果你的人过来追什么坏蛋，我也会把他监控住的。我想他们这一伙里应该还有一个人，运气好的话我们也会抓住他。"

弗伦奇坐在上行的特快列车中思考这件案子时，他觉得肯定还有一个同谋。在绿桥的那两人知道囚犯在哪个车厢。他们不可能从自己的下意识中推算出这个信息。一定有人报信给他们，这是唯一可能获取信息的途径。有人在帕丁顿火车站看着犯人和押送人员上车。弗伦奇想，他可以追查那天上午十点半以后从帕丁顿火车站打出的长途电话或发出的电报。

在火车停靠的第一站，汤顿、弗伦奇用暗语向伦敦警署和埃克塞特警局负责人发报，让前者查找是否有上述信息发出，让后者查证霍克是否打电话给什么地方来接收信息。他觉得到目前为止，为这个案子该做的都做了，于是他走到餐车，开始享用这耽误已久的一餐。

九点钟，弗伦奇在帕丁顿车站走下站台，十五分钟后他到了伦敦警署。他的同事坦纳警官在那儿等着他。

“我在办你这个案子。”坦纳说，“你的朋友们正小心翼翼地驾车过来。他们经过了查德、沙夫茨伯里、索尔兹伯里、安多弗和贝辛斯托克。他们在贝辛斯托克吃过饭，半个小时前离开了。十点到十一点之间他们会到达汉普斯特德。”

“关于霍克的生意查到了什么吗？”

“很小的个人业务，看上去没什么大不了的。但从霍克住的房子来判断，他一定很有钱。我去了他的办公室，职员毫不犹豫地说霍克先生去普利茅斯办事了，今天回来，明天上班。”

“我想这部分应该是对的。”

坦纳接着急切地说：“现在逮捕他怎样，弗伦奇？如果他和桑兹在一起的时候我们抓住他，他不可能作任何辩解。一旦我们让他们分开，就会发现这个案子很难找到证据。”

“赃物怎么办？”弗伦奇回答，“不，我们应该冒这个险。还有一点你忽略了。如你所知，我们相信这伙人一共有四个。现在我们想一网打尽。如果我们今晚逮捕了霍克和桑兹，就会漏掉那两个。不，我们就盯着他们，试试我们的运气吧。另外，关于帕丁顿发出的信息你们找到什么线索没有？”

“是，我们找到了一些东西，在这儿。”坦纳从口袋里取出一张小纸片。弗伦奇急切地读着：“要求引用《出埃及记》(《圣经》中的一部分）第六章第四节。”

“这是十点四十分从帕丁顿火车站电报所发出的。”坦纳接着说，“发给普利茅斯邮局转交安德顿。十一点四十五一个代表霍克的男人打电话查询过这份电报。这能给你什么启发吗？”

弗伦奇高兴地点点头。“我想它会的！”他激动地说，“你看见了，是吧？从引擎开始第六节车厢的第四个隔间。这就是那个男人在站台上要测量的。如果普利茅斯邮局的人能证明霍克查过电报，那事情就简单了。”

“我应该说相当确定。”坦纳焦急地瞥了一眼时钟，“目前你的朋友们应该已经过了布莱克沃特，那儿距贝辛斯托克只有十五英里，而他们在四十分钟前就离开贝辛斯托克了。”他拿起电话接通了布莱克沃特。“没有动静。”他立即说，“我不喜欢这个，弗伦奇。他们换了方向吗？”

弗伦奇已经在研究一幅大比例的公路地图。

“从北面到南面，雷丁和法纳姆是两个最明显的地方，但它们中间还有无数条路。坦纳，给这个地区都打一遍电话。”

坦纳尽可能快地做完这事，然后他们就静下来等着。随着时间流逝，弗伦奇越来越控制不住焦躁的情绪。是他太高估自己了吗？如果是，这对他来说就是相当严重的一次事故。他对自己说，他们不可能逃掉的。

电话铃再一次响起。“终于到布莱克沃特了。”坦纳松了口气，然后，他的表情变了。“噢，是吗？真棒，警官！太妙了！我会等着他的报告。”他挂断了电话。

“布莱克沃特报告，因为他们总不出现，他们派人骑着一辆摩托车去找，结果发现他们的车停在贝辛斯托克一条支路边上。他在监视他们，会随时向我们报告情况。”

“他们究竟想干什么？”弗伦奇问道。

坦纳摇摇头，他们再一次坐下来等着。无止境的等待伴着神秘感在增长。

在一个小时内，警官两次从一个友善的住户家中打电话过来，说他们还坐在停着的车里。但是，十二点半打来的第三次电话显示，他们的停滞结束了。

“我在法纳姆，”警官报告着，“十二点左右他们启动了车开到这儿，然后向着吉尔福德的方向去了。我已经要求吉尔福德的人盯着，而且随时给你们打电话。”

“吉尔福德！”弗伦奇焦躁地说，“见鬼！他们上那儿干什么？”他瞟了一眼坦纳。他的脸上也印着同样的焦虑。

电话铃又响了。“发现他们了，”坦纳报告，“四分钟前他们经过吉尔福德朝莱瑟黑德方向去了，吉尔福德的人已经给莱瑟黑德打电话了。”

突然，弗伦奇惊跳起来。莱瑟黑德！莱瑟黑德距埃普瑟姆很近，大约有三四英里。他兴奋之极，猜想自己能否猜出他们的目的地。

一转眼他就打定了主意。他愿意在这个想法上下任何赌注。他很快地对坦纳说着这个想法。

坦纳以同样的速度回复。他肯定地说：“你马上可以出发，车辆在等着去汉普斯特德。我会等在这儿以满足你的需求。”

一会儿工夫，弗伦奇就跑过走廊来到院子里。卡特警官和一些便衣及两辆警车在那里等着。

“赶快，伙计们，”弗伦奇大喊，“上车。能开多快就开多快，去埃普瑟姆。”十秒钟后车已经驶上滨河路，过了威斯敏斯特桥转向南边。

弗伦奇曾多次开快车，但很少像这次这么快。街上的车流量很小，他们充分利用了这个条件。不给任何东西让路，直接开到车流的最前面，逼得其他驾车员紧急刹车，向最近的警察投诉。有两次危险就在眼前，但他们都靠熟练的技术躲过去了。他们在街上狂驶，把一群愤怒的司机扔在身后。

他们很快出了城，仍然在加速。路的边缘在车前灯光下变成了颤抖的曲线，轮胎在沥青路面上咆哮。计速器上的指针升了又升，在一段下坡直路上一度达到每小时六十五英里。他们的喇叭很少有安静的时候，在转弯的时候弗伦奇不止一次庆幸那段路并不很滑。

他们很快到了警察局。一位警官在人行道上等着他们。

他飞快地说："你们要找的车七分钟前刚过去，朝着巴勒希思方向。"

这条消息几乎确认了弗伦奇的猜想。沿着巴勒希思路向前，达顿庄园就在一英里开外。

"好，"他带着解脱的感觉叫道，"司机，跟着它。"

他们的轮胎再一次在平坦的路上咆哮。一英里的路数秒钟的工夫就到了。

"稳住，"弗伦奇急忙说，"在那个拐角前停下来。"

拐角旁边是一条直路，庄园前后的行车道在此交会。车一停，弗伦奇就跳下来向前跑，同伴们跟在身后。他们经过拐角来到直路上。前面看不到车灯光。

沿着草坪的边缘，他们静悄悄地前进。很快，他们到了前面的入口。

弗伦奇让电筒垂直向下，以免暴露自己的位置。他迅速检查了一下行车道。它是砾石路面的，最近的雨水让它变软了。他可以断定刚才没有车从这儿经过。他轻轻招呼同伴，然后继续沿着路快速向前走。

弗伦奇调查那件盗窃案时，对这里的每一英寸土地都很熟悉。路前方一百码以外的后行车道是他的下一个目标。

他用电筒照亮行车道入口处的路面，满意地叫了一声。在这里有新鲜的轮胎印迹——崭新的登路普牌轮胎印。埃克斯特的警官观察得太准确了！

他们加倍小心，沿着行车道疾走，保持着安静和速度。没有月亮，但星星透出一些光亮。一阵风刚吹过，现在停息下来，万籁俱寂。忽然，弗伦奇感到他听到一点儿声音。一个手势传下去，大家马上静止不动。

是的，前面很近的地方有人在动，而且在低声说话。弗伦奇蹑手蹑脚悄悄往前走。

“……在埃克斯特把我们拦住了，”他听到有个男人在低声说，“但他们没有怀疑什么，我们顺利过关了。你是怎么办的，坦纳？”

“我把车放在纽顿阿伯特，乘火车来的，”另一个声音回答，“六点五十五我到了帕丁顿，接到你从贝辛斯托克打来的电话，接上古尔德然后到这儿来了。霍克，怎么回事啊？”

“宝贝。桑兹把它藏在这儿了。我想我们应该都在场以防——”

讲话的人一定是走开了，因为弗伦奇没听到这句话的后一半。他藏到树篱后，能看到四个人在他前面像影子一样移动。他们是从一块空地走进行车道的，显然已经把车藏好了。他们转而走向宅子，弗伦奇和同伴尾随其后。

如果只是说弗伦奇很高兴，那就没有完全表达出他现在的意识状态。起初他只希望找到赃物来弥补桑兹的逃逸。现在他的想法和行动被充分肯定了。只需要多一点儿耐心和细致，那些人和珠宝就都是他的了！这样可不止是一个胜利。那些看上去要让他失败的人最后会让他大获全胜！

两队人都静悄悄地走在行车道上，中间隔着一百多英尺。弗伦奇想，他的猎物们肯定不会走近院子，因为那里有狗和司机在睡觉。不，他们转向别处了。他们离开行车道，穿过一个通向宅子一侧的小门，走在一片有花圃和喷泉的草地上。这里是空旷处，弗伦奇和他的小分队必须退后以免被发现。他们找到一些灌木丛作为掩体，然后又靠近了他们。

弗伦奇疑心渐长。一开始那些人好像要策划袭击宅子。他们的确朝着墙走去。突然，弗伦奇看到了他们要去的地方。他们的正前方是一个凉廊。他对此很熟悉。这个地方挺大，大约五十英尺长，二十英尺宽，顶部和两边与宅子相连，但两端是敞开的。有条通道连着大厅和大会客室的法式窗户，一条短石阶连着庭院。石阶在西南方宽端开口的中央，窄端开口朝东南方。两端都有石栏杆，每隔几英尺就有一个基座托着巨大的石花盆，里面种着棉毛荚莱。

弗伦奇的心跳加速了。结果如何，都取决于这些人。他不知自己是否会目击到入室盗窃。那些法国式的窗户可能是他们下手的地方，但他知道那里装有防盗警报器，他不认为他们能成功。那么，当霍克一伙要撤退时，弗伦奇和他的同伴们正等着呢。

那四人悄悄地从石阶上潜入凉廊，消失在里面。之后，弗伦奇一行贴到石阶两边的墙上。地板大约有四英尺高，在草地上方，观察的人可以从石栏杆的缝隙中往里看。与弗伦奇估计的不同，猎物们并没有靠近法式窗户。他们像影子一样移向东北角，在那里凉廊的窄端与宅子的墙相连。弗伦奇轻轻绕过角落，在窄端外潜行，走到那伙人聚集地的正对面。那伙人打开电筒照着地板，昏暗的光向四周扩散。

"都安静。"那个被称为霍克的人轻声说，"现在，桑兹——"

一片影子朝着弗伦奇的方向延伸过来，他缩在地板的位置以下。"就在这个花盆里，"他听见一个伦敦东区口音在耳语，"这是房子以外我能找到的最近的地方。因为有东风吹过，没人会坐在这个角落。"

弗伦奇缓缓地抬起头。伴着他激动的颤抖，他看着那人把手放到花盆边上摸索。那人突然"咦"了一声，夺过霍克的电筒照向花盆。最后，他把谨慎抛到九霄云外，疯狂地找寻着。其他人紧贴在周围。

"哎，"霍克的声音高度紧张，"在哪儿呢？"

桑兹发出可怕的压抑的喊声，像是因为愤怒而失控了。他咒骂着。"它不在那儿！"他大叫着，"没了！有人拿走了！"

"安静点儿你这傻瓜！"霍克发出嘘声。他从桑兹手中抢过电筒，瞪着花盆。"你这骗子！"他接着说，他的声音仍然很低，但如同利刃，"你并没有翻过，那些土好几个月都没动过，它们都长青苔了。你们两个看看。”

那两人看了，低声咒骂。

“现在，”霍克接着说，声音如同发怒的蛇一样狠毒地滋滋作响，“十秒钟之内你告诉我们东西在哪儿，不然就捅死你。你以为不给我们该得的那份，你从监狱里出来就可以独吞了，现在你又想编故事来骗我们！我早就怀疑了，所以才让他们来。”他举起手，握着一把锋利的长刀。“你逃不掉的，桑兹，我们会杀了你。现在说吧，它究竟在哪儿？我数十下。你们两个抓住他。”

弗伦奇在考虑自己是不是该出手了。他相信霍克是来真的，他不能眼看着谋杀发生。然后，他意识到霍克或许因为希望听到实话而耽搁一阵子。他自己也和其他人一样急于听桑兹说什么，他也等着，他的心紧张得怦怦直跳。

“一！”霍克停顿一下，接着缓缓地说，“二！三！你们堵上他的嘴。”弗伦奇看到这伙人围得更紧了。霍克举起刀，刀尖顶在小个子男人的胸口。忽然，这个囚犯拼命挣扎。霍克收回了刀。

“我们可不是说着玩的，”他用金属般的声音耳语着，“如果我们得不到自己那份，就用这刀捅死你！我已经数了三下。”他又停顿了一下。“四！”

另一个声音加进来。“用刀对付他，老板，”说话的是一个以前没吭声的人。

“不，不，不！”桑兹含混不清地喊叫着，“我已经对你讲实话了，我发誓我讲了。我把它藏在那儿。”他以诸神的名义起誓，“就算你杀了我，我也没法对你讲别的。”

“再抓住他。”霍克冷酷地说，又一次举起刀。

弗伦奇感觉自己不能再袖手旁观了。他相信桑兹。他听出了真话的声调，还有桑兹声音中绝望的恐惧。弗伦奇认为这个人确实把东西藏在这个花盆中，但别的什么人找到了它，没有声张。也许是园丁，或是某个仆人……他开始贴着墙移向石阶。

他已经让手下的人准备好发动袭击，他们能冲上石阶给那些人一个措手不及。这时，上面传来桑兹恐惧的叫喊，伴着霍克凶残的声音。“完了！你们这些笨蛋！为什么不照我说的把他的嘴堵上？我们现在要撤了，带上他！”

再也不能等待了，那三个人拖着桑兹在凉廊里狂奔。他们跑得太莽撞了，直到石阶边才看到等候的警官。然后是刺耳的喊声。“警察！”霍克叫着，夹着狂怒的咒骂，“放下桑兹，快逃，跳过栏杆！”他快步转回去，拼命在口袋里摸索。弗伦奇迅速打开电筒冲向前，其他人跟在身后。当霍克掏出枪时，弗伦奇已经冲到他跟前了。

现在凉廊变成了一场噩梦，混杂着肉搏、呻吟、咒骂、撞击声和几声枪响。电筒都被撞到地上熄灭了，没人能看见自己在做什么。每个人都扭住自己身边能摸到的人，但不知道自己抓住的是谁。三个警察扭打在一起，过了好几分钟他们才意识到。弗伦奇的脚碰到一个电筒，他设法拾起来。有了光亮，结局就来得快了。这里有八个警察对付三个罪犯——桑兹太过害怕，不知道在混战中应该帮哪一边。

弗伦奇喘着气说：“把他们带到车上去，卡特。”

很快，那四人被拷上带走了，弗伦奇留在后面安抚庄园里受惊的人们。

第二天早晨弗伦奇走到搏斗现场观察，还带着卡特警官。他站在凉廊中间，向四周看。

“你看到什么有意思的东西了吗？”他问道。当警官没能给出他想要的答复，弗伦奇接着说：“桑兹说埋东西的角落对着东风。你记得他说过，他选这儿是因为没人坐在这里。但我发现这儿的植物长得比那些南面的更好更健壮。这让你想起什么了吗？啊，是的，对吧？让我们来看看吧。”

他走到长得最差的植物前——它看起来像被风吹得枯萎了。他用一把小刀开始在花盆里挖掘。

“啊，”他用极其满意的声调说，“我们找到了什么？我想这就是桑兹的小宝藏！”

这是一次幸运的推理。所有的珠宝都在一个包裹里。问过首席园丁才知道，原来就在上星期，他把花盆的位置换了，让那些长得最不好的灌木远离东风。

在审判时，只有霍克和坦纳被证明犯有谋杀罪，发电报的人不必为发生在绿桥的事负责。前两位被处决，其余的也有很多年不能再过他们以前神出鬼没的日子。为了感谢弗伦奇的工作，奥姆斯比·基茨夫人向警察慈善机构捐赠了五百英镑。因此，弗伦奇觉得他的努力没有白费。

第六篇　塞浦路斯蜜蜂

安东尼·韦恩（*Anthony Wynne*）

安东尼·韦恩（1882—1963年），又名罗伯特·捷·威尔逊，是英国作家和医生。韦恩毕业于格拉斯哥大学医学系并在伦敦从医。1925年，他开始以邪恶为标志，进行侦探小说的创作。韦恩塑造了以海利博士为代表的小说人物，海利博士是一名精神科医生兼业余侦探，这个人物形象的塑造奠定了韦恩在侦探小说界的地位。

苏格兰场的鲍尔斯警探，把一个小木头盒子放在了海利博士面前的桌子上。

“这个，”他兴奋地说道，“即使对于你来说，我亲爱的博士，也是个神秘的东西，几乎没人能揭开它的谜底。”

海利博士低下他的大脑袋，花了几分钟仔细研究了那个盒子。那只是一个空心的木头盒子，上面用钉子钉着一个木头制成的盖子。盖子可以绕着钉子旋转。他打开盖子，鲍尔斯立刻小心翼翼地观察他的动作。

“小心点儿！”他喊道，“盒子里头有三只活着的蜜蜂。”他补充道，“本来刚开始有四只的，但有一只蛰了我的一个同事死了，他打开盖子的时候，就没有注意里面装的是什么东西。”

他靠回椅子里，深深地吸了一口海利博士给他的雪茄。他一直沉默着，此时一声重重的迟缓的机车声在哈利街上响起。然后他说：

“昨晚，我的一个同事发现这个盒子被丢在皮卡迪利广场的排水沟里，就在标准剧院对面。他觉得这盒子看起来很独特，就带回了苏格兰场。我们有个养蜂能手，他说这些昆虫都是工蜂，只有疯子才会随身携带这种类型的蜜蜂。女王蜂反倒是经常被装进盒子里。”

海利博士推了推架在鼻梁上的眼镜。

“我听说了。”他打开他的鼻烟壶，装了一大把烟草进去。“你知道，当然，我亲爱的鲍尔斯，”他说，“这个盒子在装蜜蜂之前，都装了些什么？”

“额，我不知道。”

“是血清——抗白喉血清或者类似的东西。实际上，这种产品的生产商都用这种容器盛血清。”

“啊！”鲍尔斯在椅子里向前倾了倾身子。“所以这就意味着，在所有的可能性里，蜜蜂的主人是个医生。真有意思！”

海利博士摇了摇头。

“还不能这么推定，”他评论，“没准盒子是在里面的东西被用光后，遗落在哪个病人家里头的。然后这个病人就把盒子另作他用。”

鲍尔斯点了点头。他似乎犹豫了片刻，然后他说：

“我来打扰你的原因是，昨晚，一个女人被发现死在了一辆小汽车轮里——一辆封闭的小轿车——就在莱斯特广场上。她死前被蜜蜂蛰了一下。”

他用低沉的嗓音说着，但他的音调透露出他正在调查的事实有非常大的重要性。他补充说：

“尸体立刻被法医检查。他在她的额头上发现了蜜蜂的刺。死掉的蜜蜂随后在汽车的地板上被发现。”

他一边说着，一边从他的口袋里掏出另一个盒子，打开了它。他把它递给博士。

“你会发现，蜜蜂的身体上有不同寻常的记号——这些黄色的圆环。我们的专家说，它们代表这是一种稀少的种类，塞浦路斯蜂，众所周知，这些昆虫非常的暴躁。特殊之处在于，木盒子里头的蜜蜂，也是塞浦路斯蜂。”

海利博士从他旁边的桌子上拿起了一个放大镜，然后仔细地观察蜜蜂的尸体。他对于蜜蜂的了解并不宽泛，但他辨别出这不是普通的棕色英国蜂。他放下放大镜，靠回椅背。

“确实非常离奇，”他说，“你有什么想法吗？”

鲍尔斯摇了摇头。“还没有，毫无疑问由于蜜蜂叮咬，引起了那位女士的惊吓和突然失控。有人看见她快速地把车驶向路边，试图停车，所以她一定是预感到了将要发生的事情。我猜是否是由于蜜蜂叮咬而导致的心脏病发？”

“这么不是没可能，”海利博士拿了更多鼻烟，“很久以前，”他说，“我遇到过一个非常相似的个人经历——一个养蜂人在放弃了他的养蜂场多年之后，被蜜蜂给蛰了。他在五分钟之内死亡。但那很明显是一种过敏性死亡的例子。”

“我不太明白。”

海利博士沉思片刻。“过敏性反应，”他解释道，“是整个医学科学里最为令人惊奇的现象的名称。如果一个人接受了血清或者血液的注射，或者从动物身上提取的血液，然后，一系列针对那种特殊物质的神经过敏现象就会陆续发生。比如说，一剂鸭子蛋蛋清注射，在一周左右的失效期之后，将使得接受注射的人对于这种特定的蛋清非常敏感，如果继续给他注射蛋清，也许会引发即刻的死亡。”

“即使一枚鸭蛋被吃掉，也有可能发生严重的疾病和衰竭，尽管母鸡的鸡蛋不会产生副作用。很奇怪的是，比如说，假设一天之内被允许反复注射，反而没有引发任何问题。如果要过敏性反应持续发展，第一次注射和第二次注射之间的时间差非常重要。一旦过敏性反应进一步恶化，就会持续多年保持这个状态。那个我碰巧看到死亡的养蜂人，以前曾经被蛰过：但是他已经有非常长的时间没有被蛰过了。”

“噢，天哪！”鲍尔斯的脸上换上一种想了解的兴趣。“所以，实际上有可能这是一个——谋杀案！”

他以一种敬畏的口气说出这个词。海利博士看得出他作为一个人类追捕者的本能已经复苏了。

“仅仅是可能。但别忘了，我亲爱的鲍尔斯，如果凶手是用这个方法杀人的，他就要先给受害人一剂注射——通过接种的方法——把蜂毒注射进去，因为一次单纯的蛰咬很难产生足量的毒素，致使过敏性反应发生。也就是说，他要试炼出足够的剂量避免失败——除非他刚刚好是个医生。”

“啊！那个木头的血清盒子！”警探声音兴奋地说。

“或许是。一个医生无疑可以注射蜂毒，假如他拥有蜂毒而不是普通的血清，或者普通的疫苗。这会坏事——但是病人们总是期待着伤害他们的接种。”

鲍尔斯站起来。“现在有没有实验，”他问道，“在尸体上做的实验，可以检验出你提到的这种过敏性反应？”

“还没有。”

“那么我们只好根据环境证据来进行了。”他倒抽了一口气。“这个女人被确认为演员巴德维尔的遗孀。她有公寓——一栋非常奢华的公寓——在百年顺大厦，而且看起来一直很富有。但我们现在还没有发现她的人际关系网。”他看了一眼手表。“我现在就走。我猜我没法说服你陪同我一起走吧？”

海利博士没有神采的眼神突然亮了起来。作为回答，他站了起来，比警探还要激动的样子。

“我亲爱的鲍尔斯，你知道你永远都能说服我的。”

那间百年顺大厦里的公寓非常之奢华。它显示出一股奢侈的气息，但同样也显示出其主人的不安定——仿佛它的主人对于享受它的舒适感到非常不安。房间都太拥挤了，但由于礼物赠与的粗心大意而避免了看起来很粗俗。这个女人似乎买回来所有的东西，但对所有东西都不关心。因此，在她的餐厅里，一套高级安妮女皇的餐具柜，被随意地紧紧摆放在最令人感到惊悚的维多利亚时代的仿胡桃木的扶手椅旁边。在客厅里，装饰着威尼斯贵族时期风格的花色玻璃，用上好的金线镶边，旁边则令人震惊和感到厌恶地摆放着波西米亚三等工厂里生产的金黄色玻璃陶瓷器具。

海利博士开始在脑海中勾勒这位死去的女士形象。他看到的她，性格多变，非常贪婪，华而不实，但还是有种天生的魅力——如果她是非常年轻貌美的那种女人，会有成千上万的男人垂涎。他的经验告诉他，那种女人，十分擅于令她的追求者们因为没有信仰或者奢侈浪费而走向绝望的境地。是否这些蜜蜂的主人通过进行他那可怖的工作来确保自己免于遭受其他活跃的竞争者的排挤，从而免受屈辱呢？还是他仅仅想要摆脱一个他已经逐渐厌烦的女人？无论怎么说，如果谋杀的思路是正确的，他一定在死去的女士与医生病人的关系中占有一席之地，而且他一定拥有自己的养蜂场。

鲍尔斯介绍的一个叫做塔德卡斯特的年轻警探，已经对公寓进行了非常仔细的检查。他没有发现任何有价值的线索，甚至连一张照片都没有。她的公寓里的邻居也无法提供任何有用的信息。巴德维尔夫人，正如她展示出来的，有很多午夜时分来拜访她的男性朋友。显然，他们没有写信给她的习惯，或者，即使他们有这个习惯，她也把那些信给毁掉了。过去几周之内，她似乎连个仆人也没有。

“所以你还没有发现任何线索？”鲍尔斯的声音里充满失望。

“还没有，先生——除非，事实上，这个没准有点用。”

塔德卡斯特拿出一张皱巴巴的纸。那是一份商店收据，写着“泰晤士报读书俱乐部”的名字，所购商品是罗伯特·勃朗宁《爱之歌》的复本。上头没有署名。

鲍尔斯把它递给海利博士，后者沉思片刻，然后问道：

“你在哪儿发现这个的？”

“在卧室的壁炉里头。”

博士的眼睛眯了起来。

“这对我没什么启发，”他说，“这很可能仅仅是公寓主人收集诗歌的兴趣。”

他把纸片折起来，小心地放进自己的皮夹子里。他补充说：

“另外，勃朗宁的爱之歌确实对一些女性非常有吸引力。”他推了推眼镜，看着年轻的警探。“你发现那本诗歌了吗？”

“没有，先生。卧室里有几本小说，但是没有那样的诗歌。”

海利博士点了点头。他要求看看她的收藏，仔细对它做个检查。那些小说都是不堪入目的关于性的书。这跟他预料的差不多。他翻开每本书，看了看插页部分。它们都是空白的。他转向鲍尔斯。

“我打赌巴德维尔夫人没有付钱给读书俱乐部，”他宣称，“我也打赌这本诗歌并不是买给她的。”

警探耸了耸肩。

“也许不是吧。”他漫不经心地说。

“那么，为什么诗歌的复本会在这个卧室里？”

“我亲爱的博士，我怎么能知道呢？我猜，是那个书的主人选择在这里丢掉它吧。”

博士摇了摇头。

“男人们不会给自己买爱情诗歌，女人们也不会。他们之所以买——几乎毫无例外地——是买给他们感兴趣的人的。每个人都是如此，我想。”

他突然停口。一本书闯入鲍尔斯的视野。

“所以呢？”

“所以说，作为一条规律，男人是不会告诉女人，他为另一个女人买了一本这样的书。我是说，很难相信，一个与巴德维尔夫人有如此亲密关系的男人，会故意在她的卧室里留下这么一个明显的证据，表明他对另一个女人感兴趣，以此来使得夫人产生嫉妒感。我猜，你也看到了，没人会给那个可怜的女人这样一本特别的书。”

鲍尔斯又耸了耸肩。这点对他来说太空洞了。他迷惑地环视了这个屋子。

“我希望，”他说，“我们能有点进展——一些明确的，能够指认到某个具体个人的进展。”

他的话公平地传达给他的下属以及海利博士。前者看起来很迷茫，但是博士的表情却很热切。他举了举他的眼镜，然后戴在眼睛上。

“我亲爱的鲍尔斯，”他说，“我们确实有些线索可以进展。在你打断我的时候，我正要告诉你，那本诗歌复本，很可能是从它的主人衣服口袋的破洞里漏出来的。就像小盒子里盛放着多余的蜜蜂，他觉得没必要把它们放飞，当那个男人向自己保证那些精力充沛的昆虫并没有杀伤力后，却最终使得它们留在在巴德维尔夫人在皮卡迪利广场的轿车上一样。”

他暂停了一下。警探转向他，感到更加有趣。一个念头闪过海利博士的脑海——鲍尔斯没能被上天赋予对人类本质的洞察，正如他对周围环境掌握的渴望一样，实在是个遗憾。他放任自己的眼镜滑下鼻梁，表示他已经竭尽全力。他问道：

“你也许没有抓住机会去观察一个人是如何接受他刚刚购买并付款的商品的收据吧？相信我，这是个充满人类天性指导的场景。收据都会按照惯例来说，由一个女孩递出，而那个男人，按照惯例，会把它放进离自己最近的口袋里，因为他不想看起来很粗鲁或者不干净，比如直接把它扔到地上。羞怯、礼貌和整洁，我亲爱的鲍尔斯，这些都是我们人性中非常突出的特点。”

他又突然停顿，这次是为了来一点烟草。两位警探都不耐烦地看着这个过程。

“一个外套口袋里有洞的男人——这个洞并不大，但是足够大到穿着它的主人起身大步上下楼梯的时候，让一张卷起来的纸掉出来——这难道不是一条线索吗？也许一个医生，在他的灵魂深处，深深渴望巴德维尔夫人这样的女人——下贱但同时富有魅力的女人——”

“我以为你已经表明了他为另一个女人买爱情诗歌的想法！”鲍尔斯突然说。

“没错。另外一些女人，很想和巴德维尔夫人一样能够吸引他，但是很明显她们不具有巴德维尔夫人徒有其表的学识。”海利博士那张大大的和善的脸庞变得沉思起来。“那有没有启发你，”他问，“尽管一个男人也许不会对每一个女人都保持忠诚，但是他几乎永远都对一种类型的女人忠诚？一次又一次，我在前妻和第二位妻子之间发现她们在思想和外貌上的相同特质，有好的也有坏的。事实上，我甚至可以说，我们的初恋和最后的恋人是同类的灵魂，这是由于需要和欲望而认定和选择的，是不会改变的，或者说即使改变也非常细微，这会贯穿整个生命。”

“即使如此，我亲爱的海利。”

鲍尔斯脸上困惑的表情加深了。然而博士，因为太热切而没有感到气馁。

“如果巴德维尔夫人实际上是被谋杀的，”他继续说，“杀害她的人的形象并不是十分困难才能描述出来的：一个医生在早年生活中——因为死去的女人至少三十岁了——在这个国家里行医，但品位和普通市民差不多，对于穿衣服不是很上心，自从他默许了口袋里的那个洞，就变成了一个感情脆弱的利己主义者，自从他买了勃朗宁的爱情诗歌，杀害巴德维尔夫人的想法开始在他脑海中盘旋——”他停下来，然后想了片刻。“很有可能巴德维尔夫人就是一件昂贵的奢侈品。这样的女人，对于她们所依赖的男人们也是像老虎一样贪婪地争夺的。然而，尽管她毫无疑问地拥有了大量的，也许是庞大的男人的喜爱，她还是没能俘获他，跟他结婚。”

他转向鲍尔斯，然后重新调整了他的眼镜。

“你为什么认为，”他问道，“巴德维尔夫人没能让这个医生娶她？”

“我并不知道。”警探的语气不耐，简直到了粗鲁的极端。

海利博士穿过房间，走到挨着窗户的写字台前。他拿起一张纸，然后在上面标记了一个小圆圈。然后他又在小圆圈外面画了个大圆圈。他走回到一直站着盯着他看的警探身边。

“这里是伦敦，”他指着小圆圈说，“这个是英国，加起来有四十英里——也就是说，小汽车要行使两个小时的旅程。看起来我们的医生对于小镇经常光顾，我想，那并不是太小的半径距离。超过这四十英里，伦敦的其他地方就不是那么容易到达了。”

他的铅笔在大圆圈的两处停住，然后划出了一个区域。

“这里，”他继续解释，“是萨里高地，这片区域在我们的行政区内，那里种着石南属的植物，因此，也是所有人养蜂的最佳场所。”

他抬起头，冲着两个似乎重新被引起兴趣的警探。

“那儿不应该无法发现有个行医的医生，养着塞浦路斯蜂，他一路来到伦敦，穿着外套口袋里有个破洞的衣服，并且和他的妻子分居。”

“老天爷！”鲍尔斯急剧地倒吸了一口气。他作为人类追捕者的天性再次复苏了。他带着热情瞥了一眼博士。然而，年轻的警探还是保持着他严肃的表情。

“为什么医生和他的妻子分居？”他问道。

“因为，要是她没有在他厌倦她的时候离开，没准很久以前他就杀了她，要是那样的话，他就能在第一次和她厮混时跟她结婚了。我了解这些好色之徒，他们也都有文学方面的虚荣心。婚姻对他们而言，拥有令人难以置信的吸引力。”

他看了眼手表然后发表了看法。一次专业的约会记忆突然出现在他的脑海里。

“如果你按着线索继续追踪，我亲爱的鲍尔斯，”他离开公寓时评论道，“我希望你让我知道最后结果。《医学大辞典》应该会是非常有用的出发点。”

海利博士接下来一天非常忙碌，结果没有时间去跟进塞浦路斯蜂迷踪的最新进展。然而，傍晚时分，他打电话给苏格兰场的鲍尔斯警探。一个意志消沉的声音传来，告诉他整个国家也没有一个符合他提供给警方描述的医生。

“巴德维尔夫人，”鲍尔斯补充道，“她有个女佣，正在度假。她昨晚回来了，现在告诉我们她的女主人很少在公寓接待男人，而且其中也没有医生。当然，有可能在过去两周里，医生在这女孩不在的时候来拜访过。但是，这样的话，我们就必须重新看看有些牵强的谋杀论了。毕竟，死去的女士拥有一辆小轿车，而且在她被蛰的那个早上很可能是独自在小村里。蜜蜂总是会被困在汽车里。”

海利博士挂上听筒，然后吸了一筒烟。他坐在大大的扶手椅里，闭上眼睛，刚才的电话和他收集到的各种证据碎片从他脑海中闪过。如果死去的女人没有在公寓接待医生，那有关他们亲密关系的想法就很难成立了。那样的话，他的整个推论就是无效的。他站起来然后沿着哈利街走到泰晤士报读书俱乐部。他给店员看了他取得的收据，问他们他能否见见进行这桩交易的助手。这个女助手对这笔交易记得很清楚。那大约是一周之前发生的事。买那卷诗歌的男人由一位年轻女子陪同着。

“你是否碰巧注意到，”海利博士问道，“他的同伴看起来是什么样子？”

“我想她一定是精心打扮过的。她有一头金发，但我要说我没太注意她。”

“那个男人呢？”

女孩耸了耸肩。“我恐怕记不太清他的样子了。一个商人吧，大概。”她思考了一阵。“我可以说，他比她要大上很多。”

海利博士离开了商店，走回哈利街。至少有一点，他没有搞错。《爱之歌》的购买者是个男人，而且他为一个不是巴德维尔夫人的女人买下它们。鲍尔斯提到过这位女士有赤褐色的头发。为什么在完成这笔交易后，男人要这么快地拜访巴德维尔夫人呢？他叹了口气。毕竟，为什么不呢？鲍尔斯认为没有陪审团会只听取二手的建立在性格分析上的证据，这倒是真对了。他来到门前，刚要进屋子的时候，一辆出租车停在他旁边。鲍尔斯在百年顺大厦介绍给他的年轻的警探塔德卡斯特走了出来。

“博士，我能跟您聊两句吗？”他问道。

他们一起进入房间，塔德卡斯特从口袋里掏出一封信，递给了海利博士。那是一张药方，是写在巴德维尔夫人的笔记本上的，上面只写了令人难以辨认的姓名首字母缩写。

“你走了之后我发现的，”年轻人解释道，“你可以看出来，这是由当地的药剂师开出的。今天我见了他，他说他还有另外一份类似的处方要开出。但是他不知道是谁写的。巴德维尔夫人几天前服用过这种药。”

海利博士读了药方，是简单的补铁的药。签名难以辨认。他摇了摇头。

“恐怕这对我们来说没什么太大用处。”他宣布。

“你不能从首字母缩写里看出是哪个医生。”

“不能。”

“那样的话，我想我们只好放弃了。”塔德卡斯特的声音表达出很大的失望。很明显他希望借破解谜题而获得声誉。“你昨天的推理，”他补充道，“给我留下很深刻的印象，先生，恕我直言。”

海利博士歪了歪头，但他的眼神很空洞。所以一个医生近期拜访了死去的女士——同样，很明显地，以前也拜访过-——一个医生，他的药方对于当地的药剂师来说很陌生。他转向了年轻的警探。

“我刚从鲍尔斯那里听说了，”他说，“女佣回来了。你是否碰巧知道她有没有关于这些专业人士拜访的记忆？”

“我自己询问了她。她说她对他们一点也不了解。”

再一次地，那种空远的神态出现在博士的眼中。药方写在巴德维尔夫人笔记本上的事实，说明是有人在拜访她的公寓时写给她的。出于什么样的原因，巴德维尔夫人要避开她的女仆请医生来呢?

“这样可能非常麻烦您，”他说，“但我希望您带我回百年顺大厦可以吗?我承认我要亲自问问那个女仆几个问题。一个医生竟然能知道作为门外汉不太清楚的专业知识。”

就在他们开车穿过拥挤的街道时，海利博士再次自问是什么促使他开始这个新的调查。为什么巴德维尔夫人要向她的女仆隐瞒自己的用药需求？即使她的医生也是她的情人，也不足以说明这种隐瞒的必要性。他睁开眼睛，看见伦敦下班的人流在出租车周围涌动。长相甜美的女孩和杰出的年轻人，夹杂着眼神透露出失望沧桑故事的女人，因压力而露出习以为常表情的男人。在这么多的人性、希望与恐惧、欲望与目标中里寻找一个无名无姓的人，难怪警察们都感到绝望了。

出租车停了下来。他们乘坐电梯来到公寓门前。塔德卡斯特按了按门铃。片刻之后，一个年轻的女孩打开房门，她对警察的返回感到焦虑，试图掩盖这点但她邀请他们进屋的声音背叛了她。她关上门，然后在昏暗的入口走廊引路。她打开客厅的门。

当窗户透射的光照在她的脸上，海利博士压抑住他的惊叹之情。他又开始观察，仿佛有个新想法在脑海中生成。他的脸颊上爬上红云。他扶了扶眼镜。

“打扰您了，”他对女孩说，“因为在她被最后的致命疾病夺走生命之前，有些关于巴德维尔夫人健康的问题，也许你能帮助我们解答。我是一个博士，协助警方办案。”

“噢，好的！”

女孩的声音很低沉。她那漂亮的，擦了很多粉的脸蛋由于焦虑而显得憔悴，她的眼神漫无目的地从一个人游弋到另一个人身上。她的手作出一种不安的姿势，眉毛紧蹙，仿佛她的金色卷发都压在了白皙的皮肤上。

“也许单独和您聊聊会比较好？”

海利博士的嗓音非常温柔。他边说着边看了一眼塔德卡斯特，警探立刻起身离开了房间。然后他转向女孩。

“你的女主人，”他问道，“两周前曾给你放过假是吗？”

女孩变得很激动，似乎所有的血液都涌到了脸颊上。从她那大大的有神的眼睛中透露着对他的深深恐惧。

“没有！”

“我亲爱的女士，如果可以这么说，如果你说实话，对你而言是有益无害的。”

他冷酷地说道，嗓音里却仍有一丝安慰的成分。他在她的眼神中，看出恐惧对无助的让步，而这正是他期待从她的品质中发现的——这种品质吸引了巴德维尔夫人的情人，这也就解释了《爱之歌》这个微妙的礼物。他重复了他的问题。女孩低着头。她承认了。他让眼镜滑下鼻梁。

“因为你和那个她过去经常相处并视为特别朋友的男人有了亲密关系。”

“噢，不是，不是！那不是真的！”

她的眼睛再一次挑衅地看着他，她向后仰起头，露出脖子上的圆形曲线。灯光在她的金发中闪现。难怪这个美人儿能霸占了她女主人的情人！

“听我说。”海利博士的脸色很坚定。“你已经否认有医生来过这间公寓——至少，就目前你所知道的情况来看是这样。然而，碰巧有许多由当地药剂师开出的处方是给巴德维尔夫人的。因此，要么是她背着你以承受巨大的痛苦为由与医生私会，要么——就是你在说谎。”

“她没有告诉我。”

他摆了摆手。“那很简单，”他说，“要是想知道她为什么这么做。如果你的女主人确实背着你约会医生，她一定会自己，亲自找药剂师开处方。我待会就去找他了解情况，或者还不止这样。”

女孩的心情再次变化。她开始呜咽，把一块小的时髦款式的蕾丝手绢按在眼睛上。

海利博士深深吸了口气。在组织好下一段谈话前，他停了片刻。然后说道：

“我猜你已经认识到，如果一个女孩帮助一个男人实施犯罪，在法律的眼中，她和他一样都是有罪的。”

“你是什么意思？”

她的防卫已经全线崩塌。她站在他面前，由于恐惧而看起来楚楚可怜，眼神闪烁，嘴唇颤抖。

“你今天在这里出现，证明你在这个案件中起了作用。你为什么要回到公寓？”

“因为——因为——”

“因为他——你保护的那个男人——想知道警察都在这里干什么？”

她蹒跚着转向他，然后把手放在他的胳膊上。

“噢，老天爷啊，我真是害怕极了。”

他把她领到椅子旁，但是她突然生出一股力气，紧紧抓住他的胳膊。

“我不希望他这么做的，”她极度痛苦地哭着说，“我发誓我不想他这么做的。我发誓我一点儿主意也没有，甚至连他干了什么都不知道。我们马上就要结婚了。”

“结婚！”他的嗓音似乎在加重这个词。

“我发誓是的。结婚是诚实的和正大光明的，只是他还跟她有牵扯，她花了他太多钱了。”

第一次，她的嗓音变得真实起来。她补充道，

“他的妻子也花了很多钱，尽管她已经不和他住在一起了。她一个月前死掉了。”

他们站着看着彼此。在寂静的房间中，壁炉架上华丽的小钟表发出的滴答声显得异常清晰可闻。

海利博士向前倾了倾身。

“他的名字？”他问道。

“不行，我不能告诉你。”

她又变得虚弱起来。她的眼神中透露出一丝脆弱。她以卑鄙的、不道德的方式爱着这个男人的模糊想法，闯进他的脑海。他刚要重复他的要求时，房间的门被打开了。塔德卡斯特手里拿着一个小小的，皮革包裹着的书卷走进来。

女孩发出一声尖锐的叫喊，然后跑向他。但是海利博士阻止了她的行为。他紧紧地抓着她。

“是勃朗宁的《爱之歌》诗集，”警探说，“我在隔壁房间发现它被扔在地上。上面有个签名，写着‘麦克·康沃尔’。”

他把诗集拿出来让博士检查，但海利博士的脸色几乎和他旁边的女孩一样变得苍白。

他重复了一遍那个名字——“麦克·康沃尔”——那简直是个梦中般的男子。

这里被树木环绕。海利博士缓步走向林荫大道。把他带到这个可爱的汉普斯特德房舍的任务——正如它整夜几个小时一直存在——正如他精神的颓靡。麦克·康沃尔，温泊尔街著名的细菌专家，是从小和博士一起在阿平厄姆长大的小伙伴。他们现在也是熟人。

他来到前门，刚要按门铃的时候，那个他正在寻找的男人出现在房子的边上，一位老人和一个女孩陪同着。

“海利——噢，我太意外了！”

康沃尔博士伸出手走上前去。他那深邃的，但更为凶险的眼睛，闪烁着毫不为之影响的热情的光芒欢迎他的伙伴。他介绍道：“康沃尔上校，我的伯父；帕齐·康沃尔小姐，我的堂妹，你可得祝贺她，因为她刚刚订婚了。”他以快速而断断续续的方式介绍着。

“我们刚要去花园里走走，”他解释道，“你一定要一起来。之后，参加我们的午宴。因此，我亲爱的海利，如果你有——我觉得你有——什么重要的事情要跟我商量，我们会谈到的。”

他那嘲弄的音调和他的外表非常相匹配，这么多年都没有怎么改变。他还是那个敏锐、易怒、非常虚荣的男人，为自己赢得了一个“山猫”的昵称。

他们在草地上散步，来到一堵只能由时间和季节造就的黄褐色的砖头墙前。康沃尔博士打开砖头墙的一扇门，然后站在他的同伴们后面，等他们先进去。

一片令人欣喜的美景迎接他们，一排排果树都结满了果实，仿佛阿尔卑斯山上的雪被夕阳的光芒笼罩，在这个英式花园里五彩斑斓，鲜艳无比。然而，海利博士却没有功夫欣赏这片美景。他的眼睛紧盯着一排白色漆成的蜂箱，在冷色调的墙面映衬下闪耀着微光。帕齐·康沃尔表达了她纯粹的好奇。然后她情不自禁地发出又一声兴奋的惊呼，因为她发现，在墙侧面的温室里，有一片壮丽的鲜红色郁金香。她带着海利博士，后者眼中悲伤的表情似乎又加深了一层，去探索那片郁金香。她的父亲和堂兄沿着花园小径继续前行。她和他站在温室里狭长的过道上，享受着令人着迷的花海。

“它们有没有让你想都采下来，带到一个没有鲜花的地方去？”

她转向他，但是他从她身边跑走了。

一声刺耳、恐怖的尖叫，刺破了这个早晨的慵懒的宁静。她看见她的父亲和堂兄被一大群有翼的昆虫追赶着，正冲着花园大门那里逃去。盲目地、疯狂地，他们试图避开可怕的攻击。老人蹒跚着，几乎摔倒，幸亏他的侄子抓着他的胳膊。她瞥了一眼他的脸，仿佛在他的脸上看到了死亡的气息。

“是蜜蜂！”

这句话从海利博士嘴唇中吐出来，仿佛是绝望的哀鸣。他已经关上温室的门，刚要打开它，这时这群疯狂的昆虫里有一只胡乱飞出，撞在他旁边的窗户上。然后是另一只——再一只——再一只。他慌乱地退到女孩身边。

“趴在过道上！”他用最高的嗓音喊道。“一会儿可能有玻璃会破掉。”

她惊恐不已的眼睛看着他。

“我的父亲——噢，天哪！”

“要想活着就趴下！”

他站在她旁边，观察着，准备着如果有蜜蜂闯入温室则将其击退。只有一次他将睁大的眼睛从这个任务中转移。接下来他们看到的景象，使得又一声恐惧的尖叫从他的嘴唇中吐出。

可怕的蜂群像尘埃云一样悬挂在花园大门的上方，上下不定地起伏着，无数蜜蜂的身体和闪亮的翅膀发出不断闪烁的光。一阵微弱而尖锐的笛声横越寂静闯入他的耳朵。墙上的门被打开，花园现在空空荡荡。

鲍尔斯向前倾了倾身子。

“巴德维尔夫人的女仆承认今早在午饭之前立刻打电话给康沃尔博士，”他说，“她之前试图和他交流，但是他因为一个出诊连夜去了镇子里。他得到了她关于警方已经怀疑他和她的女主人死亡有关系的通报，在那之后，他让他的第二个受害人，他的伯父，在花园里处于死亡的境地。”

警探划了根火柴，点燃了他的雪茄。海利博士坐在那里悲伤地看着他。

“如你所知，十分钟之后，”他继续说，“康沃尔把自己的脑袋打开了花，他预见了游戏已经结束。他被严重蛰伤，当然了，但是他长期养蜂的经历使这件事与发生在其他普通局外人身上相比，显得不那么严重。无论如何，他必须接受他的计划成败的风险。”

寂静笼罩着大咨询室。然后博士评论道：

“康沃尔小姐最近订婚并准备结婚了？”

“是的。”鲍尔斯长长地吸了口烟。“这就是使得她堂兄的谋杀计划加速的客观原因。由于巴德维尔夫人的挥霍无度，他因负债而异常绝望。只有他叔父数目庞大的金钱才能救得了他。如果康沃尔小姐结婚了，他就会失去所有得到这笔钱的希望，也会失去迎娶他负心爱上的女孩的机会。我已经查明他一个月前坚持让这对父女接受抗春季结膜炎的接种，他给他们的注射剂非常有害。毫无疑问巴德维尔夫人同时也接受了注射。因此，对于这三人中的任何一个，正如你之前推理的，一个单纯的蜜蜂蛰咬就意味着死亡。”

海利博士垂下了头。

“当我看见蜂群的刹那，真相就闯进了我的脑袋，”他承认，“这些塞浦路斯蜜蜂，就像我尽力寻找的一样，就像你的养蜂人朋友告诉你的一样，是极度恶意的。但是没有蜜蜂，除非之前被调教得异常狂暴，会主动攻击任何还没有靠近蜂箱的人。所以非常清楚，即使在案件最初的恐怖时刻，蜂群也是精心准备的计划中的一部分。”

警探站起来，伸出手。

“但是对于你来说，我亲爱的朋友，”他说，“康沃尔小姐毕竟能够避免重复她父亲的命运轨迹，而我所见闻的最是恶魔的杀人凶手，几乎可以肯定地说，已经不会受到怀疑和惩罚了。”

第七篇　莱顿府邸失窃案

阿瑟·莫里森（*Arthur George Morrison*）

英国作家、记者，较出名的作品是他的现实主义小说以及他所创作的侦探小说。由阿瑟·莫里森创作的马丁·休伊特就是对歇洛克·福尔摩斯的模仿。阿瑟·莫里森在1894年至1896年之间共出版了三部马丁·休伊特的故事集，紧接着又创作了他最著名的作品《雅格的一个孩子》(*A Child of the Jago*)。

那些还记得过去十五年或者二十年重大的法律案件的人也许还记得，或者至少记得一件非常有名的遗产案件："巴特利 V.S 巴特利等人"案。该案占据了遗产法庭几周的时间，并引发了大量的公众兴趣，因为舆论一般对该法庭的其他部门不感兴趣。该案之所以著名，是因为它的案件原告有着大量值得注意和不同寻常的证据——这些证据让对方措手不及，使得案件完全被推翻。也许，该案将因涉案的梅瑟斯律所突然身份显贵而更好地被记住和提起。克莱恩，亨特和克莱恩，是原告的律师——该案的结果都要归功于他们出色的能力，尤其是令人难以否认的证据。该律所自此就兴盛起来——实际上，是名声更加大噪——它的地位尤其需要被提及一下，它的名字对于每个人来说都很熟悉。但其实并没有太多局外人了解它的运作竟然是律所所聘任的一个年轻会计想出来的。克莱恩似乎被赋予一个极度困难的收集案件证据的任务。

这位马丁·休伊特先生，因他在律所的功绩和来自客户的好评而有着非常好的信誉，而且不止一家其他律所因他持久性的工作，成绩斐然，试图引诱休伊特更换自己的老板。然而相反，他决定未来自己单干，他已经果断地决定将之作为一个定期的工作，这样的顾客也许未来能成为他的回头客，就像他为梅瑟斯工作所取得的成功一样。克莱恩，亨特和克莱恩，这就是马丁·休伊特私人侦探业务的开始，他当时的成绩，完全由他所获得的耀眼的成果来评定。

他的业务永远是用最隐秘的方式进行的，他也永远不倾向专业人士的帮助，而是根据许多调查给他的经验来自立完成。自从他拒绝过一个会引发他业务竞争的案件后，他一直保持这个政策不变，他的收费自然而然地水涨船高。同时，没人知道如何在适当的时候选择雇佣随性的帮忙的人了。

有些好奇的问题投到马丁·休伊特先生的制度那里，正如他一直坚持的，他的工作没有使用司法力量，我打算讲述几件他承办的非常有意思的案件，来告诉公众自己去判断我是否在评价休伊特先生的“普通员工”是非常优秀的员工时是正确的。他不是一个善于广泛结交的人（这一点，也许是因为职业的关系），但他仍然是很亲切友善和体贴入微的。我第一次和他结识是因为休伊特的办公室落址的一所老房子着火，我的独立办公室在老房子的上层。我帮助他抢救出大量与他的业务有关的极其重要的文件，并将它们修复整理，让他把它们锁在我房间的一个没有被火烧到的老保险箱里。

与他的友情自此持续多年，变成非常亲密的友谊。我还曾陪同休伊特进行过几次探案，用低调的方式提供一些力所能及的帮助。然而，这些案件里，我本人几乎没有见过比我将要描述的案件更为独特和离奇的了。

“布莱特，我认为你，”他说服我，“是在世的最优秀的记者。并不是因为你特别优秀，是因为，你知道的，在我们之间，我希望你承认你不是最聪明的，但是你了解我，知道我多年以来的做法，而且对于你可能熟悉的我的业务秘密从来没有泄露过。我恐怕你没有像其他记者那样用新闻发财，布莱特。但是现在，既然你问了，你可以写点什么——如果你认为它值得的话。”

他带着愉快的、开玩笑的态度说这件事，就像他绝大部分时候说话的态度一样，这让把他想成一个冷酷的，神秘的秘密和罪行发现者的陌生人感到非常惊讶。事实上，他和传统想像中的侦探形象一点也不像。没人比他更为热忧，没人比他更善于观察人的行为方式，尽管这需要眼光的锐利——毕竟仅仅有好的幽默感是不够的。

我确实认为有必要写下一些关于马丁·休伊特的探案故事，他的一次冒险如下所记：

在斯特兰德大街一扇一直敞开的大门处，有一扇门通向一条肮脏的楼梯，楼上沾满灰尘的落地窗，中间写着“休伊特”的字样，在它右手边低一些的窗户边角，写着一行小些的单词，“事务所”。有一天早上，当一层的办公员刚刚挂好他们的帽子的时候，一位个子很矮，衣着高级，戴着眼镜的年轻人，冲进开着的灰尘遍布的大门，和从门里出来的一个人撞在一起。

“我很抱歉，”前者说，“这是休伊特侦探的办公室吗？”

“是的，我相信您已经找到了，”另一个人回答。他略微有些胖，胡子刮得非常干净，中等个头，表情愉快，“您最好先去跟柜台人员打声招呼。”

在外头的小办公室里，这位访客由一位年轻的小伙子接待，小伙子双手被墨水弄脏了，递给访客一支钢笔和一张印刷好的纸。这张印刷好的纸需要填写访客的名字和现在的工作，然后从里侧的门传进去，小伙子再次出现的时候，带着访客进了一间私人办公室。在写字台后面，坐着那个胖胖的男人，他刚刚吩咐完柜员什么事情。

“早上好，罗伊德先生——弗农·罗伊德先生，”他又看了看那张纸条，笑着打招呼，“请您原谅我对访客身份的小心谨慎——我不得不这么做，您知道。我看得出您是从詹姆斯·诺里斯先生那里过来的。”

“是的，我是他的秘书。我过来请求您即刻前往莱顿克莱福特，如果您方便，这是一个非常重要的案子。詹姆斯先生本来是要打电话给您的，但没有您的地址。您能不能乘下一班火车？十一点三十分是从帕丁顿最早出发的。”

“当然可以。您知道关于案件的情况吗？”

“是关于房子的盗窃案，或者说，我想是几起盗窃案。珠宝被拜访克莱福特的访客偷走。第一起案件发生在几个月之前——事实上是差不多一年之前。昨晚又发生了一次。但是我认为您到现场去调查细节会更好。詹姆斯先生告诉我如果您要去的话就拍封电报给他，以便他亲自到车站接您，但是我必须快点了，因为他开车到车站要花费很长的时间。那么我认为您可以去了，休伊特先生？车站名字是特福德。”

“是的，我会去的，而且是 11：30 去。您也会乘那趟火车吗？”

“不，我在城里还有几件事情要办。早上好，我现在就去拍电报。”

马丁·休伊特先生锁上了他桌子上的抽屉，然后派柜员叫了辆马车。

在特福德车站，詹姆斯·诺里斯先生坐在一辆马车里等候着。詹姆斯先生是一个个头很高，衣着华丽的五十岁上下的男人，作为一位郡里的历史学家而知名，他本身非常支持狩猎，也因偷猎者而备受困扰。当他和休伊特碰面后，这位男爵立刻带着侦探走向他的马车。“我们要走大概七英里的路程，”他说，“我会告诉您关于我们将要处理的麻烦事。这就是为什么我要一个人，亲自过来接您。”

休伊特点了点头。

“我已经派人找您，就像罗伊德告诉您的，因为昨晚发生在我家的盗窃案。看起来，就我所猜测的，是同一个人干的，或者同一伙人。昨天傍晚晚些时候——”

“抱歉，詹姆斯先生，”休伊特打断他，“恐怕我得请您从第一件盗窃案说起，并且按顺序告诉我整件事情。这样会让事情更清晰，让它们恢复原本的样子。”

“非常好！十一个月之前，或者大约这么长的时间，我迎来一大群访客，在他们之中有西斯上校和西斯夫人——她是我亡妻的亲属。西斯上校刚退休没多久，您知道——他以前是印度本国的政治居民。西斯夫人有大量的不同种类的珠宝收藏，最有价值的一个是一条镶着非常好的珍珠的项链——非常稀有的珍珠，事实上——那是西斯离开印度的时候，印度国王赠送的一大堆礼物中的一份。”

“那是一条非常引人注目的项链，金子用印度本土的金银丝工艺制成羽毛般轻盈的装饰——戴在手腕上太脆弱了——那颗珍珠，就像我所说的，无论是尺寸还是质地都前所未见。好了，西斯和他的夫人有天晚上很晚到来，第二天吃完午饭后，大多数人都离开了——去狩猎，我猜——我的女儿，我的妹妹（她经常来这里）还有西斯夫人一起去散步——采集蕨类，或者类似活动。我妹妹穿着非常长的裙子，当她们等待的时候，我的女儿走进西斯夫人的房间，西斯夫人向她展示了她所有的珠宝，您知道，就像一般爱炫耀的女人一样。当我妹妹最后着装完毕时，她们直接走了，把珠宝直直地留在外头闪着光而不是把它们收起来。那条项链，以及其他珠宝，当时都在梳妆台上。”

“等一下。门是关着的吗？”

“她们锁上了门。当她们离开的时候，我女儿建议用钥匙反锁一下，因为我们有一两个新仆人。”

“窗户呢？”

“我正要告诉您，她们竟然把窗户打开着。接着，她们去散步，回来的时候跟着罗伊德（她们是在散步过程中遇到他的）带着她们采集的蕨类。当时天色昏暗，已经是晚餐时间了。西斯夫人直接回到房间，然后——项链不见了。”

“房间被翻乱了吗？”

“一点也不乱。除了项链之外，所有东西都在她们离开时候的位置。门没有被破坏，当然窗户还是开着的，我告诉过您了。”

“当然了，您立刻报警了？”

“是的，一个从苏格兰场来的警察第二天早晨来了。他看起来是个相当聪明的家伙，他首先注意到的是梳妆台，项链曾经放在上面，离项链一两英寸的地方，是一根点燃后丢在那里的火柴。那天，屋子里的人没有可能在那间屋子里使用火柴，如果可能的话，肯定不会就直接扔在梳妆台表面。所以，假设窃贼用了那根火柴，那么盗窃案一定是在天黑之后发生的——事实上，恰好在西斯夫人回来之前。窃贼显然划了火柴，匆忙照过那堆闪亮的首饰，然后拿走了最有价值的。”

“其他东西都没有动吗？”

“根本没动。然后窃贼肯定是从窗户逃跑的，尽管是怎么逃跑的还不知道。移动的人群可以看见窗户的整个情况，但是没人看到什么东西，尽管这起案件一定是在人群出现的一两分钟前发生的。”

“窗户四周可能的距离里没有水管，但是马厩里经常放着的一架梯子被发现在草坪上扔着。然而，园丁解释是他当天下午早些时候用完后放在那里的。”

“当然再次用完然后放回去也是非常简单的。”

“这也是苏格兰场的警察所说的。他也对园丁的话非常敏锐，但是很快就确定园丁什么也不知道。附近没有看见一个陌生人，甚至穿过门房的大门也没有。此外，正如那个警察所说，看起来案子不像是陌生人所为。一个陌生人很难径直走到一位女士的房间——而且是前一天才到的女士——而且知道她留下一件非常昂贵的珠宝，还没有人照管。所以屋子里所有的人都被列入怀疑对象。仆人们全体被检查了他们的行李箱，这件事已经完成，所有东西都被翻了个遍，从男管家的到新来的厨房女佣的。我不知道我目前做的这些是不是说明我已经输了，但那是我的客人，我就是在如此令人恐惧的位置上。好了，没什么可以再说的了，很不幸。什么结果也没有，这件事真是从来没有过的谜团。我相信那个苏格兰场警察只要在放弃调查之前会怀疑我，但是他只是放弃了调查。这就是我所知的第一件盗窃案。够清楚了吗？”

“哦，是的，等我看过现场后，我也许再问几个问题，但是这不着急。接下来的案子是？”

“嗯，”詹姆斯先生继续道，“接下来是一件非常无用的杂事，我本来应该忘记的。直到现在，我也无法想像是同一个人干的这件事。在西斯夫人的悲剧发生四个月左右的时候——事实上是今年二月份——阿米蒂奇夫人，一个年轻的寡妇，她曾是我女儿的同窗，过来和我们住了一个礼拜左右。女孩们不被伦敦的季节所困扰，您知道，我又没有城里的房子，所以她们很开心在阴暗的时节里招待她们的朋友。阿米蒂奇夫人是一位非常有活力的年轻女士，在她安排一辆小马车和爱娃——我的女儿——一起去看村里她结婚前认识的老人之前，几乎在房子里呆不住半个小时。她们在下午出发，绕了一圈后差点错过晚餐。阿米蒂奇夫人有一小枚金胸针——您知道，一点儿也不值钱，我猜大概两三镑——她用来别住斗篷或者类似的衣服。在她离开之前，她把它插进插针包里放在她的梳妆台上，并留下一枚戒指——我猜是相当昂贵的一枚——靠近插针包。”

“这个，”休伊特问，“是西斯夫人曾经住过的那间房间吧，我要是没猜错？”

“不是的，是房子的另一个地方。好了，胸针不见了——显然是被什么人在匆忙中拿走的，当阿米蒂奇夫人回到她的房间的时候，插针包里面被撕破了一点，胸针则被拿走了。但是令人奇怪的是那枚戒指——价值十二个胸针——还在那个地方。阿米蒂奇夫人不记得她是否锁上了门，尽管她回来的时候门是锁上的，但是我总是呆在屋子里的侄女，曾经去敲过门——因为她记得一个煤气工在附近的楼梯平台工作过——她发现门是锁上的。那个煤气工，我们从来不认识，但是看起来是个很诚实的家伙，发誓说除了我的侄女之外，没有人出现在他的视线里——他几乎一直在那里工作直到她们回来。至于窗户，那个早晨窗户框被打碎了，阿米蒂奇夫人用一把刷子支撑窗子底部，打开了大约八英寸或者十英寸，并且一直保持那个状态。现在我只能告诉您无声地爬进一扇没有支撑的窗户是多么奇怪的事情，他再重新找到那把刷子支起窗户又是多么不可能。”

“正是如此。我猜那枚胸针确实丢了吧？我是指，有没有可能阿米蒂奇夫人放错了地方？”

“哦，这根本不可能！已经非常仔细地搜索过了。”

“那么，要从那扇窗户进去，不会很困难吗？”

“嗯，是的，”詹姆斯先生回答，“也许并不困难。那是一楼的窗户，可以看见台球室的房顶和天窗。我自己建造的台球室——就在拐角从吸烟室出来的位置。从台球室的房顶很容易到达那扇窗户。但是，”他补充道，“那是不可能的。台球室总是有人，没有人可以从屋顶（屋顶基本都是天窗）穿过而不被发现。我自己就在那儿呆了一两个小时，练习打球技术。”

“好吧，采取了什么措施吗？”

“当然，在仆人中间进行了非常严格的询问，但是没有什么结果。事情非常不足以道，阿米蒂奇夫人不愿意我报警或采取类似的行为，尽管我自己相当确定有一个不老实的仆人。一个仆人也许会偷走一枚普通的胸针，您知道，他害怕一枚昂贵的戒指，损失越大，事情就越严重。”

“嗯，是的，也许是这样，假如是一个没有经验的盗贼，他可能在匆忙中拿走任何东西。但是我很怀疑。是什么让您觉得这两件事有所关联？”

“没什么——几个月都没觉得有关联。他们看起来是非常不同的两类案件。但是仅仅一个月之前，我在布莱顿遇见阿米蒂奇夫人，我们聊了会天，所谈的事情里，就有之前的盗窃案——西斯夫人的项链。我十分详细地描述了当时的情况，当我说道台子上的火柴时，她说：‘多么奇怪！怎么回事，窃贼在偷走我可怜的小小的胸针后，也在梳妆台上留下了一根火柴！’”

休伊特点了点头。“是的，”他说，“当然，是一根划过了的火柴？”

“是的，当然，是一根划过了的火柴。她注意到火柴靠近插针包，但是没注意到具体情形就扔掉了。而且，对我来说非常有趣的是，火柴一定是点燃后扔掉的，每个案子里都是这样，仍在梳妆台上被偷物件一两英寸远的地方。等我回家后，我对罗伊德提起这件事，他同意事情是非常严重的。”

“并不然，”休伊特摇了摇头，“目前来看，还不能称之为严重，尽管很值得继续追踪。你知道，每个人在黑暗中都用火柴。”

“好吧，无论怎么说，目前的巧合让我觉得可能需要向警方描述那枚胸针的事情，这样假如有线索的话，他们可以按顺序追踪。当然，他们尝试过，但寻找项链没有任何结果，但我认为还是值得一试的，因为这样也许会带领我们追寻到更为严重的盗窃案。”

“很正确。这是很正确的做法。然后呢？”

“然后，他们找到了它。一个女人在伦敦——切尔西的一家商店——典卖了那条项链。但是是一段时间之前的事了，而且当铺老板完全忘记那个女人的模样了。她留下的名字和地址都是假的。这就是那场交易的结局。”

“在胸针丢失和当票显示的日期之间，有没有仆人离开你家？”

“没有。”

“胸针被当掉的那天，所有的仆人都在家吗？”

“哦，是的！我亲自问了他们。”

“非常好！接下来呢？”

“昨天——这就是为何我要找您的原因了。我亡妻的妹妹上周二来拜访，我们让她住在西斯夫人丢失项链的那个房间。她带着自己非常过时的胸针，上面有她父亲的迷你照片，前段有三颗非常漂亮的钻石，还有几块小石头。我们到了克罗夫特家。进门后我来告诉您剩下的事情。”

休伊特把他的手放在男爵的胳膊上。“先别停车，詹姆斯先生，”他说，“再走远一点。在我们进屋之前，我想先对整个事情有个概括的了解。”

“太好了！”詹姆斯·诺里斯先生驾车继续前行。“昨天下午晚些时候，当我的小姨子换衣服的时候，她离开了房间，到我女儿的房间跟她说话，两间房子几乎挨着。她离开没超过三分钟，最多五分钟，但是当她回去的时候，那枚胸针，她放在梳妆台上的那枚胸针，不见了。窗户是关上的，也没有任何被破坏的情况。当然门是开着的，但是我女儿的房门也是打开的，要是有任何人靠近，肯定会被发现的。但是最奇怪的，而且让我怀疑我今天是否清醒的事情是，在现场留下一根用过的火柴，非常靠近胸针曾经所在的地方——当时天色还大亮着呢！”

休伊特摸了摸鼻子，深思地看着他。“嗯——确实有意思，”他说，“还有其他的吗？”

“除了您所见之外再无其他了。我把那个房间锁上了，让人看着一边您可以亲自检查。我的小姨子听说过您的名字，并建议我去找您，所以，当然了，我按照她的想法做了。她在我的房子里丢失了那枚胸针，真是最不幸的了，您看，关于那枚胸针，在我亡妻和她妹妹的母亲死亡前后有些细微的变化。它比西斯的项链丢失更严重，总而言之我对这些东西不感兴趣，我向您保证。瞧瞧我现在的处境吧！这儿有三位女士，在一年的时间里，在我的房子里被用一种神秘的方式，一个接一个地被偷走了东西，而且我还找不到那个窃贼！真是可怕极了！人们会害怕靠近这个地方的。而我却无计可施！”

“啊，好了，我们会有办法的。也许我们现在最好回去了。顺便说一句，您有没有想出一些替代或附加的措施来保卫您的房子？”

“没有。您怎么会这么问？”

“我想您至少考虑一下上漆和装修的问题，詹姆斯先生——或者，另建一个马车房，或者类似的东西。因为我喜欢当一个（对于仆人而言的）建筑家——或者建筑工人，如果您愿意的话——以便来回走动看看。您还没跟仆人们提起我来办案的事情吧？”

“一个字也没说。除了我的家属和罗伊德之外，没有人知道。我自己非常谨慎。对于您的小小伪装，无论是建筑师还是什么，都随您的意愿。只要您能找出窃贼并结束这些可怕的事情，您就是帮了我最大的忙了——至于您的费用，我很乐意按照普遍的价钱支付——并另付您三百英镑。”

马丁·休伊特鞠了个躬。“詹姆斯先生，您真是非常慷慨，您可以确信我将尽我所能。当然，作为一个专业人士，一个好价钱永远能激发我的兴趣，尽管您的案件本身已经足以引发我的兴趣了。”

“最奇特的案子了！难道您不认为吗？这儿有三个人，全是妇女，在我的房子里，两位甚至在同一个房间里，连续被盗窃一件珠宝，每一件都是从梳妆台偷走的，每个案子里都留下一根用过的火柴。最困难的是——甚至可以说是不可能的是——对于这样一个窃贼，一点线索也没有！”

“好了，詹姆斯先生，我们还不能这么说，我们必须再看看。而且我们必须阻止把这些盗窃案绑在一起考虑的倾向。我们又到了门房这里，那是您的园丁吗——那个您在讲述第一个案子里，把梯子留在草坪上的人？”休伊特冲着一个男人剪裁纸盒的方向点了点头。

“是的，您要问他什么吗？”

“不，不，无论如何，现在不是时候。请记得我现在是个建筑师。我想，要是不妨碍的话，我想先看看那位女士——夫人——”休伊特抬头询问地说。

“我的小姨子？卡兹诺夫夫人。哦，是的！您可以立即到她房间去看看。”

“多谢。我认为卡兹诺夫夫人最好也在那里。”

他们下车后，一个门房里的男孩出来把马牵走了。

卡兹诺夫夫人又瘦又苍白，但是反应很快，充满活力，是位中年妇女。在听到马丁·休伊特的名字后，她轻轻地低了低头，并且说：“我必须要谢谢您，休伊特先生，为了您非常及时的注意，更不必说您追踪偷了我的财产的窃贼的帮助——不管是谁干的——都会让我感激至极。我的房间已经准备好等您检查了。”

房间在二楼——是那栋建筑的顶楼。房间里部分小物件引起了一些困惑。

“这个，我想，”休伊特问道，“在胸针丢失的时候就在这个地方吧？”

“没有错，”卡兹诺夫夫人回答，“我住在另外一间房了，给我自己带来了另一些麻烦，以免招致不便。”

休伊特站在梳妆台前。“那么这就是那根用过的火柴了，”他观察道，“它现在的位置就是被发现时候的位置吗？”

“是的。”

“胸针当时在哪里？”

“我要说几乎在同一个地方。绝对不会超过几英寸的距离。”

休伊特仔细地检查了火柴。“烧得不多，”他断定，“几乎是一燃起来就吹灭的。您听到划火柴的声响了吗？”

“我什么也没听到，一点声音也没有。”

“如果您现在能去诺里斯小姐的房间一会儿，”休伊特建议，“我们来做个试验。如果您听到划火柴的声音请告诉我，并且说出划了几次。火柴盒在哪儿？”

火柴盒是空的，但是在诺里斯小姐的房间却找到了火柴，然后他们做了试验。每次划火柴的声音都能被清晰地听到，即使在一扇门被关上的情况下也是如此。

“您的门和诺里斯小姐的门都是打开的，我了解，窗户和现在一样是关上的，而且从里面锁紧了，除了胸针外别的都没有动过吗？”

“是的，是这样。”

“谢谢您，卡兹诺夫夫人。目前我认为不必再打扰您了。我想，詹姆斯先生，”休伊特补充道，转向站在门口的男爵——“如果您愿意，我想我们可以去看看另外的房间然后在房子外面散散步。我猜，顺便说一下，第一个和第二个案件中被留下来的火柴不在了吧？”

“是的，”詹姆斯先生回答，“已经没有了。苏格兰场的那个警察也许保存着。”

阿米蒂奇夫人曾经住过的房间没有什么独特的地方。距离窗户几英尺的地方是台球室可见的屋顶，大部分由天窗组成。休伊特随意地瞥了一眼墙壁，弄清了家具和挂饰在第二次案件后并没有被动过，并且表达了他急于从外面看看这扇窗户的想法。然而，在离开房间之前，他突然想知道发生三起盗窃案时在屋子里的人的名字。

“詹姆斯先生，请您回想一下，”他说，“比如，从您自己开始。您这些时候都在哪里？”

“当西斯夫人丢失项链的时候，我整个下午都呆在泰格里森林里。当阿米蒂奇夫人被盗窃的时候，我想在她外出的大部分时间里我都在房子里。昨晚我在农场呆到很晚。”詹姆斯先生的脸拉长了。“我不知道您是否称这些是值得怀疑的。”他补充道，并且大笑起来。

“一点儿也不怀疑，我只是问一问，让您记得自己的行为，您最好能记起一家人的活动。根据您的了解，家里有没有人——任何人，关心——这三起案件？”

“嗯，您知道，要回答所有仆人的情况是不可能的。您可以直接去询问——我一点儿也记不得您提的情况。至于家人和访客——怎么，您不会怀疑他们之中的人吧，会吗？”

“詹姆斯先生，我不会怀疑一个好人，”休伊特愉快地说道，“任何一个好人。你看，我不会怀疑他们，直到我搞清楚他们都在哪里。也许有足够独立的证据，但您一定要让我帮助您。现在，是那些访客。有没有哪个访客在这里——只在第一次或者最后一次案件发生的时候来？”

“不，没有人。我的妹妹，也许您愿意见见，是第一起盗窃案发生时唯一在屋子里的。”

“正是如此！还有您的女儿，根据我的了解，每次都完全不在场——事实上，是和被盗窃的被害人在一起。您的侄女呢？”

“怎么了，等一下，休伊特先生，我不能把我的侄女当做嫌疑人！可怜的女孩正在我的监护下，我真的不能允许——”

休伊特摆了摆手，很不赞成地摇了摇头。

“亲爱的先生，我不是说我不会乱怀疑好人吗？让我了解人们是如何分散的，越接近案发情况越好。让我看看。我想，是您的侄女发现阿米蒂奇夫人的房门是上锁的——事实上，这扇门——就是她遗失胸针的那天？”

“是的，没错。”

“正是如此——当时阿米蒂奇夫人自己想不起来是不是锁了门。昨天——案件发生的时候她外出了吗？”

“没有，我想没出门。事实上，她很少出门——她的健康状况不好。在西斯窃案发生的时候，她也在屋子里，既然您问到了。但是拜托您，我真的不喜欢这样。怀疑她知道任何事情，是非常荒谬的。”

“我不这么认为，就如我所言。我只是收集信息罢了。我了解了，这就是您家里人的所有情况，您也不知道别人活动的情况——除非，也许，罗伊德先生的？”

“罗伊德？嗯，您知道当第一次窃案发生的时候，他和女士们外出了。至于 其他案件，我不记得了。昨天他可能在他自己的房间里，写什么东西。我想这能说明他无罪吧，啊？”詹姆斯先生困惑地看着和蔼的侦探那张长长的脸，后者微笑并回答：

“噢，当然没有人能同时出现在两个地方，否则辩解制度还能有什么内容呢？但是，就像我说过的，我只专注于按顺序弄清事实。现在，您看，我们该说说仆人们了。我们现在可以出去吗？”

莱顿府邸是一桩高大，错落有致的房子群，最高处有三层楼，大多数是两层。它一点一点地增加，直到形成现在的锯齿形布局，正如詹姆斯·诺里斯先生描述的，“像一场多米诺骨牌游戏。”当他们闲逛的时候，休伊特仔细检查了它的外部特征，在他刚刚从里面看的两间卧室的窗户外面停留了一小会儿。现在，他们接近马厩和马车房，马夫正在洗车轮子。

“您介意我抽烟吗？”休伊特问詹姆斯先生。“也许您可以来根雪茄——我猜它们还不赖。我要问问您的仆人一点事情。”

詹姆斯先生摸索出自己的火柴盒，但是休伊特已经离开了，用从马夫那里拿来的火柴点燃了自己的雪茄。一只活泼的小猎狗在马车房周围跑来跑去，休伊特停下来摸了摸它的脑袋。谈后他跟被引起兴趣的马夫聊了会儿小猎狗，很快就聊开了。詹姆斯先生，在旁边等着，很不耐烦地用脚踢着地上的石子，正准备离开了。

休伊特和马夫聊了整整十五分钟，当他最终离开寻找詹姆斯先生的时候，那位绅士正要回到房子里。

“真是抱歉，詹姆斯先生，”休伊特说，“冒昧地让您等待而去跟别人聊天，但是一只小狗，詹姆斯先生，——一只可爱的小狗——就能把我带到任何地方。”

“哦！”詹姆斯先生简短回答。

“还有另外一件事，”休伊特忽略对方的不耐，接着说，“我很想知道。昨晚卡兹诺夫夫人住的房间正下方有两扇窗户——每层一扇。它们分别是谁的房间？”

“地面上的那间是晨间起居室，另一间是我的秘书——罗伊德先生的房间，书房或者休息室。”

“现在，您马上就要看到，詹姆斯先生，”休伊特带着愉快的要把男爵的好幽默感找回来的决心接着说，“您马上就会看见，如果西斯夫人的案件中使用了梯子，那么其他两间房间里的人应该都能看见梯子才对。”

“当然了！那个苏格兰场的警察问了每个人那个问题，但是两间房间里的人都没有看到什么东西，无论怎么说，没有人看到任何东西。”

“尽管如此，我想我还是要亲自从那些窗户往外看看，至少，假如有人在那里的话，我能知道情况大概是什么样子的。”

詹姆斯·诺里斯先生带他去了晨间起居室。当他们到房门口的时候，一位年轻的女士带着本书非常疲惫地走了出来。休伊特站到一边为她让路，然后问道：“是诺里斯小姐，您的女儿吧，约翰先生？”

“不，是我的侄女。您要问她什么事情吗？多拉，我亲爱的，”詹姆斯先生跟着她在走廊里，补充道，“这是休伊特先生，正在帮我调查令人头痛的盗窃案。我想他很愿意听你说说在三次案件发生的时候还记得什么情况。”

女士微微弯腰致意，然后用一种哀婉的语调慢吞吞地说：“我吗，叔叔？说真的，我什么也不记得了，一点儿也不记得。”

“我相信，是您发现阿米蒂奇夫人的房门是上锁的，”休伊特问道，“在她丢失胸针的那个下午，您试过开那扇门吧？”

“哦，是的，我相信它是锁上的。是的，是锁上的。”

“钥匙是在屋子里吗？”

“钥匙？哦，不！我想没有，没有。”

“您还记得什么不太寻常的事情吗——任何事情，不管多么琐碎——在西斯夫人丢失项链的那天？”

“不，真的，我不记得了。我什么也不记得了。”

“昨天也不记得了？”

“不，不记得。我不记得任何事情。”

“谢谢您，”休伊特匆忙地说，“谢谢您。现在进去晨居室吧，詹姆斯先生。”

在晨居室里，休伊特停留了一会，只是随意地往窗外看看。在楼上的房间，他呆得更久。那是一间舒适的房间，但是装修却显得很阴柔。丝绸的布遮住家具，日本丝麻缎装饰着壁炉架。靠近窗户有一个养着灰色鹦鹉的笼子，写字台上摆着两瓶花。

“罗伊德很会享受生活，哈？”詹姆斯先生观察道，“但是他不在的时候似乎不会有人进来，比如在项链丢失的时候。”

“不，”休伊特沉思地说，“不，我猜不是这样。”

他沉思地看着窗外，然后陷入深思，用一根羽毛牙签拨弄笼子上的铁丝，和鹦鹉玩了一会儿。然后再次看向窗外，他说：“那就是罗伊德先生吧，是不是，急匆匆来这里的那个人？”

“是的，我想是的。还有其他您想看的东西吗？”

“没有了，谢谢您，”休伊特回答，“我想这里没有了。”

他们下楼去了吸烟室，詹姆斯先生离开去跟自己的秘书说话。当他回来的时候，休伊特悄声说："我想，詹姆斯先生——我想我现在知道窃贼是谁了。"

"什么！您有线索了吗？您认为是谁？我刚才还以为您陷入了无望的境地呢。"

"嗯，是的。我有一条明确的线索，尽管我还不能向您透露太多。但是它是一条非常有价值的线索，以至于我想知道如果您抓到罪犯后，是否会将他起诉？"

"怎么了，保佑我，当然了，"詹姆斯先生惊喜地说，"起诉与否不取决于我，您知道的——财产是属于我的朋友们的。即使他们愿意让事情平息，我也不愿意——我不能，因为他们在我的房子里盗窃。"

"当然了，当然了！那么，如果我可以，我想要一个完全值得信赖的人，送一个信息到特福德去——仆人不行。有人可以去吗？"

"那么，还有罗伊德，尽管他刚刚回来。但是，如果非常重要的话，他会去的。"

"非常重要。事实上，我们今晚必须找一两个警察来这里，我想让罗伊德先生悄悄地去请警察过来，不要声张。"

詹姆斯先生打了个电话，罗伊德先生出现。当詹姆斯先生下令给他的秘书时，休伊特在吸烟室的门口乱逛，在秘书要出门的时候把他拦了下来。

"我很抱歉给您添麻烦，罗伊德先生，"他说，"但是我自己必须在这里待一会儿，一个值得信任的人必须去。您能否直接带一个巡警回来？或者两个——两个更好。所需要做的就是这个。您别让仆人们知道这件事，好吗？当然了在特福德警局会有女巡警吧？啊——当然是了。那么，您不用带她来，您知道。那种事情经常在警局发生。"在悄声谈完后，马丁·休伊特看着他离开。

当休伊特回到吸烟室，詹姆斯先生突然说："哎呀，保佑我的灵魂吧，休伊特先生，我们竟然忘记款待您了！我真是太抱歉了。您知道，我们吃午饭的时间很晚，这件事又是如此令我困扰，我完全忘记了别的事情。直到七点都没有晚餐，您最好让我给您来点点心。我非常抱歉。请来吧。"

"谢谢您，詹姆斯先生，"休伊特说，"我不会吃太多。几片饼干，或者类似的就可以。哦，顺便说一句，如果您不介意，我想单独吃。事实上，我想独自把整件事情再过滤一遍。您能为我安排一个房间吗？"

"任何您喜欢的房间都行。您要去哪儿？餐厅非常大，这里是我的书房，非常舒适，或者——"

"也许我可以到罗伊德先生的房间待一会儿，我认为他不会介意的，那里真是太舒服了。"

"当然了，您喜欢就行。我会告诉仆人您想要的点心。"

"非常感谢。也许他们能给我一块方糖和一个核桃，这是——只是我的一点小爱好。"

"一个——什么？一块方糖和一个核桃？"詹姆斯先生停顿片刻，他的手放在拉铃绳上。"噢，当然了，如果您想要的话，当然没问题。"他补充道，看着这个有着独特口味的侦探离开房间。

当秘书回来，警察停下车子后，马丁·休伊特离开一层的房间，接着下楼。在门廊处他见到詹姆斯·诺里斯先生和卡兹诺夫夫人，后者震惊地看着他手上提着的鹦鹉笼子。

"我猜我们的麻烦有些头绪了，"休伊特站在楼梯上说，"这是特福特来警察。"警察和罗伊德先生站在大厅里，后者看了一眼休伊特手里的笼子，脸色突然煞白。

"我想，这位先生就是将要被起诉的那个人了，"休伊特接着，对警察说，然后用手指指向罗伊德。

“什么，罗伊德？”詹姆斯先生惊骇地倒抽一口气，“不——不可能是罗伊德——太荒唐了！”

“他看起来并不认为这很荒唐，是不是？”休伊特平静地说。罗伊德窝进椅子里，脸色灰白，茫然地盯着这个早晨他在对方办公室的门口撞上的人。他的嘴唇哆哆嗦嗦，但是没有发出声音。枯萎的花从他衣服的纽扣口里掉落到地上，但他也没有动。

“这是他的帮凶，”休伊特接着说，把鹦鹉和笼子放在大厅的桌子上，“尽管我怀疑起诉它有没有价值。是吧，波利？”

鹦鹉把头歪到一边，然后鸣笑。“哈噜，波利！”它咯咯地叫着，“跟我来！”

詹姆斯·诺里斯先生完全困惑了。“罗伊德——罗伊德，”他小声地说，“罗伊德——和那个东西！”

“这是他的小信使，他的精神指导，”休伊特一边解释，一边自得地点点笼子，“事实上，是真正的小偷。抓住他！”

对于卑鄙的罗伊德最后的记载，是他发出一声介于啜泣和大声叹息的声音。警察抓住他的胳膊，并把他从椅子里拽起来。

“方法？”在詹姆斯先生的书房里呆了一两个小时后，休伊特耸了耸肩，“我不能说我有什么方法。我称我的推理是常识和一双锐利的眼。在这起案件里没有人用这些找到对的思路。我从火柴开始，就像那个苏格兰场的警察做的一样，但是我的优势在于把一条线索贯穿三个案件。最开始的时候，火柴很平常，在卡兹诺夫夫人的房间里，被扔在那，肯定不是用来点燃桌子的，因为窗户可以看见里面的情况（是否起火），因此，肯定是被用做其他目的——当时，我猜不出是什么目的。惯偷们，您知道，总是有一些有趣的迷信行为的，有时候他们什么都不拿走，反而留下什么——一块鹅卵石或者一块煤，或者类似的东西——前提是那些东西也是偷来的。最初，这个案子看起来非常像是那一类的。火柴显然是被带进屋子的——因为，当我需要火柴的时候，现场却没有新的火柴，连空的火柴盒也没有，屋子里也没有被翻乱。同样，火柴也可能不是在屋子里被点燃的，什么动静都没有，尽管如此，这件事还是有错误可循的。这根火柴，足够被设想为在其他地方点燃，然后立即吹灭——我当时就说它只燃烧了非常少的部分。显然它不是无故被这么对待的，唯一的目标是防止它被突然划燃。寻着这条思路，很清楚无论这根火柴被用作什么目的，都不是作为火柴本身的目的，而仅仅是一根方便的小木棍罢了。”

“到这时一切还算顺利。但是在近距离观察那根火柴的时候，我发现，就像您自己看到的一样，上面有很明显的压痕。它们非常细小，几乎看不见，除非是非常仔细的检查，但是它们确实存在，位置排列很有规律。瞧——一边有两个，每个都和对面的相对称。事实上，这根火柴是被什么相当锐利的工具夹住了，上下两点地抓住——一个工具，这也许立刻会让您恍然大悟，非常像一种鸟的嘴。”

“现在，我有个这个想法。除了鸟儿之外，还有什么生物可以不用梯子就从窗户进入西斯夫人的房间呢——假设没有用过梯子——或者用了梯子也没法出入，已经打开的窗户底部比梯子还高八或十英寸？坦白说，没有东西可以做到。进一步说，很重要的是一次只被偷了一件珠宝，尽管其他的还在。一个人可以拿走任何说得过去的数量，但是一只鸟一次只能偷走一件。但是为什么一只鸟每次都要嘴里叼根火柴？很肯定它是被训练做某种目的的，更多一点思考就让这点清晰了。一只聒噪、多嘴的鸟儿很可能一下子暴露自己。因此它必须被训练不管是偷窃来回都保持安静。那么，什么是更有效更妥当的训练方法，去教它抓走珠宝而不弄掉，去教它在运输途中保持安静呢？这两件事一件清楚了就能搞清另一件。”

“当然，我立刻想到的是一只寒鸦或者喜鹊——这些鸟儿本身爱偷窃的坏名声令人很容易猜想。但是火柴棍上的压痕比这两者中的任何一个制造出来的都要宽上许多。于是我推测，一定是一只大个的乌鸦。因此，但我们走近马车房的时候，我抓住和您的马夫谈话的契机，聊了聊这里样的小狗和宠物，并且确定这里没有大只乌鸦。碰巧，我用马车房的火柴点燃了雪茄，确定了用掉的那根火柴就是这种——很长，杆子很粗，红头的英国火柴。接着，我就发现罗伊德先生养了一只非常聪慧的宠物，一只鹦鹉，而且被训练得相当安静——对于一只鹦鹉而言太安静了。同样，我了解到，不止一次马车夫看见罗伊德先生把鹦鹉藏在他的外套底下，它，正如它的主人解释的，正在学习自己打开笼子逃跑。”

“当然，我什么也没说，一切都没对您说，因为我除了一连串的论断并没有得出结果。我立刻到了罗伊德的房间。我的主要目标一到那里跟那只鹦鹉玩一玩就实现了，我诱使它咬那根羽毛牙签。”

“当你带我进吸烟室的时候，我仔细地对比了那根羽毛和火柴，发现压痕完全吻合。在此之后，我几乎毫不怀疑了。罗伊德在第一起案件陪同女士们在黄昏散步的事实什么也不能证明，因为，既然已经很清楚火柴不是用来照亮的，那么窃案在白天发生也很简单——事实上，如果我的推测正确，一定是白天发生的。结论如果是正确的，我觉得没有疑问。没有其他的揭示了。”

“当西斯夫人打开窗户锁上门离开后，任何爬上罗伊德高高的窗户的人都可以把鸟放在上面的窗台上。火柴夹在鸟嘴里，目的我之前说过了，然后先点燃，以防它摩擦某种东西被意外点燃并吓到那只鸟——当然，这根火柴可能掉在被拿走的珠宝附近并被别人捡起来，您已经知道，火柴都是在丢失的珠宝附近被发现的——如果是人类窃贼的话，这样的巧合是几乎不可能的。这可能是女士们一离开房间就完成的，所以能留给罗伊德很多时间匆匆忙忙出去，在黑暗来临前见女士们——尤其是留下许多时间迎接她们回来，因为她们肯定是要回来的，带着她们采的蕨类。火柴有时被选择作为某种目的的工具，而且不像是能在梳妆台上找到的东西，如果有人注意到，反而会像官方的侦探一样采信错误的结论。”

“在阿米蒂奇夫人的案件中，拿走不值钱的胸针，留下更昂贵的戒指，指出要么小偷是个傻瓜，要么他根本就分不出珠宝的价值，可以确定的是，从其他线索来看，这个窃贼看起来不是笨蛋。门是锁上的，而煤气工，打个比方说，正在值班，窗户只打开了八或十英寸，还用一把刷子支撑着。一个人类窃贼要爬进窗户，就会破坏现场，还要冒着被发现的风险把刷子放回去，尤其是当一个贼在如此匆忙之中，抓起胸针就走而没注意胸针没有扣上的情况下。而鸟儿则可以通过窗户，也能撕开插针包把胸针拿走，也许很小心地用爪子拿走。”

“现在是昨天条件有变的案件。窗户关上并锁紧，但是门是开着的——但也只有几分钟的工夫，这段期间什么声音也没有，不管是来还是走。那么，是否有可能窃贼已经在房间里，卡兹诺夫夫人在的时候躲起来，抓住她离开的短暂机会趁机下手？房间里都是装饰织物，挂饰和大量能够隐藏一只鸟的东西，而且一只鸟也可以无声并迅速地离开房间。整个过程一点也不奇怪。窃案显示出无法解释的特征一定是由某种我们陌生的手法作出的。不存在不可能——想像伦敦街道上每周为了铜币而卖艺的那些被高度训练的鸟儿们的例子吧。”

“总的来说，我觉得我的根据非常扎实。但是在采取确定的措施时，我决定看看波利能不能被一个任性的陌生人逗弄展示它的成果。为此目的，我设计罗伊德再次离开，和他的鸟儿单独呆了安静的一个小时。一块方糖，人人皆知，是贿赂鹦鹉的好东西，但是核桃，砸成两半后，是更好的贿赂物——尤其当鹦鹉已经习惯吃核桃了。所以我请您给我这两样东西。波利最初很害羞，但是我渐渐和它玩起来，一小会儿坚持就让它为我的目的完全表演了一次。波利会叼起火柴，仿佛蜡像一样沉默，跳上桌子，拿起它能看到的最闪亮的东西，把火柴留下了，在屋子里乱窜，但是一开始还不会把战利品给我。这就够了。如您所知，我利用这段自由时间，在屋子里看了看，发现了一小堆廉价的戒指和您刚才看到的小玩意儿——是用来训练波利的，毫无疑问。当我们把罗伊德打发走时，我突然想到也许不妨让他这一趟得到充分的使用，所以我让他去找了警察，我恐怕谈论仆人和女巡警的事情让他有些困惑了，他会坦白的，我非常肯定这一点。我了解这类人。但是我怀疑您能否拿回卡兹诺夫夫人的胸针。您看，他今天都在伦敦，恐怕这个时间，赃物已经被当铺分解掉了。”

詹姆斯先生听着休伊特的解释，从同意到震惊的表情掠过他的脸上。当一切结束的时候，他吸了几口烟，然后说：“但是阿米蒂奇夫人的胸针被典卖了，还是被一个女人。”

“没错。我才我们的朋友罗伊德一定对自己的坏运气非常厌恶——没准他把胸针给了伦敦的一个女性朋友，她则处理了它。这样的人永远都不会给出正确的地址的。”

两个人安静地抽了会儿烟，然后休伊特继续说：“我不认为我们的朋友和他的鸟儿一起工作很简单。他的成功最多只有三次，我怀疑他曾经失败多次，还有过许多我们毫无所知的焦虑时刻。仅仅从马夫告诉我他经常看到罗伊德和他的鹦鹉在一起的时候，我就该能判断出来。但是这个计划还不错——一点也不糟糕。尽管鸟儿在偷窃过程中可能被抓住，也可以用您看到的‘那只淘气的鹦鹉！’来开脱。而它的主人当时则正在寻找它呢。”

第八篇　红发会

阿瑟·柯南·道尔（*Sir Arthur Ignatius Conan Doyle*）

英国杰出的侦探小说家、剧作家，世界著名小说家，堪称侦探悬疑小说的鼻祖。因成功地塑造了侦探人物——歇洛克·福尔摩斯（又译夏洛克·福尔摩斯）而成为侦探小说历史上最重要的小说家之一。除此之外他还曾写过《失落的世界》等多部其他类型的小说，其作品涉及科幻、悬疑、历史小说、爱情小说、戏剧、诗歌等。

去年秋天的一天，我去拜访我的朋友歇洛克·福尔摩斯。我见到他时，他正在和一位身材矮胖、面色红润、头发火红的老先生谈话。我为自己的唐突表示歉意。正当我想退出来的时候，福尔摩斯意外地地一把将我拽住，把我拉进了房间里，随手把门关上。

他亲切地说："我亲爱的华生，你这时候来真是再好不过了。"

"我怕你正忙着。"

"是呀，我是很忙。"

"那么，我到隔壁房间等你。"

"不，不，威尔逊先生，这位先生是我的伙伴和助手，他协助我卓见成效地处理过许多案件。我毫不怀疑在处理你的案件时，他将同样给予我最大的帮助。"

那位身材矮胖的先生从他坐着的椅子里半站起来欠身向我点头致意，从他厚厚的眼皮下的小眼睛里迅速地掠过一丝将信将疑的眼光。

"你还是坐在长靠背椅子上吧。"福尔摩斯说道，重新回到他那张扶手椅坐下，两手的手指尖合拢着。这是他沉浸于思考问题时的习惯。"亲爱的华生，我知道，你和我一样，喜欢的不是日常生活中那些普通平凡、单调无聊的老套情节，而是稀奇古怪的东西。你那么满腔热情地把这些东西都记录下来，可见你对它们很感兴趣。如果你不介意的话，我要说，你这样做是为我自己的许多小小冒险事业增添光彩。”

我回答说：“我确实对你经手的案件非常感兴趣。”

“你当然会记得那天我们在谈到玛丽·萨瑟兰小姐所提的那个很简单的问题之前所说的那段话吧：为了获得出人意料的效果和异乎寻常的配合，我们必须深入生活，而它本身总是比任何大胆想像更富有冒险性。”

“我倒要冒昧地怀疑你的这个说法。”

“是吗？大夫。但是，你仍然必须同意我的看法。否则，我将继续列举一系列事实，这些事实将使你的道理不攻自破，然后你就会承认我是对的。好啦，这位杰贝兹·威尔逊先生真好，他今天上午专程来看我，他开始对我讲很可能是我这么长时间以来所听过的最稀奇古怪的故事之一了。你已听我说过，最离奇、最独特的事物往往不是和较大的罪行而是与较小的罪行有联系，而且有时确实还可以怀疑是不是真的有人犯了罪。就我所听到的来说，我还不可能断定现在这个案件是不是一个犯罪的案例，但是，事情的经过肯定是我所听到过的最离奇不过的了。威尔逊先生，可不可以请你费心从头讲讲这件事情的经过。我请你从头讲，这不仅因为我的朋友华生大夫没有听到开头那部分，而且还因为这件事很奇特，所以我很想从你嘴里听到其中一切尽可能详细的情节。一般说来，当我听到一些稍微能够说明事情经过的情节时，我总是用几千个我能想得起来的其他类似案件来引导我自己。这一次我不得不承认，我的确深信这些事实是独特的。”

这位矮胖的委托人挺起胸膛，显得有点骄傲的样子。他从大衣里面的口袋里掏出一张又脏又皱的报纸平放在膝盖上，俯首向前看着上面的广告栏。这时我仔细地打量这个人，力图模仿我伙伴的办法，从他的服装或外表上看出点名堂来。

但是，我这样细看一番收获并不太大。从这个客人外表的特征看，是一个普普通通的英国商人，肥肥胖胖，样子浮夸，动作迟钝。他穿着一条松垂的灰格裤子，一件不太干净的燕尾服，前面的扣子没有扣上，里面穿着一件土褐色背心，背心上面系有一条艾尔伯特式的粗铜链，还有一小块中间有一个四方窟窿的金属片儿作为装饰品，来回晃动着。在他旁边的椅子上放着一顶磨损了的礼帽和一件褪了色的棕色大衣，大衣的线绒领子已经有点皱褶。我看这个人，总的来说，除了长着一头火红色的头发、面露非常恼怒和不满的表情外，没有什么特别的地方。

歇洛克·福尔摩斯锐利的眼睛看出了我在想什么。当他注意到我疑问的目光时，他面带笑容，摇了摇头。“他干过一段时间的体力活，吸鼻烟，是个共济会会员，到过中国，最近写过不少东西。除了这些显而易见的情况以外，我推断不出别的什么。”

杰贝兹·威尔逊先生在他的座椅上突然挺直了身子，他的食指仍然压着报纸，但眼睛已转过来看着我的同伴。

他问道：“我的老天爷！福尔摩斯先生，你怎么知道这么多我的事？比如，你怎么知道我干过体力活？那是像福音一样千真万确，我最初就是在船上当木匠的。”

“我亲爱的先生，你看你这双手，你的右手比左手大多了。你用右手干活，所以右手的肌肉比左手发达。”

“唔，那么吸鼻烟和共济会会员呢？”

“我不会告诉你我是怎么看出来的，因为我不愿把你的理解力看低了，何况你还不顾你们的团体的严格规定，带了一个弓形指南针模样的别针呢。”

“噢，是啊，我忘了这个。可是写作呢？”

“还有别的什么更能说明问题吗？那就是：你右手袖子上足有五寸长的地方闪闪发光，而左袖子靠近手腕经常贴在桌面上的地方打了个整洁的补丁。”

“那么，中国又怎么样？”

“你的右手腕上边一点的地方的鱼形纹身只能是在中国纹的。我对纹身作过点研究，甚至还写过这种题材的稿子。用细腻的粉红色给大小不等的鱼着色这种绝技，只有在中国才有。此外，我看见你的表链上还挂着一块中国钱币，那岂不是更加一目了然了吗？”

杰贝兹·威尔逊大笑起来。他说：“好，这个我怎么也想不到啊！我开始觉得，你简直是神机妙算，但说穿了也就没什么奥妙了。”

福尔摩斯说：“华生，我现在才想起来，我真不应该这么样摊开来说。要‘大智若愚’，你知道，我的名声本来就不怎么样，心眼太实是要身败名裂的。威尔逊先生，你能找到那个广告吗？”

“能，就在我这里。”他回答时他的又粗又红的手指正指在那栏广告的中间。他说：“就在这儿，这就是整个事情的起因。先生们，你们自己读读吧。”

我从他手里把报纸拿过来，照着它的内容念：“红发会：由于原住美国宾夕法尼亚州的已故黎巴嫩人伊齐基亚·霍普金斯之遗赠，现留有另一空职，凡红发会会员皆有资格申请。薪给为每周四英镑，工作则实系挂名而已。凡红发男性，年满二十一岁，身体健康，智力健全者即属符合条件。应聘者请于星期一上午十一时亲至舰队街、教皇院7号红发会办公室邓肯·罗斯处提出申请为荷。”

我读了两遍这个不寻常的广告后不禁喊道：“这究竟是怎么回事？”

福尔摩斯坐在椅子上格格地笑得扭动不已，他高兴的时候总是这个样子。他说：“这个广告很不寻常，是不是？好啦，威尔逊先生，你现在就痛痛快快地把关于你自己的一切，以及和你同住在一起的人，这个广告给了你多大的好处，统统讲出来吧。大夫，你先把报纸的名称和日期记下来。”

“这是一八九零年四月二十七日的《纪事年报》，正好是两个月以前的。”

“很好。好了，威尔逊先生，请讲。”

“唔，歇洛克·福尔摩斯先生，就是我刚才对你说的，”杰贝兹一面用手拭他的前额一面说，“我在市区附近的萨克斯—科伯格广场开了个小当铺。那个买卖不大，近年来我只勉强靠它维持生活。过去还有能力雇用两个伙计，但是，现在只雇一个。如果不是他为了学会做这个买卖自愿只拿一半工资的话，就连这一个伙计我也雇不起啊。”

歇洛克·福尔摩斯问道：“这位乐于助人的青年叫什么名字？”

“他名叫文森特·斯波尔丁。其实他的年纪也不小了，只是到底多大我说不上。福尔摩斯先生，我这个伙计真是精明强干。我很清楚，他本来可以生活得更好些，赚比我付给他多一倍的工资。可是，不管怎么讲，既然他很满意，我又何必要劝他多长几个心眼呢？”

“噢，真的？你能以低于市价的工钱雇到伙计，好像是最幸运不过的了。这在像你这样年纪的雇主当中，可不是平常的事啊。我不知道你的伙计是不是和你的广告一样很不一般。”

威尔逊先生说：“啊，他也有他的毛病。他比谁都爱照相。他拿着照相机到处照，就是没有上进心。他一照完相就急急忙忙地跑到地下室去冲洗，快得像兔子钻洞一样。这是他最大的毛病，但是，总的说来，他是个好工人，他没有坏心眼。”

“我猜想，他现在还是和你在一起吧。”

“是的，先生。除他以外，还有一个十四岁的小女孩。这个女孩子做饭、打扫房子。我屋子里就只这些人，因为我是个鳏夫，我没有成过家。先生，我们三个人一起过着安静的生活，我们住在一起，欠了债一起还，要是没有别的事可做的话。”

“打扰我们的头一件事是这个广告。正好在八个星期以前的这天，斯波尔丁走到办公室里来，手里拿着这张报纸。他说：

‘威尔逊先生，我向上帝祷告，我多么希望我是个红头发的人啊。’

“我问他，‘那是为什么？’他说，‘为什么？红发会现在又有了个空缺。谁要是得到这个职位，那简直是发了相当大的财。据我了解，空缺比谋职的人还多，受托管理那笔资金的理事们简直不知道该怎么办才好，有钱没有地方花啊。如果我的头发能变颜色就好了，这个怪不错的安乐窝就等着我去了。’”

“我问他，‘那又是怎么回事呢？’福尔摩斯先生，你可知道，我是个深居简出的人。因为我的买卖是送上门来的，用不着我到外面奔走兜生意，我往往一连几个星期足不出户。所以，我对外界孤陋寡闻，我总是乐意能听到点消息。”

“斯波尔丁两只眼睛瞪得大大地反问我说，‘你从来没有听过红发会的事吗？’”

“从来没有听说过。”

“你这么说倒使我感到莫名其妙了，因为你自己就有资格去申请那个空着的职位。”

“一年只给二百英镑，但这个工作很轻松，如果你已有别的职务也并不碍事。”

“好，你们不难想见，这真使我侧耳恭听啊，因为好些年来，我的生意并不怎么好，这笔额外的二百英镑如能到手，那简直是来得太容易了。”

“于是我对他说，‘你把事情的全部情况都告诉我吧’。”

“他边把广告指给我看边说，‘好，你自己看吧，红发会有个空缺，这广告上有地址，到那里可以办理申请手续。据我了解，红发会的发起人是一个名叫伊齐基亚·霍普金斯的美国百万富翁。这个人作风很古怪。他自己的头发就是红的，并且对所有红头发的人怀有深厚的感情。他死后大家才知道，原来他把他的巨大的财产留交给财产受托管理人处理，他留下遗嘱要用他的遗产的利息让红头发的男子有个舒适的差事。从我所听到的来说，待遇很高，要干的活倒很少。'”

“我说，‘可是，会有数以百万计红头发的男子去申请的。'”

“他回答说，‘没有你所想的那么多。你想想看，那实际上只限于伦敦人，而且必须是成年男子。这个美国人青年时代是在伦敦发迹的，他想为这个古老的城市做点好事。而且我还听说，如果你的头发是浅红色或深红色，而不是真正发亮的火红色，那你去申请也是白搭。好啦，威尔逊先生，如果你想申请的话，那你就走进去好了。但是，为了几百英镑的钱，让你受到麻烦，也许是不值得的。'”

“先生们，正如你们现在亲自看到的实际情况，我的头发，真是鲜红鲜红的。因此，在我看来，如果为了得到这个职位需要竞争一下的话，那么我要比任何同我竞争的人更有希望。文森特·斯波尔丁似乎对这桩事已很了解，所以我想他也许能助我一臂之力。于是，我就叫他把百叶窗关上，马上跟我一起走。他非常高兴得到一个休假日，我们就这样停了业，向广告上登的那个地址出发。”

“福尔摩斯先生，我永远不希望再见到那样的情景了。头发颜色深浅不一的人来自东西南北、四面八方，涌到城里按那个广告去应征。舰队街挤满了红头发的人群，主教院看上去就像叫卖水果的小贩放满广柑的手推车。我没有想到区区一个广告竟然召集到了全国的那么多人。他们头发的颜色什么都有——稻草黄色、柠檬色、橙色、砖红色、爱尔兰长毛猎狗那种颜色、肝色、土黄色等等。但是，正如斯波尔丁所说的那样，真正很鲜艳的火红色的倒不多。当我看到那么多的人在等着，我感到很失望，真想放弃算了。只是，斯波尔丁当时怎么也不答应。我真不能想像他当时是怎样连推带搡，带我从人群中挤过去，直到那办公室的台阶前面。楼梯上有两股人潮，一些人满怀希望往上走，一些人垂头丧气往下走。我们竭尽全力挤进人群。不久，我们发现自己已经在办公室里了。”

福尔摩斯先生在他的委托人停了一下，使劲地吸了一下鼻烟以便稍加思索的时候说：“你的这段经历真是最有趣不过了。请你继续讲你的这段十分有趣的事吧。”

“办公室里除了几把木椅和一张办公桌外，没有别的东西。办公桌后面坐着一个头发颜色比我的还要红的小个子男人；每一个候选人走到他跟前，他都说几句，然后他总是想办法在他们身上挑毛病，说他们不合格。原来，要得到一个职位并不是那么容易的事情。不管怎么样，轮到我们的时候，这个小个子男人对我比对任何其他人都客气多了。我们走进去后，他就把门关上，这样他可以和我们单独谈。”

“我的伙计说，‘这位是杰贝兹·威尔逊先生，他愿意填补红发会的空缺。’”

“对方回答说，‘他非常适合担任这个职务。’”他满足了我们的一切条件。在我的记忆中，我还没有看见过有谁的头发颜色比他的更好的了。“他后退了一步，歪着脑袋，凝视着我的头发，直看得我不好意思起来。随即他一个箭步向前拉住我的手，热烈祝贺我求职成功。”

“他说，‘如果再犹豫不决那就太不对了。不过，对不起，我显然必须谨慎小心，我相信你是不会介意的。’他两只手紧紧地揪住我的头发，使劲地拔，我痛得喊了出来，他才撒手。他撒手后对我说，‘你眼泪都流出来啦。我清楚地看到，一切都很理想。可是我必须谨慎小心，因为我们曾两次被戴假发的家伙、一次被染头发的家伙骗了。我可以告诉你一些有关鞋蜡的故事，你听了会感觉恶心的。’他走到窗户那里声嘶力竭地高喊，‘已经有人填补空缺了。’窗户下面传来一阵大失所望的叹息声，人们成群结队地朝四面八方散开。他们走后，除我自己和那个干事外，再见不到一个红头发的人了。

“他说，‘我是邓肯·罗斯先生。我就是我们高贵的施主遗留基金的养老金的一个领取者。威尔逊先生，你是不是已经结婚了？你成家了吗？’”

“我回答说，‘我没有。’”

他立即把脸一沉。

“他严肃地说，哎唷！这可是非同小可的事啊！你所说的情况使我感到遗憾。当然啰，设立这笔基金的目的既是为了维护，也是为了生育更多红头发的人。你竟然是个未婚的单身汉，那真是太不幸了。”

“福尔摩斯先生，我听到这些话感到很沮丧。我当时想，完了，这个职位还是弄不到手。但是他考虑了一会以后又说：‘那没有关系。’”

“他说，‘如果是别人的话，这个缺点可能是不幸的。但是，你的头发长得这么好，对你这样一个人，我们必须特例照顾。你什么时候可以来上班？’”

“我说，唔，事情有点不好办，因为我已有了一个店铺。”

“文森特·斯波尔丁说，‘那不要紧，我能替你照管你的生意’。”

“我问，‘上班时间是几点到几点？’”

“上午十点到下午两点。”

“福尔摩斯先生，开当铺的人的买卖多半在晚上，特别是在星期四、星期五晚上，这正是发薪前两天，所以在上午多赚几个钱对我是很合适的。而且我知道我的伙计人挺不错，要有什么事他是会照料好的。”

“我说，‘这对我很合适。薪金多少？’”

“每周四英镑。”

“那工作怎么样？”

“只是挂挂名而已。”

“你说挂挂名是什么意思？”

“唔，在整个办公时间你必须待在办公室里，或者至少在那楼房里待着；如果你离开，那你就是永远放弃了你的整个职位。对于这一点在遗嘱上说得很清楚。如果你在这段时间里稍微离开一下办公室，那就是没有按照条件办事。”

“我说，一共只有四个小时，我是怎么也不会离开一步的。”

“邓肯·罗斯先生说，不得以任何理由为借口，不管是有病、有事或其他理由都不行。你必须老老实实待在那里，否则你就会丢掉你的位置。”

“干什么工作呢？”

“你的工作是抄写《大英百科全书》，这里有这个版本的第一卷。你要自备墨水、笔和吸墨纸。我们只提供给你这张桌子和这把椅子。你明天能来上班吗？”

“我回答说，当然可以。”

“那么，杰贝兹·威尔逊先生，再见，让我再一次祝贺你这么幸运地得到这个重要职位。他向我鞠了个躬。我随即离开了那个房间，和我伙计一起回家去。我为自己的好运气简直高兴得六神无主，不知所措了。”

“唔，我整天都在思量这件事。到晚上，我的情绪又消沉下来了，因为我总觉得这件事一定是某种大骗局或大诡计，虽然我猜想不出它的目的是什么。看来说有人立下这样的遗嘱，或者给那么多的钱让人做像抄写《大英百科全书》这种简单的工作，简直都是不可思议的。文森特·斯波尔丁想尽一切办法来宽慰我。到就寝时，我已使自己从这整个事件中得出结论，不管怎样，我决定第二天早晨去看看究竟是怎么回事。我花一个便士买了一瓶墨水、一根羽毛笔、七张大页书写纸，然后动身到教皇院去。”

“唔，使我又惊又喜的是，一切都很顺利。桌子已给我摆好了，邓肯·罗斯先生在那里照料，好让我顺利地开始工作。他让我从字母A开始抄，然后离开我，但他不时走进来看看我工作进行得是否顺当。下午两点钟他和我说再见，并称赞我抄写得真不少。我走出办公室后，他就把门锁上。”

“福尔摩斯先生，事情就这样一天天地继续下去。到了星期六，那干事进来，付给我四个英镑的金币作为我一周工作的报酬。下星期是这样，再下星期还是这样。我每天上午十点到那里上班，下午两点下班。以后邓肯·罗斯先生就逐渐地不怎么常来了，有时候一个上午只来一次，再过一段时间，他就根本不来了。当然，我还是一会儿也不敢离开办公室，因为我不敢肯定他什么时候可能会来的，而这个职务确实很不错，对我很合适，我不愿冒丢掉它的风险。”

“就这样，八个星期的时间过去了。我抄写了‘男修道院院长’、‘盔甲’、‘建筑学’和‘雅典人’等词条；并且希望由于我的勤奋努力，不久就可以开始抄写以字母B为首的词条。我花了不少钱买大页书写纸，我抄写的东西几乎堆满了一个架子。接着，这整个事情突然宣告结束。”

“结束？”

“是的，先生。就是今天上午结束的。我照常十点钟去上班，但是门关着而且上了锁，在门的嵌板中间用品头钉钉着一张方形小卡片。这张卡片就在这儿，你们自己可以看看。”

他举着一张约有便条纸大小的白色卡片，上面这样写着：

红发会已经解散，此启。一八九零年十月九日。

我和歇洛克·福尔摩斯看了这张简短的通告及站在后面的那个人充满懊恼的愁容，这件事的滑稽可笑完全压倒了一切其他考虑，我们两个人情不自禁，哈哈大笑起来。

我们的委托人满面通红，暴跳如雷地嚷道："我看不出有什么可笑的地方。如果你们不会干别的而只会取笑我的话，那我可以到别处去。"

福尔摩斯大声说，"不，不，"他一面把已半站起来的威尔逊推回那把椅子里，一面说，"我真的无论如何不能放过你这个案件。它太不寻常了，实在使人耳目为之一新，但是如果你不见怪的话，我还是要说，这件事确实有点可笑。请问，当你发现门上卡片的时候你采取了什么措施？"

"先生，我感到很震惊，我不知道怎么办才好。我向办公室周围的街坊打听，但是，看来他们谁也不知道那是怎么回事。最后，我去找房东，他住在楼下，是当会计的。我问他能否告诉我红发会出了什么事。他说，他从来没有听说过有这样一个团体。然后，我问他邓肯·罗斯先生是什么人。他回答说，这个名字对他很陌生。"

"我说，唔，是住在 7 号的那位先生。"

"什么，那个红头发的人？"

"是的。"

"他说，噢，他名叫威廉·莫里斯。他是个律师，他暂住我的屋子，因为他的新居还没有准备好。他是昨天搬走的。"

"我在什么地方能找到他呢？"

"噢，在他的新办公室。他确实把他的地址告诉我了。是的，爱德华王街 17 号，就在圣保罗教堂附近。"

"福尔摩斯先生，我马上动身到那里去了，但是，当我找到那个地方的时候，我发现它是个护膝制造厂，这个厂子里谁也没有听说过有个叫威廉·莫里斯或叫邓肯·罗斯的人。"

福尔摩斯问道："那你怎么办呢？"

"我回到我在萨克斯—科伯格广场的家去。我接受了我伙计的劝告。可是，他的劝告根本帮不了我的忙。他只是说，如果我耐心等待，也许能收到来信，从中得到消息。但是，福尔摩斯先生，这些话并不是那么中听的。我不愿意不经过斗争就失去这么好的位置。因为我听说你肯给不知道如何是好的穷人出主意，我就立即到你这里来了。”

福尔摩斯先生说：“你这样做很明智。你的案件是桩很了不起的案件，我很乐意接管。从你所告诉我的经过看，可能它牵连的问题要比乍看起来更为严重。”

杰贝兹·威尔逊先生说：“够严重的啦！你想想，我每周损失四英镑啊。”

福尔摩斯又说：“就你本人来说，我认为你不应该抱怨这个不同寻常的团体。正相反，据我所知，你白白赚了三十多个英镑，且不说你抄了那么多以字母A为词头的词，增长了不少知识。你干这些事并不吃亏嘛。”

“是不吃亏。但是，先生，我想知道那到底是怎么回事，那都是些什么人？他们拿我开玩笑的目的又是什么——如果确实是开玩笑的话。他们开这个玩笑可是花了不少钱啊，他们花了三十二个英镑。”

“这一点我们将努力替你弄清楚。但是，威尔逊先生，你要先回答我一两个问题。第一个，叫你注意看广告的那位伙计，他在你那里多久啦？”

“在发生这件事以前大约一个月。”

“他是怎么来的？”

“他是看广告应征来的。”

“只有他一个人申请吗？”

“不，有十来个人申请。”

“你为什么选中他呢？”

“因为他灵巧，索费不多。”

“实际上他只领一半工资？”

“是的。”

“这个文森特·斯波尔丁什么模样？”

“小个子，体格健壮，动作很敏捷；虽然年龄约在三十开外，脸部皮肤却很光滑。他的前额有一块被硫酸烧伤的白色伤疤。”

福尔摩斯十分兴奋地在椅子上挺直了身子。他说：“这些我都想到了。你有没有注意到他的两只耳朵穿了戴耳环的孔？”

“是的，先生。他对我说，是他年轻的时候一个吉起赛人给他在耳朵上穿的孔。”

福尔摩斯说，“唔，”渐渐陷于沉思之中，“他还在你那里吗？”

“噢，是的，我刚才就是从他那里来的。”

“你不在的时候生意一直由他照料吗？”

“先生，我对他的工作没有什么可抱怨的，上午本来就没有多少买卖。”

“行啦，威尔逊先生，我将愉快地在一两天内把我关于这件事的意见告诉你。今天是星期六，我希望到星期一我们就可以作出结论了。”

在客人走了以后，福尔摩斯对我说：“好啦，华生，依你看，这到底是怎么回事呢？”

我坦率地回答说：“我一点也看不出问题来。这件事太神秘了。”

福尔摩斯先生说：“一般来说，愈是稀奇的事，一旦真相大白，就可以看出并不是那么高深莫测。那些普普通通、毫无特色的罪行才真正令人迷惑。就像一个人的平淡无奇的面孔最难以辨认一样。但是，我必须立即采取行动去处理这件事。”

我回答他：“那么你准备怎么办呢？”

他回答说：“抽烟，这是要抽足三斗烟才能解决的问题，同时我请你在五十分钟内不要跟我说话。”他蜷缩在椅子里，瘦削的膝盖几乎碰着他那鹰钩鼻子。他闭上眼睛静坐在那里，叼着的那只黑色陶制烟斗，很像某种珍禽异鸟的那个又尖又长的嘴。我当时认为，他一定沉入梦乡了，我也打起瞌睡来，而正在这个时候，他忽然从椅子里一跃而起，一副拿定了主意的神态，随即把烟斗放在壁炉台上。

他说："萨拉沙特今天下午在圣詹姆士会堂演出。华生，你看怎么样？你的病人可以让你有几小时空闲的时间吗？"

"我今天没什么事。我的工作从来不是那么离不开的。"

"那么戴上帽子，咱们走吧。我们将经过市区，顺路可以吃点午饭。我注意到节目单上德国音乐很不少。我觉得德国音乐比意大利或法国音乐更为优美动听。德国音乐听了发人深省。我正要做一番内省的功夫。走吧。"

我们坐地铁一直到奥尔德斯盖特，再走一小段路，我们便到了萨克斯—科伯格广场，上午听到的那奇特的故事正发生在这个地方。这是一些狭长而又虚摆场面的穷街陋巷，四排灰暗的两层砖房排列在一个周围有铁栏杆的围墙之内。院子里是一片杂草丛生的草坪，草坪上几簇枯萎的月桂小树丛正在烟雾弥漫和很不舒适的环境里顽强地生长着。在街道拐角的一所房子上方，有一块棕色木板和三个镀金的圆球，上面刻有"杰贝兹·威尔逊"这几个白色大字，这个招牌向人们表示，这就是我们红头发委托人做买卖的所在地。歇洛克·福尔摩斯在那房子前面停了下来，歪着脑袋细细察看了一遍这所房子，眼睛在皱纹密布的眼皮中间炯炯发光。他随即漫步走到街上，然后再返回那个拐角，眼睛注视着那些房子。最后他回到那家当铺坐落的地方，用手杖使劲地敲打了两三下那里的人行道，之后便走到当铺门口敲门。一个看上去很精明能干、胡子刮得光光的年轻小伙子立即给他开了门，请他进去。

福尔摩斯说："劳驾，我只想问一下，从这里到斯特兰德怎么走。"

那个伙计立即回答说："到第三个路口往右拐，到第四个路口再往左拐。"

随即关上了门。

当我们从那里走开的时候，福尔摩斯说，“我看他真是个精明能干的小伙子。据我的判断，他在伦敦可以算得上是第四个最精明能干的人了，至于在胆略方面，我不敢肯定说他是不是数第三。我以前对他有所了解。”

我说，“显然，威尔逊先生的伙计在这个红发会的神秘事件中起了很大的作用。我相信你去问路不过是为了想看一看他而已。”

“不是看他。”

“那又是为了什么呢？”

“看看他裤子膝盖那个地方。”

“你看见了什么？”

“我看到了我想看的东西。”

“你为什么要敲打人行道？”

“我亲爱的大夫，现在是留心观察的时候，而不是谈话的时候。我们是在敌人的领土里进行侦查活动。我们知道一些萨克斯—科伯格广场的情况。让我们现在去探查一下广场后面那些地方。”

当我们从那偏僻的萨克斯—科伯格广场的拐角转过弯来的时候，呈现在我们面前的道路是一种截然不同的景象，就像一幅画的正面和背面那样地截然不同。那是市区通向西北的一条交通大动脉。街道被一股熙熙攘攘做生意的人的洪流堵塞住了；在这洪流中，有向内流的，也有向外流的。人行道则被蜂拥而来的无数行人踩得发黑。当我们看着那一排华丽的商店和富丽堂皇的商业楼宇的时候，简直难以相信这些楼宇和我们离开的死气沉沉的广场那一边是紧靠在一起的。

福尔摩斯站在一个拐角顺着那一排房子看过去，说，“让我们想想看，我很想记住这里这些房子的顺序。准确了解伦敦是我的一种癖好。这里有一家叫莫蒂然的烟草店，那边是一家卖报纸的小店。再过去是城市与郊区银行的科伯格分行、素食餐馆、麦克法兰马车制造厂，一直延伸到另一个街区。好啦，大夫，我们已完成了我们的工作，该去消遣一会了。来份三明治和一杯咖啡，然后到演奏提琴的场地去转一转，在那里一切都是悦耳的、优雅的、和谐的，在那里没有红头发委托人出难题来打扰我们。"

我的朋友是个热情奔放的音乐家，他本人不但是个技艺精湛的演奏家，而且还是一个才艺超群的作曲家。整个下午他坐在观众席里，显得十分喜悦，他随着音乐的节拍轻轻地挥动他瘦长的手指；他面带微笑，而眼睛却略带伤感，如入梦乡。这时的福尔摩斯与那厉害的侦探，那个铁面无私、多谋善断、果敢敏捷的刑事案件侦探福尔摩斯大不相同，几乎判若两人。在他那古怪的双重性格交替地显露出来时，正如我常常想的那样，他的极其细致、敏锐可以说和有时在他身上占主导地位的富有诗意的沉思神态，形成了鲜明的对照。他的性格就是这样使他从一个极端走到另一个极端，时而非常憔悴，时而精力充沛。我很清楚地知道，他最严肃的时候就是，接连几天坐在扶手椅中苦思冥想地构思和创作的时候。而强烈的追捕欲望又会突然支配他，在这个时候他的推理能力就会高超到成为一种直觉，以致那些不了解他做法的人会以疑问的眼光，把他看作是一个万事通的知识超人。那天下午，我看着他在圣詹姆士会堂完全沉醉在音乐声中的时候，我觉得他决意要追捕的人该倒霉了。

当我们听完音乐走出来的时候，他说："大夫，你无疑想要回家了吧。"

"是该回家了。"

"我还有点事要费几个小时才能办完。发生在科伯格广场的事是桩重大案件。"

"为什么是重大案件呢？"

"有人正在密谋策划一桩重大罪案。我有充分理由相信我们将及时制止他们。但是，今天是星期六，事情变得复杂起来了。今晚我需要你的帮忙。”

“什么时间？”

“十点钟就够早了。”

“我十点到贝克街就是了。”

“那很好。不过，大夫，我说可能有点儿危险，请你把你在军队里使用过的那把手枪放在口袋里。”他招了招手，转过身去，立即消失在人群中。

我敢说，我这个人并不比我的朋友们愚钝，但是，在我和歇洛克·福尔摩斯的交往中，我总感觉到一种压力：我自己太笨了。就拿这件事来说吧，他听到的我也都听到了，他见到的我也都见到了，但从他的谈话中可以明显地看出，他不但清楚地了解到已经发生的事情，而且还预见到将要发生的事情；而在我看来，这件事仍然是混乱和荒唐的。当我乘车回到我在肯辛顿的住家时，我又把事情由始至终思索了一遍，从抄写《大英百科全书》的那个红头发人的异乎寻常的遭遇，到去访问萨克斯—科伯格广场，到福尔摩斯和我分手时所说的不祥的预示。要在夜间出征是怎么回事？为什么要我带武器去？我们准备到哪里去？去干什么？我从福尔摩斯那里得到暗示，当铺老板的那个脸庞光滑的伙计是个难对付的家伙，这家伙可能施展狡猾的花招。我老是想把这些事情理出个头绪来，结果总在失望中作罢，只好把它们放在一边，反正到晚上就会水落石出。

我从家里动身的时间是九点一刻，我是穿过公园去的，这样也就穿过牛津街然后到达贝克街。两辆双轮双座马车停在门口。当我走进过道的时候，我听到从楼上传来的声音。我走进福尔摩斯的房间里，看见他正和两个人谈得很热烈。我认出其中一个人是警察局的官方侦探彼得·琼斯；另一个是面黄肌瘦的高个子男人，他头戴一顶光泽闪闪的帽子，身穿一件厚厚的、非常讲究的礼服大衣。

福尔摩斯说："哈，我们的人都到齐了。"他一面说话一面把他粗呢上衣的扣子扣上，并从架上把他那根笨重的打猎鞭子取下来。他又说："华生，我想你认识苏格兰场的琼斯先生吧？让我介绍你认识梅里韦瑟先生，他就要成为我们今晚冒险行动的伙伴。"

琼斯傲慢地说："大夫，你瞧，我们又重新搭档在一起追捕了。我们这位朋友是追捕能手。他只需要一条老狗去帮助他把猎物捕获。"

梅里韦瑟悲观地说："我希望这次追捕不要成为一桩徒劳无益的行动。"

那个警探趾高气扬地说："先生，你对福尔摩斯先生应当很有信心才对，他有自己的一套办法。这套办法，恕我直言，就是有点太理论化和异想天开，但他具有成为一名侦探所需要的素质。有一两次，比如肖尔托凶杀案和阿格拉珍宝大盗窃案，他都比官方侦探判断得更加正确。我这样说并不是夸大其词。"

那个陌生人顺从地说："琼斯先生，你要这样说我没有意见。不过，我还是要声明，我错过了打桥牌的时间，这是我二十七年来头一次星期六晚上不打桥牌。"

歇洛克·福尔摩斯说："我想你会发现，今天晚上你下的赌注比你以往下过的都大，而且这次打牌的场面更加激动人心。梅里韦瑟先生，对你来说，赌注约值三万英镑；而琼斯先生，对你来说，赌注是你想要逮捕的人。

"约翰·克莱这个杀人犯、盗窃犯、抢劫犯、诈骗犯，是个青年人，梅里韦瑟先生，但他是这伙罪犯的头头。我认为逮捕他比逮捕伦敦的任何其他罪犯都要紧，他是个值得注意的人物。这个年纪轻轻的约翰·克莱，他的祖父是王室公爵，他本人在伊顿公学和牛津大学读过书。他的头脑同手一样的灵活。虽然我们每拐个弯都能碰到他的踪迹，但是，我们始终不知道到哪里去找他这个人。他一个星期在苏格兰砸烂一个儿童床，而下个星期却在康沃尔筹款兴建一个孤儿院。我跟踪他多年了，就是一直未能见他一面。

“我希望我今晚能够高兴地为你介绍一番。我也和这个约翰·克莱交过一两次手。我同意你刚才说的，他是个盗窃集团的头子。好啦，现在已经十点多，这是我们应该出发的时间。如果你们二位坐第一辆马车，那么我和华生坐第二辆马车跟着。”

在漫长的道路上，歇洛克·福尔摩斯很少讲话，他在车厢的座位上向后靠着，口里哼着当天下午听过的乐曲。马车辚辚地在没有尽头、雾蒙蒙的点着许多煤气灯的马路上行驶，一直到了法林顿街。

我的朋友说：“现在我们离那里不远了。梅里韦瑟这人是个银行董事，他本人对这个案子很感兴趣。我想让琼斯也和我们一块来有好处。这个人不错，虽然就他的本行来说，他纯粹是个笨蛋。不过他有一个值得肯定的优点，一旦他抓住了罪犯，他勇猛得像条獒狗，顽强得像头龙虾。好，我们到了，他们正在等我们。”

我们到达上午去过的那条平常人来人往拥挤不堪的大马路。把马车打发走了以后，在梅里韦瑟先生的带领下，走过一条狭窄的通道，经由他给我们打开的旁门进去。在里面有条小走廊，走廊尽头是扇巨大的铁门。梅里韦瑟先生把那扇铁门打开，进门后是盘旋式石板台阶通向另一扇令人望而生畏的大门。梅里韦瑟先生停下来把提灯点着，然后领我们往下沿着一条有一股泥土气息的通道走下去，然后再打开第三道门，便进入了一个庞大的拱顶的地下室。地下室周围堆满了板条箱和很大的箱子。

福尔摩斯把提灯举起来四下察看。他说：“你们这个地下室要从上面攻击倒不那么容易。”

梅里韦瑟先生边用手杖敲打着平地的石板边说，“从地下攻击应该也不容易。”接着惊讶地抬起头来说，“哎哟！听声音底下是空的。”

福尔摩斯严厉地说，“我真的必须要求你们安静点！你已经使我们取得这次远征的完全胜利受到了损害。我请求你找个箱子坐在上面，不要干扰好不好？”

这位庄重的梅里韦瑟先生只好坐到一只板条箱上，满脸受委屈的表情。这时，福尔摩斯跪在石板地上，拿着提灯和放大镜开始仔细地检查石板之间的缝隙。他只用片刻时间就检查完毕，耸身站了起来，并把放大镜放回口袋里。

他说：“我们起码要等一个小时，因为在那个好心肠的当铺老板睡安稳以前，他们是不可能采取任何行动的。然后，他们就会分秒必争地抓紧时间动手，因为他们动手得愈早，逃跑的时间就愈多。大夫，你无疑已猜到了，我们现在是在伦敦的一家大银行的市内分行的地下室里。梅里韦瑟先生是这家银行的董事长，他会向你解释，为什么伦敦的那些胆子比较大的罪犯现在会对这个地下室那么感兴趣。”

那位董事长低声说：“那是我们的法国黄金。我们已接到几次警告，说可能有人企图在这上面打主意。”

“你们的法国黄金？”

“是的，几个月以前，我们恰好有机会增加我们的资金来源，为此目的，我们向法兰西银行借了三万个法国金币。现在大家都已知道，我们一直没有工夫开箱取出这些钱，因此仍然放在地下室里。我坐着的这个板条箱子里面就有两千个法国金币，是用锡箔一层一层夹着包装的。我们的黄金储备现在比一家分所平常所拥有的数量大得多，董事们对这件事一直很不放心。”

福尔摩斯说：“他们不放心是很有道理的。现在是我们安排一下我们小小的计划的时候了。我预料在一小时内事情就会真相大白。现在，梅里韦瑟先生，我们必须用布灯罩把这暗色提灯蒙上。”

“在黑暗中坐等吗？”

“恐怕是这样。我带了一副牌放在口袋里。我本来想，我们正好四个人，你也许可以打你的桥牌。但是，现在我看敌人已在准备，我们不能冒漏出亮光的危险。首先，我们必须选好位置。这些人都是胆大妄为的家伙，但是我们将打他个措手不及。我们要谨慎小心，否则他们就可能使我们受到一些损伤。我将站在这个板条箱后面，你们都藏在那些箱子后面。然后当我把灯光照向他们的时候，你们就迅速跑过去。华生，如果他们开枪，你就毫不留情地把他们打倒。”

我把推上了子弹的左轮手枪放在我蹲在后面的那个木箱上面。福尔摩斯飞快地把提灯的滑板拉到灯的面前，这样我们就陷于一片漆黑之中——我以前从来没有在这么一团漆黑的地方待过。烤热了的金属的气味使我们确信，灯还是亮着的，一得到信号就可以闪出亮光来。我当时静候着，神经紧张，在那阴湿寒冷的地下室，在那突然的黑暗里，令人有压抑和沮丧之感。

福尔摩斯低声说：“他们只有一条退路，那就是退到屋子里去，然后再退到萨克斯—科伯格广场去。琼斯，我想你已经照我的要求去办了吧？”

“我已派了一个巡官和两个警官守候在前门那里。”

“那么我们把所有漏洞都堵死了，现在我们必须静静地等在这里。”

时间过得真慢！事后我们对了一下表，一共等了一小时十五分钟，但是我仿佛觉得是通宵达旦，整整一夜，似乎曙光就要来临。因为我不敢变换位置，所以累得手脚发麻。我神经紧张到了极点，但听觉却十分敏锐，不但能听见同伙们轻轻的呼吸，而且连那大块头琼斯又深又粗的吸气和那银行董事很轻的叹息我都能分辨出来。从我面前的箱子上望过去，可以看到石板地那个方向。我忽然看见隐约地闪现着的亮光。

起先，那只是闪现在石板地上的灰黄色的星星之火，接着火星联成了一条黄色的光束。忽然间地面悄悄地似乎出现了一条裂缝，一只手从那里伸了出来，一只几乎像妇女那样又白又嫩的手在有亮光的一小块地方的中央摸索着。

大概一分钟左右，这只指头蠕动的手伸出了地面。然后同它的突然伸出一样，顷刻之间又缩了回去，周围又是一片漆黑，只有一点灰黄色的火星照亮着石板缝。

不过，那只手只是隐没了一会儿。忽然间发出一种刺耳的撕裂声响，在地板中间的一块宽大的白石板翻了过来，那里立时出现了一个四方形缺口，随即从缺口里射出一线提灯的亮光。在边缘上露出一张清秀的孩子般的脸，这个人敏捷地向四周围察看了一下，然后用两只手扒着那缺口的两边向上攀升，直至肩膀和腰部都到了缺口上面，然后一个膝盖跪在洞口边缘。一刹那，他已站在洞口一边，并把一个同伙拉了上来。同伙和他一样是个动作轻巧灵活的小个子，面色苍白，有一头蓬乱的很红的头发。

他小声地说："一切都很顺当。你把凿子和袋子都带来了吗？天啊，不好了！阿尔奇，跳，赶紧跳，别的由我来对付！"

歇洛克·福尔摩斯一跃而起，跳过去一把揪住这个偷偷潜入的人的领子。另一个人猛然一下子跳到洞里去了。我听到撕扯衣服的声音，琼斯当时一把抓住了他的衣服的下摆。一枝左轮手枪的枪管在亮光中闪现了一下，但福尔摩斯的打猎鞭子骤然打在那个人的手腕上，手枪当地一声掉在石板地上。

福尔摩斯无动于衷似的说："约翰·克莱，那是徒劳的，你逃不过这一关了。"

对方极其冷静地回答说："我看是这样。我想我的好友会平安无事的，虽然我看见你们揪住了他的衣角。"

福尔摩斯说："三个人正在那边门口等着他呢。"

"噢，真的，你们办事似乎很周到。我应该向你们致敬！"

福尔摩斯回答道："彼此，彼此。你的那个红头发点子很新颖，也很有效。"

琼斯说："你将会同你的伙伴愉快地会面的。他钻进洞里的动作比我来得快。伸出手来，让我铐上。"

当手铐把我们的俘虏的手腕扣上的时候，他说："我请求你们不要用你们的脏手碰我。你们也许不知道我是皇族后裔。我还要请你们跟我说话时，在任何时候都要用'先生'和'请'字。"

琼斯瞪大眼睛，忍住了笑说："好吧，唔，'先生'请你往台阶上走吧，到了上面，我们可以弄辆马车把阁下送到警察局去。可以吗？"

约翰·克莱安详地说："这就好些。"他向我们三人很快地鞠了个躬，然后默默无言地在警探的监护下走了出去。

当我们跟在他们后面从地下室走出来的时候，梅里韦瑟先生说："我真不知道我们银行该怎么感谢和酬劳你们才好。毫无疑问，你们用了最严谨周密的方法来侦察这个奇案，这个案件是我经历中从未见过的最精心策划的一起盗窃银行案。"

福尔摩斯说："我自己就有一两笔账要和约翰·克莱算。我为这个案子花了点钱，我想银行会付给我这些钱的。但是，除此以外，我还得到其他方面的优厚报酬，这次破案的经验在许多方面都是独一无二的。光是听那红发会的很不寻常的故事也就收获不小了。"

清晨，我们在贝克街喝加苏打水的威士忌酒的时候，福尔摩斯解释说："华生，你看，从一开始就十分明显，这个红发会的那个稀奇古怪的广告和抄写《大英百科全书》的唯一可能的目的，是使这个糊里糊涂的当铺老板每天离开他的店铺几个小时。这种做法很新奇，但确实很难想出比这更巧妙的办法。这个办法无疑说明克莱的别出心裁，他利用同谋犯的头发颜色。每周四英镑肯定是引他上钩的诱饵。对他们这些想把成千成万英镑弄到手的人来说，这点钱算得了什么呢？他们登了广告，一个流氓搞了个临时办公室，另一个流氓怂恿他去申请那个职位。他们合谋保证他每周每天上午离开他的店铺。从我听到那伙计只拿一半工资的时候起，我就看出，显然他到那当铺当伙计是有某种特殊动机的。”

“可是，你是怎么猜出他的动机的呢？”

“如果在那店铺里有女人的话，我本来会怀疑无非是搞些庸俗的风流事。可是，根本不是那么回事。这个当铺老板做的是小本经营的买卖，当铺里没有什么值钱的东西，值不得他们如此精心策划，花那么多钱。因此，他们的目标肯定不在当铺。那么可能搞什么呢？我想到这个伙计喜欢照相，想到他经常出没于地下室这个诡计。地下室！这就找到了这个错综复杂的案件的线索。然后，我调查了这个神秘的伙计的情况。我发现，我的对手是伦敦头脑最冷静、胆子最大的罪犯之一，他在地下室里搞了名堂，而且要连续几个月每天干许多小时才行。那再问一下，可能搞什么呢？我想除了挖一条通往其他楼房的地道以外，不可能是其他什么东西。

“当我们去察看作案地点时，我心里就明白了。我用手杖敲打人行道使你感到惊讶，我当时是要弄清楚地下室是朝前还是朝后延伸的。它不是朝前延伸。然后我按门铃，正如我所希望的，是那伙计出来开门。我们曾经有过一些较量。但是，在这以前，彼此从未面对面相见过。我几乎没看他的脸，我想要看的是他的膝盖。你自己也一定觉察到，他的裤子膝部那个地方是多么破旧、皱褶和肮脏。这些情况说明，他花了多少时间去挖地道。这样唯一未解决的问题是，他们为什么挖地道？于是，我在那拐角周围巡视一番，我看到原来那城市与郊区银行和我们的朋友的房子紧挨着。我觉得问题解决了。当你在我们听完音乐坐车回家的时候，我走访了苏格兰场和这家银行的董事长，结果如何，你已经看到了。”

我问他：“你怎么能断定他们会在当天晚上作案呢？”

“唔，他们的红发会办公室关门大吉是个讯号：他们对杰贝兹·威尔逊先生人在当铺里已不在乎了。换句话说，他们的地道已经挖通了。但是，最重要的是，由于地道有可能被发现，黄金有可能被搬走，所以他们务必尽快利用这条地道。星期六比其他日子对他们更合适，这样他们有两天的空隙可供逃跑。根据上述种种理由，我预料他们会在今天晚上下手。”

我以毫不掩饰的钦佩心情赞叹道：“你这样推理真是太棒了。这一连串的推理可谓长矣，但每个环节都证明你的推断是正确的。”

他回答说：“这免得我感到无聊。”他打个哈欠，接着说，“唉，我已觉得生活够无聊的了。我的一生就是力求不要在庸庸碌碌中虚度过去。这些小小的案件帮了我的忙。”

我说：“你真是造福人类啊！”

他耸了耸肩，说道，“唔，总而言之，这也许还有点用处。正如居斯塔夫·福楼拜在给乔治·桑的信中所说的，‘人是渺小的——著作就是一切。’”

第九篇　寻宝案

埃德加·华莱士（*Edgar Wallace*）

英国著名小说家、戏剧家、记者。华莱士一生创作了173部小说、15个剧本和无数其他类型作品。他是世界上第一位畅销书作家，正式确立了“创作可以营利”的概念。1931年他仅用了9周时间便为好莱坞创作了4个剧本，其中最著名的就是无人不知的《金刚》。

在犯罪圈里有这么个说法，即使最谦逊的侦探也是一个富有的人，他的秘密财富由窃贼们、受贿和敲诈勒索来做担保。五十个郡县监狱的搜索，裁缝店、洗衣房、面包店和三宗罪行的确定，全都将侦探摆到很高的位置，但其实是他们用不法手段为自己充足的人间财产累积而做的，以至于把工作当成一种爱好，他们的官方经费实际上占据他们收入中很微不足道的份额的说法，也是圈子里的一种流言蜚语。

因为J.G. 里德先生已经超过二十年专门对付银行大盗以及伪钞制造者，后两者都是地下世界的贵族和资本家，导致传闻把他塑造成一个拥有郊区别墅和无数金银财宝的人。并不是说他在银行里有大量存款。公认的是他非常聪明，而不去冒被当局发现的风险。不，财富一定被他藏在某个地方：成百上千的不法人士都在做梦有一天能找到这笔巨额财富并自此幸福无忧地生活。他的巨额财富的一个令人满意的方面（他们全都同意）是，作为一个老人——他已经五十多岁了——他没法带着他的钱在身边，因为金子在一定温度下就融化了，而且金边债券很少用石棉纤维的纸来印制。

检察院的院长某个周六正在他的俱乐部和一位皇家法庭的法官吃午饭——周六是法官一周里难得的一两天能好好吃一顿的日子。谈话转移到特定的 J.G. 里德先生身上，他是侦探领袖中的佼佼者。

“他很有能力，”他相当不情愿地坦承，“但是我讨厌他的帽子。那是讨厌鬼才戴的帽子，”他提到一位知名政客的名字，“而且我讨厌他的黑色大衣，人们看到他走进办公室，都认为他是验尸官，但他确实很有能力。他的连鬓胡子让人讨厌，我感觉，要是我粗鲁地跟他说话，他就会哭起来——多么敏感的灵魂。对于我这行来说太敏感了。他甚至在每次打电话的时候向传话员道歉！”

多少了解一些人性的法官，用一种冷淡的笑容作为回答。

“他对我而言，听起来更像是个潜在的凶手。”他冷笑着说。

米罗德过分地对 J.G. 里德先生进行了不公正的判断，因为里德先生完全可能违法——完全能够。与此同时，还有一大票人对 J.G 作为无害的个体产生了一个错误的认知。其中一个人是卢·科尔，他把银行券与初级盗窃搞混了。

受到威胁的人们活得更久，陈词滥调都这么说，但是就像绝大部分陈腐的言论，这是真的。在二十个案件里，当 J.G. 里德先生从证人入手调查案件时，他遇到了码头那个充满恶意眼神的男人，带着适度的兴趣听了他的话，并就他近期或更远的未来将要发生的事情做了承诺。因为他是伪造银行券方面的权威，而且他已经把很多人送去了刑罚劳役。

里德先生，这个无害的男人，见过许多囚犯在暴怒中发狂，见到他们脸色苍白和脸色青灰，听到他们咆哮着诅咒，他在他们被释放后见到他们，发现他们亲切的灵魂一半感到羞愧，一半困惑于他们几乎忘记了威胁的爆发。

但是，在 1914 年年初时卢·科尔被判处十年徒刑，他既没有大喊着诅咒，也没有发誓要撕开里德先生的心肺以及他虚弱的身体里其他重要的器官。

卢只是微笑并看了侦探几秒钟——这个伪钞者的眼神是淡蓝色并投机狡猾的，它们没有透露出憎恨或者暴怒。相反，它们蕴含着这些话：

“一有机会我就杀了你。”

里德先生读懂了眼神里的信息，并重重地叹了口气，因为他不喜欢所有的大惊小怪，以及憎恨，至于他可以憎恨任何事情，这种对他的不公正是因为他对公共责任负责的表现。

多年过去，里德先生的未来生活发生了诸多变化。他从专业的伪造银行券侦探转业成为一个业务更为广泛的检察院院长，但是他从未忘记卢的微笑。

在白厅的工作并不繁重，而且很有意思。院长会接到大量给里德先生的无名信件。内容大多不言自明，而且不用费力气就知道他们的动机是什么。嫉妒，怨恨，平白无故地搬弄是非，偶尔有人怀着肮脏的欲望希望从已经传达的信息里获取好处，这些占据了大部分信件。但是偶尔也有这样的内容：

“詹姆斯先生即将与他的表妹结婚，这距离他可怜的妻子从横穿海峡到加莱的通航轮船上摔下来还不足三个月。关于此事有一些非常值得怀疑的地方。玛格丽特小姐并不喜欢他，据她所知他是为了她的钱才跟她结婚。为什么我当晚被派往伦敦？他同样不在夜里开车的。所以当那晚雨下得像地狱一般时，他还坚持开车就显得非常奇怪了。”

这封特殊的信署名“一个朋友”。正义有很多这样的朋友。

“詹姆斯先生”是詹姆斯·泰瑟米特先生，他是战争期间新兴部门的主管，并因他的服务获得男爵头衔。

“查一查，”当院长看完信后说，“我似乎记得那位泰瑟米特夫人在海中溺亡了。”

“在去年十二月十九号，”里德先生严肃地说，“她和詹姆斯先生打算去蒙特卡洛，在巴黎的时候两人分道扬镳。詹姆斯先生在梅德斯通有一处房子，他开车去了多佛，把车停在了威尔逊勋爵酒店。当晚狂风暴雨，行船非常难以前行——当詹姆斯先生找到乘务长说他和妻子走散的时候，他们才航行了一半。她的行李箱还在船舱里，她的护照、火车票以及帽子都在，但是那位女士却不见了，事实上是再也没有人见过她。”

院长点了点头。

“我知道了，你了解过这个案子。”

“我记得它，”里德先生说，“这个案子是我喜欢的推理类型。不幸的是，我在所有事情中都看到阴谋，我总是想该多么简单——但是我恐怕是采取了歪曲的人生观。这对于一个研究犯罪的头脑来说是个阻碍。”

院长怀疑地看着他。他从来都不确定里德先生是不是认真的。在那一刻，他的冷静自制无懈可击。

“当然，是一个被解雇的车夫写了那封信。”他开始推理。

“托马斯·戴福德，梅德斯通，巴拉克街179号，”里德先生总结，“他现在被肯特摩托巴士公司雇佣，有三个孩子，两个是双胞胎，两个漂亮的小捣蛋鬼。”

主管无能为力地大笑起来。

“我将让你看到的！”他说，“看看信背后隐含的意义。詹姆斯先生在肯特是个大人物，和平秩序的主持人，有很强的政治影响力。信里关于这方面没有提到什么，当然没提。留点心，里德——要是有什么人来办公室捣乱，你就要承担——而且要更严重！”

里德先生谨慎小心的行事风格非常的个人化。第二天他去了梅德斯通，找到一辆通过艾弗里达庄园的公共汽车，他舒适又节省地做了趟旅行，他的伞夹在双膝之间。他通过门廊，走上一条又长又蜿蜒的白杨木大道，然后庄园灰色的房子映入眼帘。

在草坪上的大椅子里，他看到一个女孩坐在里面，膝盖上放着一本书，显然她也看到了他，在他穿过草坪的时候，她站了起来，急切地走向他。

“我是玛格丽特·莱塞白小姐——您是从——？”她提到一个非常知名的

律师事务所的律师名字，当里德先生很遗憾地说他与这些法律知名人士无关的时候，她的脸耷拉了下来。

她非常漂亮，脸庞圆圆的，显得不会太精明，综合看起来非常美丽。

“我还以为——您想见詹姆斯先生吗？他在书房里。如果您按铃，会有仆人带您去见他的。”

要是里德先生是那种对任何事情都感到困惑的人，他就会对这个将要违背自己意愿嫁给一个盯着自己金钱的女孩的建议感到困惑。事情现在没有什么秘密。玛格丽特小姐将要嫁给一个意志坚强并强硬要求结婚的男人。

“就连我也是。”里德先生自言自语道，带着令人感到抑郁的愉悦。

没有必要去按铃。一个高个子、肩膀宽阔的男人穿着一身高尔夫球装，站在门廊处。他苍白的头发很长，遮过额头，浓密的黄褐色胡子把他的嘴唇遮住，长过下巴，又长又有威严的感觉。

“您是？”他气呼呼地问。

“我从公共安全监察厅来，”里德先生喃喃说，“我收到一封匿名信。”

他淡色的眼睛没有离开里德先生的脸。

“进来吧。”詹姆斯先生粗暴地说。他关上门，很快地瞥了一眼那个女孩，然后走向白杨大道。“我一直在等着一个愚蠢的律师。”他一边推开显然是书房的门，一边说。

他的声音很稳定，当里德告诉他他的任务是什么后，他的睫毛纹丝未动，没有背叛他透露出丝毫焦虑。

“嗯——这封匿名信是说什么？您应该对这种垃圾不怎么关心吧？”

里德先生把他的伞放好，在从他的口袋里拿出一个文件并交给男爵之前，把一顶宽沿帽子放到椅子上，后者皱着眉读着信。是里德先生丰富的想像力作祟，还是詹姆斯先生严重凌厉的光芒随着他读信而渐渐微弱是真实的？

“这是一个看到我妻子的珠宝在巴黎展卖的家伙的无稽之谈，”他说，“里面什么也说明不了。我可以为我可怜的妻子所有的小玩意儿负责。在那个可怕的夜晚之后，我把珠宝盒买了回来。我认不出笔迹，写这封信的说谎的恶棍到底是谁？”

里德先生以前从未被叫过撒谎的恶棍，但是他修养极佳地接受了这个称呼。

“我认为这是假的，”他摇了摇头说，“我非常仔细地检查了案子的每个细节。您下午离开这里——”

“是晚上，”另一个人突然说。他并不想讨论这个问题，但是里德先生看起来并不想停下来。“到多佛去只要八分钟。我们十一点就到了码头，几乎同时轮船就到了，我们立刻上了船。我从乘务长那里拿到船舱的钥匙，把她和她的行李安置进去。”

“夫人习惯于乘船吗？”

“是的，非常习惯坐船，她当晚状态非常好。我留下她在舱房里假寐，然后去甲板上——”

“雨下得非常大，海浪滔天。”里德点点头，好像他完全同意另一个人所说的。

“是的——我也是个经常坐船的人——无论如何，关于我可怜的妻子的珠宝的事情是完全的无稽之谈。您可以转达我对检察院长的问候。”

他为他的访客打开门，里德先生重新把信放好，拿起他的随身物品。

“您这儿真是非常美丽。詹姆斯先生——一个非常可爱的地方。是一大片广阔的房产？”

“三千英亩。”这次他不再试图掩盖自己的不耐烦。“祝您下午好。”

里德先生慢慢地走到车站，仍然回想着工作。

他错过了可以轻而易举坐上的巴士，沿着由男爵的房产所规划好的蜿蜒的路漫无目的地走了很久。走了一英里大约十五分钟左右，他走到一条主路上看不到的角度里的一条小路，他猜测是标志着庄园的南边界限。在角落有一个老旧的石头门廊，里面有一个禁止进入的标志。门廊处在很可怜的境地，没人关注，没人整修。瓷砖从房顶脱落，窗户要么肮脏不堪，要么都碎掉了，小花园里长满野草和荆棘。大门后面是一条狭窄的、杂草丛生的小路，延伸到远处的种植场后不见了。

听到信箱合上的叮当声，他转头看见一个邮递员骑在车上准备走了。

“这儿是什么地方？”里德先生抓住要离开的邮递员问道。

“南门——詹姆斯·泰瑟米特先生的地产。一直没有被使用过。荒废了很多年了——我不知道为什么，从这里走是一条捷径。”

里德先生和他一起走向村子，他是个经验丰富的井水抽水人，不管多么干燥的地方都能找到井水，而邮递员一点儿也不渴。

“是的，可怜的女士！她非常的柔弱——是一个比健康人要差很多的病人。”

里德先生随意地抛了个问题，获得了意料之外的信息。

“是的，夫人非常不习惯坐船。我之所以知道，是因为她每次出发前都习惯喝一瓶人们用来防止晕船的东西。我送过很多瓶直到药剂师莱克斯接手——‘旅行的好朋友’，那东西就叫这个名字。莱克斯先生只是有一天对我说，他得到六瓶，不知道该怎么用。在科里博瑞没有人去过大海。”

里德先生走向村子，把他宝贵的时间浪费在许多不相关的地方。在药剂师那里，在铁匠的店铺里，在庄严的建筑庭院里。他乘坐回梅德斯通的最后一辆巴士，还非常幸运地坐上了最后一趟回伦敦的火车。

第二天，他用他的混乱模糊的方式回答了院长的询问：

“是的，我见到了詹姆斯先生：一个非常有趣的绅士。”

这一天是星期五。整个周六他都非常忙碌。安息日给他带来新的兴趣。

在明亮的周日清晨，里德先生身穿一袭鲜花装饰的长袍，脚上穿着黑色的天丝绒拖鞋，站在布洛克雷路上他的房子的窗户旁边，俯视着荒凉的街道。当地教堂的钟声，被视为最高权威，为早些的弥撒而响，视野中除了一只躺在对面房子门口阶梯上睡觉的黑猫之外没有活物了。时间是七点三十分，里德先生从六点钟就坐在桌子旁，用灯光照明工作，已经是三月的尾声了。

从窗户的半月形窗口看去，他认出刘易舍姆高路和坦讷山，在它们前面是一条铁路桥延伸进德特福德不见了。

回到桌子旁，他打开一个盛满最便宜的香烟的纸盒子，点燃一根烟，不熟练地吸了一口。他抽烟就像一个讨厌香烟但认为抽烟是正确的事情的女人一样。

“哎呀！”里德先生轻声说。

他又回到窗户旁，看到一个人从刘易舍姆高路走来。他穿过马路，直直走向戴佛地家——那是里德先生在住处的门口立桩上闹着玩写的名字。一个高个子，头发竖直的男人，脸色棕黑犹豫，他走到前门，穿过大门进入看门人的视野。

“哎哟！”里德先生听到了门铃声响。

几分钟后，他的女管家上来敲门。

“您要见科尔先生吗？”她问。

J.G. 里德先生点了点头。

卢·科尔走进屋子，发现一个中年男人穿着一身艳丽的长袍坐在桌子上，一副夹鼻眼镜歪在他的鼻梁上。

“早上好，科尔。”

卢·科尔看着这个把他送进地狱七年半的男人，他的薄唇弯起了嘴角。

“早上好，里德先生，”他的眼睛在几乎空无一物的写字台上扫来扫去，里德先生的双手轻握着放在上面，“我猜，您没想到会见到我吧？”

“是没这么早，”里德先生冷静地说，“但是我应该记得早起是刑事惩罚训练中的一个好习惯。”

他以一种因良好行为而受到奖励的方式说着。

“我猜你已经有很多想法我为什么到这儿来了，嗯？我记忆力非常差，里德，一个从达特姆尔高原来的男人有时间来回忆起所有事情。”

年长的那个人挑了挑他沙茶色的眉毛，鼻子上金属镶边的眼镜滑得更歪了。

“那句话似乎很耳熟，”他的眉毛团成一团，“现在让我想想——是在一场情景剧中，当然了，是‘被利用的灵魂’或者‘结婚誓言’吧？”

他对解决这个问题流露出明显的焦急。

“这将是一出完全不同的戏，”拉长脸的卢从牙缝里说，“我会抓住你的，里德——你可以离开告诉你的老板，那个公共检察长。但是甜心，我会抓住你的！不会有证据指向是我做的。我还会得到你那份很好的财产，里德！”

关于里德财富的传闻甚至连科尔一般如此聪慧的人也接受相信了。

“你会得到我的财产的！老天，那我就要光着脚走路了。”里德毫无掩饰幽默地说。

“你知道我的意思——想想吧。某个时刻某一天你会出门，所有苏格兰场的人都不会抓到我杀人！我已经想了——”

“一个在达特姆尔高原的人有时间来想的，”J.G. 里德先生喃喃地说，“科尔，你会成为世界上的思想家之一的。你知道罗丹的杰作——一座非常美丽的充满生命力的雕塑——”

“够了。”卢·科尔站起身，微笑仍在他的嘴角战栗着，“也许你会在你的脑袋里想想这件事，一两天后你就不会这么愉快了。”

里德的脸流露出悲伤的怜悯。他凌乱的沙灰色头发似乎竖起来了，脸两侧准确角度的大大的耳朵，显出一种在抖动的错觉。

卢·科尔的手放在了门把手上。

“砰！”

那是笨重的秤砣撞击木板的声音，有什么东西擦过他的脸颊，从他眼前掠过，在墙上留下一个很深的洞，他的脸被飞溅的灰浆颗粒击中。他转头发出一声暴怒的抱怨。

里德先生手里拿着一把长筒勃朗宁手枪，枪口堵着枪筒形状的消音器，他张着嘴盯着这个武器。

“好吧，这究竟是怎么发生的？”他疑惑地问。

卢·科尔因愤怒和恐惧而浑身颤抖，他的脸由黄变白。

“你——你这个卑鄙的家伙！”他大喘着气。“你试图杀了我！”

里德先生透过眼镜盯着他。

“天啊——你还那么想吗？科尔，还想着杀了我吗？”

科尔试图讲话，但是找不到言词表达，他急冲向门口，大步走下楼梯，穿过前面的入口。当他的脚踩到第一个台阶时，什么东西擦过他身边在他脚旁跌碎了。那是一个装饰里德先生卧房窗台的很大的石质花瓶。跳过碎石块和洒落一地的花，他瞪着 J.G. 里德先生惊讶的脸。

“我会抓住你的！”他气急败坏地说。

“我希望你没伤着吧？”窗户旁的人用关心的口气问道，“这些事情经常发生。某一天某一个时刻——”

当卢·科尔大步走在街上的时候，侦探还在不停地说着。

当他的朋友走进可以俯视菲兹罗广场的小房间时，斯坦·布莱德先生正在晨浴。

斯坦·布莱德，没有和纯洁相似的任何地方，是一个又矮又胖的男人，有着一张大大的红色面庞和许多层下巴，停下了擦干自己的动作，注视着毛巾的边缘。

“你是怎么回事？”他尖锐地问，“你看起来像被条子追赶着。这么早过来有何贵干？”

卢告诉过他，他室友脸上愉快的表情持续越来越久——

“你这条可怜的小鱼！”他发出嘘声，“用那种东西追赶里德！难道你不认为他是正在等着你吗？难道你不知道他在你离开摩尔的时候他就知道了？”

“无论如何，我吓唬他了。”另一个说，布莱德先生大笑起来。

“真是个优秀的追踪者！”他冷冷地嘲讽道，“吓唬那个老家伙！”（他并没有说“人”这个字）“要是他跟你一样白痴，他才会被吓到！但他不是。当然他冲你开枪了——要是他想枪杀你，你现在就是一具死尸了。但是他没有。思想家，呃——他是在给你点启示警告你。”

“我不懂那把枪是从哪儿——”

门口传来敲门声，两个男人交换了一下眼神。

“是谁？”布莱德用一种亲切的声音回应道。

“是苏格兰场来的条子，”布莱德悄声说，然后打开了门。

那个“条子”是阿弗雷德警官，苏格兰场刑事侦缉部的，一个和蔼可亲而且肥肥胖胖的人，也是一个有指望的侦探。

“早上好，孩子们——斯坦，还没去教堂吗？”

斯坦礼貌地微笑。

“生意怎么样啊，卢？”

“不算太糟。”伪钞者警觉起来，怀疑地说。

“我来找你是关于一把枪——我听说你带着一把。卢—柯尔特自动手枪R.7/94318型号。那是不对的。卢的枪并不属于这个国家。”

“我没有枪。”卢不高兴地说。

布莱德突然之间变得苍老，因为他也因没有执照而犯罪，这个调查很可能把他送回监狱完成剩下的刑期。

“是你自己来警局，还是我来带走你？”

“带我走吧。”卢说，在侦探抓着他的时候，他的胳膊很僵硬。

“我要四周看看。”侦探说，他的“看看”非常仔细。

“一定是搞错了，”阿弗雷德警官说。突然，他又说：“你走在堤岸上时扔进河里的是什么东西？”

卢呆住了。这是他接收的第一个暗示，告诉他那天早晨被“尾随”了。

布莱德在窗口等着侦探走过菲兹罗光创，然后他冲他的同伴发火。

“聪明，你不是很聪明吗！那条老猎狗知道你有枪——连数量都知道。要是阿弗莱德发现了，你就完蛋了，连我也是！”

“我把它扔进河里了。”卢闷闷地说。

“想想——不是很多而是一些！”布莱德重重地喘着气说，“你别管里德了——他是地狱是监狱，你甚至都不知道自己是个聋子！吓唬他？你这个大笨蛋！他能割断你的喉咙并为之写一首赞美诗。”

“我不知道他们在跟踪我，”科尔咆哮着说，“但是我会抓住他的！还有他的钱！”

“从另一个门口抓他，”布莱德简略地说，“我不介意当个坏蛋，我不介意当个凶手，但是一个滔滔不绝的蠢驴可真让我恶心。要是你有本事就去拿他的东西——我打赌所有的财产都投资到房地产上了，你举不动房子——但是先别说这个了。我喜欢你，卢，归结一点，你隔着几英里先行，不能被发现。我不喜欢里德——我不喜欢蛇，所以我远离动物园。”

所以卢·科尔去了迪恩街的一栋意大利式建筑顶层的新居所，在这儿他可以放松一下，好好想想自己的不平之事，重新计划摧毁他的敌人一事。新的计划需要滴水不漏地在德文郡的一处透过许多裂缝有亮光的房子里完成。

卢杀气腾腾的强烈欲望经过了大量的调整。他让一个非常聪明的心理学家对他做实验——尽管他从未认为里德先生懂这些，事实上，他对这个词的意思也十分模糊。但是有别的法子可以伤害里德，他的思维又不断地回到发现这个有罪的侦探隐藏的宝藏这个梦想上。

自从里德被邀请到院长的私人办公室已经过去将近一个礼拜了，那位伟大的官员出神地听着他的下属说出他那关于詹姆斯·泰瑟米特先生以及他亡妻的惊人结论。当里德先生说完后，院长把椅子从桌子旁推远了一些。

“亲爱的伙计，”他有些暴躁地说，“我不能根据你的推测给你一张拘捕令——连搜查令都不行。这个故事太离奇了，太难以令人置信了，只有家里摆着的耸人听闻的故事书才会有，而不是在一份公共检察官的报告里。”

“那是个狂风暴雨的夜晚，而且泰瑟米特夫人没有生病，”侦探温和地建议说，“这是个必须记住的事实，先生。”

院长摇了摇头。

“我不能这么做——这不是建立在证据上的，”他说，“我会引发一场让我在白厅里位置不稳的大风暴。你就不能做点别的吗——非官方的？”

里德先生摇了摇头。

“我的存在是周围人都知道的，”他拘谨地说，“我想不可能——呃——隐藏我的踪迹。此外我确定了地点，几英寸之内就能告诉你——”

院长再次摇了摇头。

“不，里德，”他低声说，“整件事情纯粹是你的推论猜测。哦，是的，我知道你有一颗犯罪的脑袋——我想你之前已经告诉我了。这就是我为什么不给你拘捕令的好理由。你只是靠你的想法评断这个不行的男人。却什么也没干！”

里德先生叹了口气，回到自己的办公室，但不是全然沮丧，因为他的调查引入了一个新的因素。

里德先生这周去过几次梅德斯通，他不是一个人行动的。尽管看上去他发现案件有了隐蔽的地方，事实不清，因为他在几个场合都遇到了卢·科尔，也花了不太愉快的几分钟思考他的试验是不是失败了。

第二次遇到的时候，一个想法在侦探的头脑里生成，要是他是个爱笑的人，当某天晚上他溜出梅德斯通车站的时候，就会大声笑出来，因为在叫车的时候，他看见卢·科尔和另一个人在讨论什么。

布莱德先生一直忙着一个沉闷但是必须的工作，不停地剪一流的钻石留在底部的一叠卡片，当他的前任房客冲进屋子找他的时候，卢那冷酷的眼睛里透出胜利的光芒，使得布莱德先生的心终于放下了。

“我抓到他了！”卢说。

布莱德把卡片放到一边站起身来。

“抓到谁？”他冷酷地问，“要是谋杀，你就别回答了，直接滚出去！”

“没有杀人。”

卢方方正正地坐在桌子上，手放在口袋里，一个真实的微笑浮现在他脸上。

“我跟踪里德一个礼拜了，那家伙想被跟着！”

“哦？”当他突然停止的时候，另一个人问道。

“我发现他的财产了！”

布莱德摸了摸下巴，半信半疑。

“你从来都没发现的？”

卢点点头。

“最近他经常去梅德斯通，开车去了五英里外的一个小村子。我总是在那里跟丢了。但是有天晚上，当他回到车站赶乘最后一趟火车的时候，他溜进候车室，我发现在那里我能观察他的动作。你猜他干了什么？”

布莱德先生没回应。

“他打开了他的包，”卢令人印象深刻地说着，“拿出这么厚的一叠钱！他一定是打算去银行！我跟上他到了伦敦。在车站有个餐馆，他走进去喝了杯咖啡，我一直不在他视线范围里。当他走出餐馆的时候，他掏出手绢擦了擦嘴。他没发现那个小本子掉出来了，但是我发现了。我怕极了别人也看见了，或者他自己时间一长就找到它。但是他走出了车站，我把本子拿到你面前说‘刀子’。看！”

那是一本封皮精致的小笔记本，用褪色的红色摩洛哥皮革包裹着。

布莱德伸出手接过来。

“等一下，”卢说，“我们是五五开吧，我需要一些帮助呢？”

布莱德犹豫了一下。

“如果只是普通的盗窃，我同意。”他说。

“普通的盗窃——甜心，”卢狂喜地说，把笔记本推到桌子对面。

当晚的大部分时间，他们在一起窃窃私语，讨论着J.G.里德保管资料的方法以及他极端的不诚实。

周一晚上湿漉漉的。一场暴风雨从西南方袭来，空气中都是落叶，卢和他的同伴步行五英里到达那个村子。谁都没有带着明显的包袱，但是在卢的防水外套下面，是一套制作精良的盗窃工具，布莱德的外套口袋里一把沉甸甸的撬棍。

他们一路上没有遇到任何人，当卢抓住南边的门房栏杆时，教堂的钟声敲了十一下，他翻上去然后跳到另一侧。他跟着布莱德先生，后者虽然体型臃肿，但还是一个身手敏捷的人。被毁掉的门房在黑暗中显现，他们通过吱嘎作响的门廊走向房门，在利用他带来的工具箱进行盗窃之前，卢点起照明灯照看钥匙孔。

门十分钟内就打开了，几秒钟后他们站在一间矮顶的小房间里，屋子里主要的物件是一个有着很深栅栏的壁炉。卢脱下防水衣，在用照明灯照明前把防水衣展开在窗口，然后跪下扫走灶台附近的碎片，仔细检查上面的大石块。

“这件事搞砸了，”他说，“谁都能看出来。”

他把撬棍的一头插进裂缝里，抬起石头，它轻微地移动了。然后用凿子和锤子挖了个更深的裂缝，把撬棍插入更深。石头从地板边缘翘起来，布莱德往裂缝深处插了进去。

“现在一块儿使劲。”卢咕哝着说。

他们把手指放在灶台石头下面，另一个绕上铰链往上抬。卢拾起照明灯，跪下去，用灯光往黑漆漆的洞里看。然后：

“哦，我的天哪！”他尖叫。

一秒钟后，两个被吓坏了的男人从房子里冲出去，跑上车道。一个奇迹发生了，大门打开，一个黑色的身影笔直地站在两人面前。

“举起你的手，科尔！”一个卢·科尔无比憎恨的声音响起，他的手几乎要落在里德先生的脖子上了。

当晚十二点钟，詹姆斯·泰瑟米特先生正在和他的未婚妻讨论着事情：她的律师非常糊涂，想保护她的财产，他本身的聪明以及想要保护即将成为他妻子的女孩行动自由的远见。

“这些恶棍除了自己的利益什么也不考虑，”当他的守门人不请自来的时候，他刚开始说，在守门人后面是郡治安官和一个他记得见过的男人。

“詹姆斯·泰瑟米特先生？”治安官多余地问道，因为他很了解詹姆斯先生了。

“是的，上校，什么事？”男爵脸部抽搐地问道。

“我以肆意谋杀你的妻子埃莉诺·玛丽·泰瑟米特的罪名逮捕你。”

“整个事件围绕泰瑟米特夫人是否是一个习惯于坐船的人，”J.G. 里德对他的领导说，“如果她不善于航海，很可能她就不会坐在船上，没有叫上女管家，连在船上待五分钟都不行。女管家没有看到女主人，根本没有人上船！她在庄园里就被谋杀了，她的尸体被埋在老门房里头的灶台石头下面，詹姆斯先生继续开车去多佛，把行李交给服务员，告诉他在他把车停在旅馆车库里之前，先把它们放到他的船舱里。他计算了他需要的时间以便从一群从海陆联运客车上出来的人里摸鱼溜上船，没人知道他是否是一个人还是有人陪同，也由于根本没人在意。乘务长把钥匙给了他，然后他把行李放好，包括他妻子的帽子，都放进船舱里，给服务员付了消费后让他走了。官方地说，泰瑟米特夫人是在船上的，她把船票给检票员，拿回收据。然后他发现她失踪了。船上都搜索过了，但是这位不幸的女士并没有被发现。就像我之前说的——”

“你有一个罪犯的头脑，”院长很幽默地说，“接着说，里德。”

“完成这个奇怪又引人争议的追踪后，我发现让那位女士在船上的幻觉是多么简单的事情，我决定，如果凶手犯罪，他一定是在房子附近犯下罪行的。当地的建筑工人告诉我他曾教过詹姆斯先生一节课，是关于混合灰浆的。当地的恶棍告诉我大门被破坏了，可能是被詹姆斯先生的车子撞的——我看到了被撞坏的避雷针，我想知道就是什么时候损坏的。我确定她在门房下面。没有搜寻令就不能证明我的理论真实与否，我自己不能冒着损毁我们部门名誉的风险进行私下的调查——如果我能说‘我们的’话。”他歉然地说。

院长深思着。

“当然，你诱使这个叫科尔的人挖开灶台，假装你把钱埋在那里。我猜你在笔记本里揭露了那个事实吧？但是究竟为什么他想像你有埋藏的钱财？”

里德先生悲伤地微笑着。

“罪犯的头脑是很奇特的事物，”他叹了口气说，“它隐藏着幻想和童话故事。幸运的是，我了解这种头脑，正如我经常说的……”

第十篇　铝制匕首

奥斯汀·弗里曼(*Richard Austin Freeman*)

英国著名作家。创作了以约翰·埃文林·桑戴克为主角的系列故事。1909年结集《桑戴克探案集》出版。

“紧急呼叫”——一种即刻的，对职业责任强制性的召唤——是属于医生而不是开业律师的经验，并且我认为，当我因为热爱辩论而放弃诊所的工作，之后我应该不再接到这种召唤，那些被中断的午餐，被打断的休闲时光，以及刺耳的午夜铃声，都是过去的事情了，但是实际上，却是另一番景象。医事法学家，可以这么说，是两种职业的混合地带，听任于职业的兴衰规律，所以时常我的同事或者我自己会时不时地接到即时的召唤。这也就是我即将接触的案子。

沐浴的神圣仪式被尽责地履行，刚刚被擦干的现场解说员刚要穿上衣服，一阵脚步声从楼梯传来，我们的研究所助理波顿的声音在我的同事家门口响起来。

“先生，楼下有位绅士他说有非常紧急的事情，必须立刻见您。先生，他看起来非常聒噪——”

波顿正在继续描述详情，第二阵更加手忙脚乱的脚步声传来，一个陌生的声音叫着桑戴克博士。

“先生，我来请求您即刻的帮助，一件最可怕的事情发生了。一个恐怖的凶手犯了罪行。您现在方便跟我走一趟吗？”

“我现在就跟您走，”桑戴克博士说，“受害者确实死亡了吗？”

“非常肯定。尸体冰冷而且僵硬。警方认为——”

“警察知道您来找我吗？”桑戴克打断他。

“是的。但是直到您到那里之前，他们不会乱动的。”

“非常好。我几分钟就能收拾好。”

“先生，要是您能在楼下等，”波顿说服他，“我能帮医生更快整理好。”

说完这番聪明的话后，他引导这位闯入者回到客厅，然后轻手轻脚地端着早餐托盘上了楼，在我们的房间，博士吃完早餐后调侃这件荒谬的事是自己“空空的肚子的杀手”。桑戴克和我同时以医学从业者才有的职业确定和快速换衣的习惯穿好衣服，几分钟后下楼集合，叫研究所助理拿来几件桑戴克出诊常用的工具。

当我们走进客厅的时候，我们的访客，兴奋地在楼梯上上下下地走，欣慰地抓着他的帽子呼了一口气。“您准备好啦？”他问，“我的车在门口。”然后，没等我们回答，他急匆匆地走出去，在我们之前快速走下楼梯。

运输工具是一辆宽敞的有篷马车，正好装得下我们三个人，当我们进去关上门后，马车夫立刻驾马以小跑的速度离开。

“我们边走着，我最好给您们一些背景材料，”我们激动的朋友说，“首先，我的名字是柯蒂斯，亨利·柯蒂斯，这是我的名片。哈！这是另一张，我之前就该给您的。我的律师，马克蒙特先生，和我一同发现了这个可怕的事实，他让我来找您。他留在屋子里直到您们到达之前，盯着东西不被乱动。”

“他很聪明，”桑戴克说，“但是现在请告诉我们究竟发生了什么。”

“我正要说，”柯蒂斯先生说，“被杀的人是我的姐夫，阿尔弗雷德·哈特里奇，我非常遗憾地说，他——唉，他是个坏家伙。我这么说他真是悲痛——没人该说死人的坏话，您知道——但是，我们还是要面对事实，尽管事实是非常痛苦的。”

“毫无疑问。”桑戴克说。

“我跟他有许多不愉快的过往——马克蒙特待会儿会跟您讲的——昨天我给他留了个字条，要求见面并解决商业上的问题，指定的时间是今早的八点钟，因为我中午前要离开镇子。他仅用了一封信回复，说他会按时见我，马克蒙特先生非常友好地陪我一起去。因此，我们今早一起去了他的办公室，在八点准时到达。我们按了几次门铃，还大声地敲了门，但是都没有回应，然后，我们下楼去问了大厅服务生。这个服务生，似乎已经注意到，哈特里奇先生的客厅里的电灯都亮着，根据守夜人的说法，就像一整晚都亮着一样。所以，我们疑心发生了什么不对劲的事情，他和我们一起上楼，然后按门铃，重重地敲门。然后，由于里面还是没有有活物的迹象，他用备用钥匙打开了门——然而并没有成功，因为门被证实还从里头拴上了。随后，服务生叫来一个巡警，在咨询过后，我们认为有正当理由破门而入。服务生提供了一把铁锹，我们齐心协力最终把门打开了。我们进去后，发现——我的天哪！桑戴克博士，闯入眼帘的是怎样可怕的景象啊！我的姐夫——躺在客厅的地板上，已经死去了。他是被刺死——被刺死的，甚至连匕首都还没拔出来。它穿透了他的后背。”

他用手帕擦了擦脸，正要继续描述可怕的灾难时，马车进入了威斯敏斯特和维多利亚街之间比较安静的一侧，在一栋高高的、崭新的、红砖砌成的建筑物前停了下来。一个惊慌失措的守门人从打开的大门里冲出来，我们从主要通道的对面下了马车。

“我姐夫的办公室在二楼，”柯蒂斯先生说，“我们可以坐电梯上去。”

守门人急匆匆地出现在我们面前，他的手里拿着绳子。我们走进电梯，几秒钟后就到了二楼，守门人带着鬼鬼祟祟的好奇心，跟着我们走下走廊。在走道的尽头，一扇半开的门被严重的敲击磨损了。门上头，用白色油漆写着字母，是名字，“哈特里奇先生”，穿过走廊，警探班格尔赤红色的脸异常突出。

“先生，我非常高兴您们能过来。”他认出了我的同事，“马克蒙特先生一直在里面像一只看门狗一样坐着，就算我们走过房间他也冲我们咆哮。”

这些话听起来像是抱怨，但是讲话者的动作却非常温和，让我们怀疑班格尔警探已经胸有成竹了。

我们走进一间小的会客室，从那里进入客厅，马克蒙特先生依旧保持着警觉，由一位巡警和一位没穿制服的警探陪同。当我们进去的时候，他们三人都轻轻地站了起来，向我们轻声地问候，然后，我们大家一致看向房间的另一头，一时之间没人说话。

在那里，在房间里，有着残忍而悲惨的景象。最平常的物件都散发着一种浓郁的神秘悲惨气息，最熟悉的现象里暗藏着凶兆的迹象。尤其印象深刻的是怀疑的气氛——一种每天的平常生活突然被中断——一眨眼的工夫就中断了。电灯依旧昏暗发红地亮着，尽管夏天的晨光通过玻璃窗射进来，喝了一半的高脚杯和空椅子旁打开的书，都在轻声诉说着突然发生的灾难的信息，仿佛等待的先生们安静的声音和鬼祟的动作，最重要的是，几个小时前还活着的人那可怕的身形，现在横在地上，俯卧着一动不动。

“这真是件神秘的事情，”班格尔警探最终打破了沉默，“根据已有的证据已经很清楚了。尸体告诉我们它发生了什么。”

我们走过去俯看尸体。那是一具年长男人的身体，在壁炉前的空地上躺着，脸朝下，胳膊伸展开。一把匕首的细长柄从左肩后下方插入，除了他嘴角的血迹之外，这是唯一说明死亡方式的指示了。尸体不远处有一把钟表柜的钥匙仍摊在地上，抬头看了看壁炉架上的钟表后，我认为钟表前头的玻璃被打开了。

“您看，”警探注意到我的眼光后，接着说，“他正站在壁炉前面，调整时间。然后凶手悄悄走到他身后——转动钥匙的声音一定盖过了他行动的动静——然后刺死了他。您再看，从匕首由左后方插入的方向看，凶手一定是个左撇子。全都清清楚楚。唯一不清楚的是凶手如何进入房间，又如何离开的。”

“我猜，尸体没有被移动过。”桑戴克说。

“没有。我们派人找了艾格顿医生，他是个法医，他证实那个人已经死了。他一会儿就立刻见您并安排验尸的事情。”

“那么，”桑戴克说，“直到他来之前，除了采取匕首柄上的温度和灰尘，我们都别打扰尸体了。”

他从包里拿出一个长形的、注册过的化学温度计和一个吹粉器。他把前者放在死者的腹部衣服上，用后者在匕首柄的黑色皮革上吹了一些黄色粉末。在桑戴克吹开上面的粉末后，班格尔警探弯着腰急切地要检查匕首柄。

“没有指纹，”他说，“他一定戴了手套。但那样就给了我们一个宽泛的追寻范围了。”

他边说边指向匕首的金属部分，上面笨拙地刻着一些字母，是一个字，“TRADITORE”。

“那是意大利文‘叛徒’的意思，”警探接着说，“我从守门人那里得到一些信息与那个字的意思有关。我们现在就叫他过来，您马上就能听到。”

“同时，”桑戴克说，“尸体的位置也许是问题很重要的一点，我要拍一两张照片，做一个粗略的计划来考虑。你说过什么东西都没动过，对吧？是谁打开窗户的？”

“我们进来的时候，它就是开着的，”马克蒙特说，“昨晚很热，您记得吗？没有任何东西被动过。”

桑戴克从包里拿出一个折叠的照相机，一个可伸缩的三脚架，一个测量员用的卷尺，一个黄杨木的天平和一本活页画簿。他在角落里架起照相机，放上感光底片，看了看房间，包括尸体。然后他移向门口照了第二张照片。

“杰维斯，你可以站在钟表前面吗，”他说，“然后抬起你的手去转动钟表？谢谢，在我照相的时候请保持这个姿势。”

我保持着那个姿势，就在死者被认为是被凶手刺杀的位置上，底片曝光后，在我移动之前，桑戴克在我站着的位置上用粉笔标出。然后他把三脚架放在粉笔标记的地方，照了两张照片，最后给尸体照了一张照片。

他接着熟练而迅速地完成拍摄的工作，拿出卷尺测量出房间的草图，把屋里的多种多样的事物都标记在上面，在离脚面一尺的地方——这个过程让警探开始不耐烦了。

“您没什么需要做的，医生，”他评论道，“没什么时间了，”他看了手表补充道。

“其实不然，”桑戴克完成大楼的素描之后说，“我试图收集案件的所有事实。它们也许是没什么价值的，或者它们会是关键线索，一个人永远不能先知，所以我把它们都收集起来。但是，我认为，是艾格顿医生来了。”

法医真挚地与桑戴克打招呼，我们立刻对尸体进行了检查。拿出温度计后，我的同事看了看数字，然后递给艾格顿医生。

“死亡大约十小时了，”艾格顿医生看后断定，“这是一个非常果断和神秘的凶手。”

“非常果断，”桑戴克说，“感受下匕首的温度吧，杰维斯。”

我摸了摸刀刃，感受到了死者的骨头。

“刀子是从肋骨边缘穿过的！”我喊出来。

“是的，一定是用了非常大的力气。你注意到他的衣服那里被弄乱了一点，好像刀片插入的时候转了一下。那是个独特的特征，尤其是当它与暴力殴打结合起来的时候。”

“确实，这是非常少见的，”艾格顿医生说，“尽管我不清楚那会不会帮我们很多忙。移动尸体前要不要把匕首拔出来？”

“当然，”桑戴克说，“否则搬移的过程中会造成新的伤口。但是等一下。”他从口袋里掏出一根线，把匕首拔出来几英寸，拉长细线与刀刃的侧面平行。然后，让我抓住线的一端，他把刀子完全拔了出来。刀子完全出来后，衣服上扭在一块的部分消失。“看，”他说，“细线标出伤口的方向，但是衣服上的切口却与之不符。那是刀子旋转后产生的合理角度。”

“是的，很奇怪，”艾格顿医生说，“尽管如此，我说过，我还是怀疑这有什么作用。”

“目前来看，”桑戴克冷淡地说，“我们发现了事实。”

“确实，”另一个医生脸有些发红地承认，“我们最好把尸体移到卧室去，然后给伤口做个初步的检验。”

我们把尸体移到卧室，然后在没有制造新伤口的前提下认真检查了致死伤口，最后给尸体盖上床单，回到客厅里。

“好吧，先生们，”警探说，“你们已经检查了尸体和伤口，您还测量了地板和家具，也拍了照片，制定了计划，但是似乎我们没有取得什么进展啊。这儿有个男人在自己的家里被人杀了。公寓只有一个入口，谋杀发生的时候，门是从里面锁上的。窗子离地面有四十英尺，四周没有雨水管，它们是嵌在墙里头的，而且那面墙上连苍蝇的落脚点也没有。壁炉很现代化，而且烟囱里也没有足够空间让一只猫爬进来。现在，问题是，凶手是如何进来，又如何出去的？”

“还有，”马克蒙特先生说，“事实是他确实进来了，而且现在不在这里，所以他肯定是逃出去了，再所以肯定有他逃出去的可能性。进一步说，肯定有可能发现他是怎么逃走的。”

警探露出尖酸的笑容，但是没有回应。

“这里的环境，”桑戴克说，“似乎有这些情况：死者看起来是一个人，屋子里没有第二个居住者的痕迹，只有桌子上喝了一半的高脚杯。他当时正坐着读书，然后他显然注意到了钟表停了——在十一点五十分的时候，他放下书，低着头，把书放到桌子上，然后举手去旋转指针，当他旋转的时候，他被杀害了。”

“是被一个左撇子刺死的，他踮着脚尖偷偷跟在他身后。”警探补充道。

桑戴克点点头。“看起来是有可能的，”他说，“但让我们叫来守门人问问，听听他会告诉我们什么吧。”

门卫并不难找到，事实上，他当时正忙着在信箱口寄信以参加对于房子的调查。

“你知道有哪些人昨晚拜访过这些房间吗？”门卫进屋后显得很怯懦，桑戴克这么问他。

“好多人进进出出这栋建筑，”他回答，“但我说不清有谁进了这栋公寓。我看见柯蒂斯小姐九点钟左右经过。”

“我的女儿！”柯蒂斯先生叫道，“我一点也不知道。”

“她在九点半离开了。”门卫补充。

“你知道她来做什么吗？”警探问。

“我可以猜到。”柯蒂斯先生说。

“那就先别说，”马克蒙特先生打断他，“别回答任何问题。”

“您真是非常及时，马克蒙特先生，”警探说，“我们没有怀疑这位年轻的女士。我们不会问，比方说，她是不是个左撇子。”

他边说边投递给柯蒂斯先生一个了然的眼神，我注意到我们的客户顿时脸色变得死灰，随后警探很快地转移了目光，仿佛他没有注意到他脸色变化这回事。

“跟我们说说那些意大利文。”他对门卫说。

“那些来拜访的人第一个是什么时候来的？”

“大约一个礼拜之前，”门卫回答，“他是个看起来很普通的人——似乎是个手风琴演奏家——他在门房留了张字条。字条在一个很脏的信封里，上面写着‘哈特里奇先生，布莱肯赫斯特大厦’，字写得非常差劲。那个人把字条给我后，让我把它给哈特里奇先生，然后他就走了，我就把字条拿到楼上放进信箱里头。”

“然后发生了什么？”

“哎呀，隔天一个又老又丑的意大利女人——是那种卑贱的、带着笼子，里头有只鸟的算命人——她走过来，占据了主门廊的位置摆摊。我很快让她收拾离开，但是，老天保佑！她十分钟后又回来了，带着鸟和所有东西。我又把她赶走了——我一直在赶走她，她却一直回来。”

“你从那时似乎就发觉了什么。”警探笑了笑，看了一眼受害人家那扇非常明显的弓形窗。

“也许吧，”管理人有些骄傲地说，“事实上，第二天来了一个卖冰淇淋的人——他是个大手大脚的人。他在门口定住，好像在人行道上冻住了一样。他一直给役童们品尝冰淇淋，我试图让他走开点，他却让我不要妨碍他做生意。生意，确实是生意！然后男孩子们一个接一个待在他那里，伸着舌头舔玻璃杯，直到我愤怒地赶走他们。他一整天都让我不得清闲。”

“然后，接下来一天是个手摇风琴的卖艺人，带着一只看起来很脏的猴子。他是所有人里最差的。他也在做亵渎神灵的事情。一直把圣歌和喜剧音乐搞混：‘万古磐石’，‘比尔贝利’，‘圣母悼歌’和‘花墙之外’。当我试图赶他走的时候，那只讨厌的小猴子就在我腿周围乱跑，然后那个人笑了笑接着演奏，‘等待乌云消散’。我跟您说，真是令人恶心。”

他揉了揉眉毛试图回忆更多，警探赞赏地笑了笑。

“那是最后一个了吗？”后者说，门卫闷闷地点了点头，他问道：“你能认出那个意大利人给你的字条吗？”

“我能。”门卫严肃地说。

警探匆忙走出房间，一分钟后手里拿着活字盘回来。“这个在他胸口的口袋里，”他说着，把凸起的活字盘放在桌子上，拖过来一张椅子。“现在，这儿又三个字母连在一起。啊！这可以拼成一个字。”他解开带子，拿出一封肮脏的写着笨拙的、非熟练的字迹的信封，是给‘哈特里奇先生’的。“这是那个意大利人给你的吗？”

门卫仔细地检查了一下。“是的，”他说，“就是这封。”

警探把字条拿出来，然后打开，他的眉毛向上扬了扬。

“您怎么看这个？”他把那张纸递给桑戴克。

桑戴克集中注意力安静地观察了纸条一会儿。然后他拿着走到窗户旁边，从口袋里掏出放大镜，仔细地检查那张纸，先是用低度数，然后用科丁顿放大镜高度数查看。

“我原以为您会裸眼看的，”警探边说边淘气地冲我笑了笑，“字体很粗的。”

“是的，”桑戴克回答，“一个非常有趣的东西。您怎么看，马克蒙特先生？”

律师接过字条，我越过他的肩膀看见纸条。确实是很有趣。字条是用红墨水写的，写在最普通的笔记本纸上，和地址是同样笨拙的字体，信息是这样的：“你有六天时间做你该做的事情。看看上面的标志，你知道失败的话你还能期待什么。”标志是一个骷髅头和交叉的两根骨头，非常熟练的画风，与写字的笨拙不同，画在纸的顶头。

“这个，”马克蒙特先生把字条递给柯蒂斯先生，说，“印证了他昨天写的那个字。我想，您还带着吧？”

“是的，”柯蒂斯先生回答，“在这儿。”

他从口袋里拿出一封信，大声读出来：“是的，如果愿意你可以过来，尽管那是个讨厌的时间。你那封威胁的信引起了我很大的兴趣。它们跟沙德勒之井在全盛时期一个价值。阿尔弗雷德·哈特里奇。”

“哈特里奇先生曾经去过意大利吗？”班格尔警探问。

“是的，”柯蒂斯先生说，“他去年几乎一整年都在卡普里岛待着。”

“那么，这就给我们一个线索。看这里。这是另外一个字母：E.C. 邮戳——塞弗朗山的邮区是 E.C.，再看那个！”他展开最后那张神秘的字条，我们看了后，在死亡的象征旁边，还有三个字：“小心点！记住卡普里！”

“如果您的检查结束了，医生，我现在就要离开去看看小意大利了。那四个意大利人应该不会太难找到，我们还有门卫可以辨认他们。”

“走之前，”桑戴克说，“我还有两件事要完成。一个是匕首，我想它在你的口袋里。我能看看吗？”

警探相当不情愿地把匕首掏出来递给我的同事。

“这是一把非常独特的武器，”桑戴克沉思地说，然后翻过来看它不同的部分，“在外形和材质上都很独特。我以前从来没见过铝制的匕首刀刃，而且包裹把柄的摩洛哥皮革也并不常见。”

“用铝制是为了轻便，”警探解释道，“它被做成狭长的形状以便藏在袖子里携带，我这么认为。”

“也许是吧。”桑戴克说。

他继续检查，一会儿后，令警探欣喜地、掏出了他的放大镜。

“我从没见过这样的人！”警探开玩笑地说道，“他的座右铭一定是‘我们放大它们’。我猜他接下来会测量它。”

警探没说错。在给刀子画了一张草图后，桑戴克从包里拿出一把折叠的尺子和一把精致的孔径规。拿着这些工具，他极为小心和谨慎地继续检查，测量了刀子不同部分的尺寸，把每部分的测量结果简洁但清晰的细节都写在草图上。

“另一件事，”他还回匕首给警探后说，“是关于这些房子对面的。”

他走向窗户，看向后面一排高耸的、与我们所在的建筑一样的房子。它们大约有三十码远，被一块空地和我们隔开，空地上长着灌木丛和纵横交错的碎石子小路。

“如果那些房间昨晚都满员了，”桑戴克接着说，“我们也许能获得罪案的关键性目证。这间屋子非常明亮，百叶窗都是拉上去的，所以在那边的窗户里的观察者正好能看见屋子里的情况，而且看得非常清楚。也许值得去询问一下。”

“是的，没错，”警探说，“尽管我也期待他们之中有人能看见什么，如果看到有关的报道，他们会很快过来的。但是我现在必须走了，我要把各位留在房子外面。”

当我们下楼的时候，马克蒙特先生说了他打算晚上拜访我们的打算，“除非，”他补充，“您们想从我这儿获得什么信息。”

“我很想您过来，”桑戴克说，“我想知道谁对这个男人的死亡有利益关系。”

“那个啊，”马克蒙特回答，“是个非常离奇的故事。让我们在那个从窗户能看到的花园里转一圈吧。在那里比较隐秘。”

他向柯蒂斯先生招了招手，当警探和法医离开后，我们诱导门卫跟我们一起去了花园。

“您问到的问题，”马克蒙特先生好奇地看了看对面高高的房子，开始说，“其实非常容易回答。对于阿尔弗雷德·哈特里奇的死亡有直接利益的人，就是他的唯一遗产继承人，一个叫做莱昂纳多·乌尔夫的人。他和死者没有血缘关系，仅仅是朋友，但是他继承了所有遗产——大约有两万英镑。情况是这样的：阿尔弗雷德·哈特里奇是两兄弟中的哥哥，弟弟查尔斯在他们的父亲死前就去世了，留下一个遗孀和三个孩子。十五年前，他父亲也死了，把所有财产都留给了阿尔弗雷德，他父亲知道他会援助他弟弟的家庭，并让孩子们做继承人。”

“没有遗嘱吗？”桑戴克问。

“在来自他儿子的遗孀的朋友们的巨大压力之下，老人在死前留下了一个遗嘱，但是他那时候已经非常年老又比较幼稚，所以阿尔弗雷德提出了根据不适当影响的质疑，所以遗嘱最终就被搁置了。从那时起，阿尔弗雷德·哈特里奇从未给他弟弟的家庭花一分钱。如果他们不是我的客户，柯蒂斯先生，他们肯定要饿死了，对于遗孀和孩子们教育的所有负担，都落在他的身上。”

“然而，最近这件事的态势愈演愈烈，有两个原因。首先是查尔斯最大的儿子，艾蒙德，已经成年了。柯蒂斯先生让他给一个律师当学徒，因为他现在已经满足了条件，对于合伙人最有利益的建议已经做了出来，我们给阿尔弗雷德施压，让他提供必需的资金已符合他父亲的期愿。他拒绝这么做，这也是为什么今早我们要拜访他的原因。第二个原因牵扯到一个古怪又令人蒙羞的故事。确实有个男子叫莱昂纳多·乌尔夫，他和死者有很亲密的朋友关系。他是一个，我可以说，一个性格很坏的人，而且他们的朋友关系也不是建立在任何一种友好的信任之上的。还确定有位女子，叫海斯特·格林，她是死者的债权人，但我们现在不用太在意。现在，莱昂纳多·乌尔夫和死者，阿尔弗雷德·哈特里奇，达成了一份协议，协议内容如下：（1）乌尔夫迎娶海斯特·格林，并考虑到这种服务；（2）阿尔弗雷德·哈特里奇要和乌尔夫签合同，证明他的所有财产，当然，实际上是由哈特里奇的死亡继承而来。”

“这个交易完成了吗？”桑戴克问。

“是的，完成了，真不幸。但是我们还在看有什么能在哈特里奇活着的时候，帮助那位遗孀和孩子们。毋庸置疑，我的客户的女儿，柯蒂斯小姐，昨晚因类似的任务来拜访——但实在太草率了，因为这件事是我们在管的，但是，您知道，她已经和艾蒙德·哈特里奇订婚了——我估计会谈是非常激烈的。”

桑戴克安静了一会儿，沿着碎石路慢慢走着，他的眼睛低垂看着地面。然而，却不是茫然的目光，而是搜寻的，集中注意力的在灌木丛里扫来扫去，仿佛他在寻找什么东西。

“他是个什么样的人，”他过了一会儿问道，“这个莱昂纳多·乌尔夫？很显然，他是个卑鄙的流氓，但是其他方面的情况呢？比如说，他是个笨蛋吗？”

“我应该说，他根本不是笨蛋，”柯蒂斯先生说，“我认为，他曾经是个工程师，对于机器非常在行。然后他靠着一点财产过活，把钱和时间都花在了赌博和奢侈浪费上。结果，我猜他现在一定非常缺钱。”

“他外表如何？”

“我只见过他一次，”柯蒂斯先生说，“我能记起的就是他非常矮，皮肤很白，很瘦，胡子刮得很干净，他左手中指没有了。”

“他住在哪里？”

“在肯特的埃瑟姆，埃瑟姆的莫顿田园，”马克蒙特先生说，“要是您已经问完了问题，我恐怕必须要离开了，柯蒂斯先生也是。”

两位先生和我们握了手之后就匆忙离开了，留下桑戴克沉思地盯着肮脏的花坛。

“一件奇怪又有趣的案子，杰维斯，”他蹲下身子，平视着月桂树丛说，“警探有很敏锐的察觉能力——在众多明显的线索中最明显的一条，但那是他的事情。啊，门卫来了，如此着急，不用怀疑，是有消息要告诉我们了，然而——”他亲切地对出现的门卫微笑，并问道，“你说那些前面的房子都在哪儿？”

“柯特曼街，先生，”门卫回答，“他们离所有办公室都很近。”

“数量呢？比如第二层开着的窗户？”

“有六间，但是正对着哈特里奇先生房间的是第八号房。”

“谢谢你。”

桑戴克离开了，但突然又转向门卫。

“顺便说一下，”他说，“我刚才从窗户掉了一个东西——一小片金属，像这片一样。”他在他的访客牌背面画了一张圆盘的草图，一个六角形的洞穿过它，然后把卡片递给门卫。“我说不出它掉在哪儿了，”他接着说，“那些平面的东西都差不多这个样子，但是你可以让园丁找找。我会给他一些报酬，如果他找到并归还到我的办公室。尽管对别人来说它没什么用处，但是对我来说却有重大价值。”

门卫迅速碰了碰帽子，正当我们走出大门的时候，我回头看到他正在灌木丛里寻找着。

门卫的搜索的身影一直占据我的脑海。我没有看见桑戴克掉了什么东西，而且他不是随便弄丢东西的人。我正打算问他怎么回事，一个急转弯后进入柯特曼街，他停在第六号房子门口，然后仔细地阅读住户的信息。

“‘第三楼’，”他读出来，“‘托马斯·巴罗先生，佣金代理商。’嗯！我相信我们马上要拜访巴罗先生了。”

他快速沿着石头楼梯走上去，我跟着他，直到我们到达三楼后，都气喘吁吁。在代理商的门口，他停了一会儿，我们都好奇地盯着里面传出来的不规则的踱步声。然后他轻轻地推开门，往里面看。将近一分钟后，他带着大大的笑容看着我，然后无声地把门大敞。在里面，一个十四岁的瘦高年轻人在毫无技术可言地摆弄一种叫空竹的东西，他非常专注于手头的东西，以至于我们进屋并关上门都没有被他察觉。最后，绳子没有接住空竹，后者飞进一个大的废纸篓，男孩才转过来面对我们，脸上充满迷惑。

“请允许我，”桑戴克站在废纸篓旁，把玩具还给主人，“看来我不需要问巴罗先生是否在屋子里，”他补充道，“或者他稍后是否会回来了。”

“他今天不会回来了。”男孩尴尬地说，“他在我来之前就离开了。我迟到了。”

“我明白了，”桑戴克说，“早起的鸟儿有虫吃，但是晚起的鸟儿抖空竹。你怎么知道他不会回来了？”

“他留了张字条。在这儿。”

他拿出字条，是用红墨水写的。桑戴克仔细地检查了字条，然后问道：

“昨天你打碎了墨水瓶吗？”

男孩惊奇地看着他。“是的，我打碎了一个，”他回答，“您怎么知道的呢？”

“我并不知道，否则就不会问啦。但是我看出来他是用他的自来水笔写这张字条的。”

男孩怀疑地看着桑戴克，然后他继续说：

“我确实需要知道你的巴罗先生是否是我过去认识的绅士，但是我想你可以告诉我。我的朋友个子很高，很瘦，皮肤黝黑，胡子刮得很干净。”

“那么，这个人不是他，”男孩说，“他是很瘦，但是他既不高也不黑。他的胡子茬很多，他戴着假发和眼睛。我看到假发就知道是哪个，”他狡猾地补充道，“因为我爸爸戴了一顶。他把它放在桩子上梳理好，要是我戴上他就会骂我。”

“我的朋友弄伤了他的左手。”桑戴克接着说。

“我不知道，”年轻人说，“巴罗先生几乎永远都戴着手套，无论干什么，他的左手都戴着手套。”

“啊，好！我正好借机给他写个字条吧，你可以给我一张便签纸吗。你有墨水吗？”

“瓶子里有一些。我帮您把钢笔吸上墨。”

他从橱柜里拿出一叠廉价的便签纸和一包相近的信封，然后在墨水瓶底部吸墨，交给桑戴克，后者坐下急匆匆地留了个短字条。他折起纸，刚要在信封上写地址的时候，他改变了想法。

“毕竟，我不认为我会留下它，”他转手把纸放进自己口袋里。“别告诉他。告诉他我叫——贺拉斯·巴吉——并且我会过一两天后再来拜访。”

男孩混乱地看着我们离开，他甚至走到楼梯平台上，为了更好地观察我们而越过栏杆，直到毫无预期地看到桑戴克的眼睛，他非常意外地缩回脑袋，又回到混乱的状态。

说实话，我现在一点儿也不比那个办公室的男孩对桑戴克的行为更为理解，因为我发现我认为他加入调查的事情和刚才完全没关系：当他停在一个楼梯窗口下，从口袋里掏出字条，仔细用放大镜检查了一下，把它对着光，然后咯咯地笑出来时，我的好奇心已经达到了极限。

当我们来到大厅，桑戴克停在管理人的小屋前，友好地冲他点了点头。

“我正巧过来看看巴罗先生，”他说，“他似乎走得挺早的。”

“是的，先生，”管理人回答，“他大概是八点半离开的。”

“那真是够早的了。那么他也会很早回来了？”

“我猜是的，”管理人笑了笑同意道，“但是我只看到了他离开。”

“他带了行李箱吗？”

“是的，先生。有两个箱子，一个方形的，一个又长又窄，大约五英尺长。我帮他把它们放进马车里。”

“我猜，是四轮马车吧？”

“是的，先生。”

“巴罗先生很久不在这里住了，对吧？”桑戴克问。

“是的。他大约六个礼拜之前来过小半天。”

“啊，好的！我一定改天再来拜访。早上好。”桑戴克大步走出建筑，直接走向交叉路口的一排马车。他在那里停了一两分钟和一辆四轮马车的马车夫交谈，最后带我们去了新牛津街的一家商店。用半个英镑打发走说着祝福语的马车夫后，他走进商店消失了，留下我盯着车床、钻头和展示在橱窗里的金属条。过了一会儿，他带着个小包裹出现，看着我询问的表情做了解释：

“给波顿的一条钢条工具和一大块金属。”他接下来买的东西更加古怪了。我们往霍尔本前进，他的注意力突然被家居店的橱窗所吸引，里面陈列着废弃的法国的小型武器遗物——都是1870年那场悲剧的遗物——是被用来做装饰目的的。在简单的检查之后，他走进商店，很快带着一把长长的剑和一把古旧的后膛步枪。

“这个军事展览的目的是什么呢？”当我们往费特巷走去的时候，我问他。

“房屋保护，”他快速回答，“你会同意一把卸任的步枪，跟着一把剑，对于最大胆的窃贼来说会让他惊慌失措的。”

我因这幅荒唐的紧张不已的房屋管理人的图画而大笑，但对我朋友的购买行为还是抱有怀疑，我确信某种程度上跟布莱肯赫斯特大厦办公室的谋杀案有关系，尽管我还没有找到其中的联系。

吃了一顿迟到的午餐后，我匆忙出门去处理因早晨这起激动人心的案件而被迫中断的事宜，留下桑戴克忙着跟一张画画板、直角尺、天平和方向盘打交道，他忙着从他精确描述的草图里计算；而波顿手里拿着一个棕色纸包着的包裹，焦急无助地看着他。

在我从主教法院回来的路上，我赶上了马克蒙特先生，他也正往我们的办公室走，我们一块回来。

“我得到一张桑戴克先生的纸条，”他解释说，“他要一份手写的样本，所以我就亲自带来，听听看他有什么新见解。”

当我们走进办公室的时候，发现桑戴克正在和波顿认真地谈话，在他们面前的桌子上，出乎我意料地，我看见了凶手杀人所使用的那把匕首。

“我带来了您要的手写样本，”马克蒙特说，“我本以为我没法拿到，但很幸运，柯蒂斯先生因为有疑问而保留了一封信。”

他从钱包里拿出那封信，递给桑戴克，后者认真地看着信并露出满意的表情。

“顺便说一句，”马克蒙特拿起匕首说，“我以为警探带着匕首离开的。”

“他带走的是原型，”桑戴克回答，“这把是波顿根据我的素描做的仿制品，只是实验目的。”

“真的！”马克蒙特充满敬佩地看了一眼波顿大喊道，“真是一把完美的复制品——您还做得这么快。”

“其实很简单的，”波顿说，“尤其对一个在金属里头工作的人来说。”

“而且，”桑戴克补充，“是一种有证据价值的做法。”

此时一辆双轮马车在外面停了下来。片刻后传来上楼梯的声音。门上传来喧杂的敲门声，然后波顿打开门，柯蒂斯先生野蛮地冲进屋子。

“这真是个令人恐惧的事情，马克蒙特！”他气喘吁吁，“伊迪思——我的女儿——竟然被当做凶手逮捕起来了。班格尔警探来我家抓走了她。老天哪，我简直要疯了！”

桑戴克把手放在激动的男人肩膀。“别泄气，柯蒂斯先生，”他说，“不会有什么事的，我保证，我猜，”他补充，“您的女儿是左撇子吧？”

“是的，她是左撇子，真是最危险的巧合。但是我们能做什么呢？老天，桑戴克博士，他们把她关进监狱了——监狱啊——想想看！我可怜的伊迪思！”

“我们很快就能救她出来，”桑戴克说，“但是快听，门外有人。”

一阵猛烈的击门声印证了他的观点，当我起身去开门后，我发现自己正面对着班格尔警探。刹那间，极度尴尬，然后警探和柯蒂斯先生都提出要离开。

“别走，警探，”桑戴克说，“我正想跟你谈谈。也许柯蒂斯先生可以再来一趟，比如说，一个小时之后。可以吗？我希望我们到时候会给你新的消息的。”

柯蒂斯先生匆忙答应了，然后性子很急地猛地冲出房间。当他走后，桑戴克转向警探，然后冷漠地评论：

“警探，您看起来很是忙碌？”

“没错，”班格尔回答，“我没有浪费时间，我有强烈的理由怀疑柯蒂斯小姐。您看，她是最后一个陪伴死者的人，她对他非常愤怒，她是左撇子，您还记得凶手是一个左撇子吧。”

“还有其他证据吗？”

“当然。我见过了那些意大利人，整件事是一起捏造的阴谋。一个女人，穿着寡妇的裙子和面纱，付钱让他们在建筑外头进行愚蠢的表演，她给他们的信留在了门卫那里。他们没有认出她，但是她似乎与柯蒂斯小姐的形体差不多。”

“那么她是怎样在门从里面反锁的情况下，逃出办公室的？”

“啊，就知道您会问！目前来看还是个谜团——除非您能给我们一个解释。”警探模糊地笑了笑，然后补充道，“因为我们进去的时候没有任何人，所以凶手一定是逃走了。您不能否认这点。”

“可是我确实要否认这点。”桑戴克说，“你看起来很吃惊，”他接着说（当然这是毋庸置疑的事实），“但是整件事情看起来是非常明显的。当我看到尸体的时候，真相打击了我。公寓那里没有明显出口，当你们进去的时候确实没有任何人。很清楚，因为，凶手从来就没去过那个公寓。”

“我一点儿也不明白您在说什么。”警探说。

“其实，”桑戴克说，“当我完成案子后，我会把它转给你的，我会在你面前逐一地摆上证据。现在，我想我们已经一致同意的是，当击打发生的时候，死者是站在壁炉前面的，正在调整时间。匕首是从左侧倾斜插入的，如果你回忆起它的位置，你应该还记得它的把柄方向是直指那扇打开的窗户的。”

“窗子离地面有四十英尺。”

“是的。现在我们来考虑这个犯下罪行的凶器的独特之处吧。”

当我们被一阵敲门声打断时，他正把手放在抽屉的把手上。我跳起来打开门，除了布莱肯赫斯特大厦办公室的门卫之外没有别人。门卫在认出我们的访客后显然很吃惊，但是他走向桑戴克，从口袋里掏出一张折叠起来的纸。

“我找到了您在寻找的东西，先生，”他说，“找起来真是费劲。它夹在灌木丛的枝叶里头。”

桑戴克打开纸条，看了一眼，然后放在桌子上。

“谢谢你，”他把主动权交给高兴的警探。

“警探知道你的名字吧？”

“他知道的，先生。”门卫回答，然后把小费放进口袋里，愉快地离开了。

“现在回到匕首上面，”桑戴克打开抽屉说，“那是一把非常独特的刀子，就像我说过的，而且你们也可以从这个模型看出来，这是一把非常精确的仿制匕首。”他把波顿的作品展示给震惊的警探看。“你看到它极其的细长，几乎没有倒影，而且是用不寻常的材料做的。你同样可以看出它显然不是一个普通的匕首制造家做的，因为，尽管上面刻了意大利文字，但它的整体做工却明白地写着‘英国工艺’。刀片是从一条常见的钢条工具上切下的三分之一英尺后的金属片，刀柄是来自铝棒，而且上面的文字不可能是任何工程师的学徒制造出来的。甚至制作者连在机械方面都是顶尖的，它看起来是个普通的六角形螺母。然而，注意它的大小，就如在我的草图中示意的。A 和 B 部分，在刀刃的投影里，与直径非常的接近——这种精确度不可能是巧合。他们都是一个直径 10.9 毫米的圆圈的一部分——这个尺寸，非常地巧合，正是一把老旧的后膛步枪的口径大小，步枪的样本正在伦敦的几家商店出售。比如，这就是一把。”

他从角落里拿来买来的步枪，然后拿着匕首的刺头部分，把刀柄插进枪口。当他发射步枪的时候，匕首轻轻地滑进枪管，直到它的刀柄出现在裸露的后膛处。

“老天哪！”马克蒙特大喊，“您不是在说匕首其实是从一把枪里面射出来的吧？”

“事实上，我意正在此。你们可以看出为什么用铝制刀柄——为了减轻本就沉重的发射物的重量——同样也为了这个背后的六角形凸饰？”

“不，我不这么认为，”警探说，“但我要说您倒是提供了一种不可能性。”

“那么，”桑戴克说，“我必须解释一下并为您证明了。首先，这个发射物必须要到达最远处的一点，因此它需要高速旋转——而且当它进入尸体的时候，确实是在旋转的，衣服和伤口都告诉我们了。现在，为了让它旋转，它需要膛线炮管的点燃助力但是刀柄不能用于来复线，必须有另外符合的东西才行。那个东西就明显的是一种软的金属垫圈，正好符合这个六角形形状，正好可以按进来复线的细槽里，因此就使得匕首旋转起来，武器越离开枪管，旋转速度越慢。这就是那个金属垫圈，波顿也为我们做好了。”

他把一个金属圆片放在桌子上，上面有个六角形的洞。

“真是非常的心灵手巧，”警探说，“但我还是认为它是不可能的，是异想天开。”

“听起来是不太可能。”马克蒙特也同意。

“我们走着瞧，”桑戴克说，“这是波顿工厂的临时用的弹药筒，里面装着用来制造20个滑膛炮的无烟粉末。”

他把匕首上的金属垫圈放进一把来复枪裸露的后膛里，推进枪管，放进弹药筒，然后合上后膛。接着，打开办公室的门，他展示了对面墙上一个填满东西的草纸板。

“两个房间的距离，”他说，“大约有三十二码。杰维斯，你可以关上窗户吗？”

我关上了窗户，然后他拿起来复枪瞄准。他提醒的时候已经晚了——开枪的声音比我预料的大上许多——当我们看着目标的时候，我们看见匕首被刀柄推动，射向靶心的边缘。

“你们看，”桑戴克放下来复枪后说，“事实证明是可能的。现在就是实际发生的关键性的证据。首先，在原始的匕首上，有直线型的划痕，与来复枪的枪管是符合的。接着，事实上匕首是从左向右插入的——正是从来复枪的角度，也就是说——当它插进尸体的时候。最后，你们也听到了，就是门卫在花园里找到的东西。”

他打开纸包。里面躺着一块金属圆片，上面有个六角形的孔。走进办公室，他从地板上捡起放在匕首上的金属垫圈，把它放在纸上的另一个圆片旁边。两个圆片在形状上完全一样，两者的边缘都有可辨认的记号，与来复枪后膛的形状一致。

警探沉默地看着两个圆片，然后看着桑戴克，他说：

“我放弃了，博士。您是对的，毫无疑问。但是您是怎么知道的这件事打击了我。现在唯一的问题是，谁开了枪，为什么没有人听见枪声？”

“至于那封信，”桑戴克说，“也许他用了一个空气压缩工具，不仅可以消除枪声，还防止爆炸物的残屑留在匕首上。至于前者，我认为我可以给你凶手的名字，但是我们最好还是先按顺序收集证据。你也许还记得，”他继续说，“当杰维斯博士站着好像在转表的时候，我在他站着的地方用粉笔做了记号。现在，你站到那个记号上，看看打开的窗子，我可以看到对面近处一栋房子的两扇窗户。是柯特曼街的六号楼的第二层和第三层楼。二楼住着一个公司的建筑师，三楼住着一个叫托马斯·巴罗的佣金代理商。我拜访了巴罗先生，但在我讲述拜访细节之前，我先说件别的事。我猜你带着那封威胁的信件吧？”

“是的，我带着。”警探说，然后从他的胸部的衣服口袋里掏出信。

“让我们先看第一封，”桑戴克说，“你们看信纸和信封都非常普通，字体非常潦草。但是墨水却与之不符。没有文化的人通常买几便士的墨水。而信封上写地址的墨水却是德雷波的双向色墨水——一种高级的办公墨水，只用大墨水瓶卖——而字条却是用一种不稳定的猩红色墨水写的，制图员常用这种，而且你们可以看到，是用自来水笔写的。但是关于这封信，最有趣的是顶部的标记。从艺术的角度看，凶手不会画画，骷髅头的解剖学细节都非常荒唐。但是画得非常整齐。它有整洁、尖细的机械画法，画画的手很坚定熟练。同样非常对称，比如，这个骷髅头，正好在正中间，通过放大镜检查后，我看到它为何呈现这样的外形，我们发现了用铅笔的痕迹——中心线和交叉线。此外，放大镜还揭示了一个关于制图人非常细节的地方，就是铅笔线显示的制图员使用柔软的、红色橡皮的痕迹，所有这些事实，结合起来，告诉我们这幅画是一个非常熟悉工业制图的人完成的。现在回到巴罗先生。当我拜访他的时候，他正好出门了，但是我自由地在他的办公室里转了一圈，这是我所看到的。在壁炉架上有一把十二英尺长的黄杨木尺子，就像工程师使用的那种，一块柔软的、红色的橡皮，还有一瓶德雷波的双向色性墨水。我要了个花招，要来了办公室的便签纸和墨水。我们现在就检查一下。我发现巴罗先生是个新租客，他非常矮，戴着假发和眼镜，左手永远戴着手套。他今早八点半离开办公室，没人看见他回来。他带着他的行李箱，一个是方形的，一个狭长形，大约五英尺长。他乘马车到了维多利亚，很明显乘坐 8.51 列车去了查塔姆群岛。”

“啊！”警探大喊道。

“但是，”桑戴克接着说，“现在检查那三封信，和这张我在巴罗先生办公室写的字条做个对比。你们可以看到，纸是同样的质地，同样的水印，这是非常重要的。尤其重要的是这个：你看，在这些信里，在下方的边角处有两个细小的缺口。有人在一叠便签纸上用了圆规或者图钉，所以留下了小的缺口，几张纸都有。现在，便签纸被剪成折叠起来的大小，如果你用图钉从上面按进去，会在下面的纸上的边缘和边角处制造出同样的缺口。但是你也看到，这些压痕离边缘边角的距离是一样的。”

他用一幅圆规示范了一下。“现在看看这些我从巴罗先生办公室得到的纸。有两个小缺口——非常微小，但是能看得清——靠近底部，当我们用圆规测量的时候，我发现它们的距离和其他的是一样的，到边缘和到边角的距离一样。这个不可抵赖的结论说明这四张纸来自同一叠。”

警探从椅子里站起来，看着桑戴克。“这个巴罗先生是什么人？”他问。

“那个吗，”桑戴克回答，“就是你的工作了。但是我可以给你个有用的线索。只有一个人会从阿尔弗雷德·哈特里奇先生的死亡中获得利益，他获得的有两万英镑。他的名字是莱昂纳多·乌尔夫，我从马克蒙特先生那里得知他是一个性格非常冷漠的人——一个赌徒和挥霍无度的人。他是一个工程师，对于机械非常在行。他非常瘦，很矮，皮肤很白，胡子刮得很干净，他失去了左手的中指。巴罗先生同样很矮，很瘦，很白，但是带着假发和眼镜，左手永远戴着手套。我见过两位绅士的笔迹，我得说要区分两者实在是非常困难。”

“对我来说足够了，”警探说，“给我他的住址，我要立刻释放柯蒂斯小姐。”

当晚，莱昂纳多·乌尔夫在埃瑟姆被捕，他当时正在他的花园里埋一把大只的能压缩空气的来复枪。然而，他却从未接受审判，因为他的口袋里还有便携式的武器——一把大的德林格手枪——他用它结束了自己浪荡的一生。

“毕竟，”当他听闻这个消息的时候，评论道，“他物尽其用了。他扫除了社会上两个坏蛋，给我们一个非常有指导意义的案件。他展示了一种聪明和巧妙的犯罪手法，用最少的痛苦误导了警方，如果不注意琐碎的细节，就会使得线索四散而去。我们只能通常地说犯罪阶层，在两方面而言，总是‘言行合一’。”

第十一篇　未知的贵族

爱德蒙·克莱里休·本特利（*Edmund Clerihew Bentley*）

英国作家，新闻人，诗人，克莱里休诗体创始者。第一部推理小说《特伦特最后一案》，至今不断再版，并三次登上银幕。还编辑过一部推理小说选集。

当菲利普·特伦特带着发现萨斯洛浦勋爵失踪一事的任务，下乡到莱金顿的时候，他对于寻找更多警方已知信息，以及报纸上公开报道过的信息之外的新消息是没有多少希望的。那些事实已经非常明白了，指向一个令人感到悲伤的结论。

九月二十三日，星期五早上，一辆小型的游览车被人发现遗弃在梅文湾的海岸，距离海岸离德文郡的热闹景点布莱德莫斯有三英里。车子被开到鹅卵石遍布的海滩边上的草皮上。

警察仔细检查之后，发现里面有一件非常重的外套，一把折叠起来的凳子，后座上有一幅素描的草绘图，一本阿纳托尔·法郎士的《柳条女人》复制本，两管烟斗，一些巧克力，一瓶白兰地酒，驾驶座前面的架子上有一台双筒望远镜，大衣的口袋里有很多地图以及萨斯洛浦勋爵的驾驶用纸，是诺福克靠近怀蒙德汉姆的新厄姆·布里维的。对周边的询问发现一辆类似的汽车和司机从莱金顿的皇冠旅店开出后消失了，那是一个几英里小岛上的小地方，后来这辆车被认出来了。

然而，在旅馆的注册表上，汽车主人签署的名字是L.G.考克斯，而且他用那个名字在当天的早些时候，用电话预定了一个房间。一封寄给考克斯的信，也在皇冠酒店被发现了，他在早上六点半到达的时候已经打开了信。一个大型的旅行箱被送到他的房间里，还躺在原来的地方，而神秘的考克斯用银行券存了三十五英镑在旅店的保险箱里。他在咖啡厅里用餐，在休息室里吸了一会儿烟，然后开着他的车又出去了，没说要去哪里。从此再也没人看见过或听见关于他的消息。

当萨斯洛浦勋爵查找“谁是谁”的时候，一丝光明出现——因为当地从未有人听说过这么一位贵族。似乎他的家族姓氏是考克斯，他的洗礼名叫做兰斯洛特·格雷汉姆，他是第九位男爵，三十三岁，在二十六岁的时候继承爵位，他在哈罗公学、圣三一学院和牛津大学接受教育，还没有结婚，他的继承人是他的第一个侄子，兰伯特·里维斯·考克斯。没有任何关于他的公开记载，甚至连“传闻”也没有在不寻常的简单自传里出现，

然而，特伦特却听说了一些关于萨斯洛浦勋爵的事情。詹姆斯·莫洛伊先生，《纪录》的所有人，送特伦特去过莱金顿，见过所有人，包括失踪的、几乎没人知道的贵族。社会交往，根据莫洛伊的说法，是萨斯洛浦勋爵衷心厌恶和轻视的。他的兴趣只有文学和书，当然，除了他对品酒的兴趣之外，他对酒比绝大部分男人都了解。他非常喜爱英国的生活方式，大部分时间都在国外生活。他有大笔的收入，大部分似乎都没有动用过。他身体健康，性情良好，但他非常热衷保守秘密，而且沉迷于显著的成功里。他的最大爱好之一，就是独自开着车在城里晃荡，到处走走停停，画幅素描画，永远住在偏僻的旅店里，使用他在莱金顿用的那个假名字。

然而，萨斯洛浦勋爵却和其他男人一样，陷入爱河，莫洛伊听说，就在他失踪的当口，他与艾德拉·廷德尔订婚了。他的选择对他的朋友而言是个意外，因为尽管廷德尔小姐对待艺术和文学像他一样严谨，但作为一个女作家，并不完全反对与公众接触。她很享受被公众谈论，莫洛伊澄清；他还说她

与——尤其与凯利，一个剧作家关系很好。他们的关系从来没有掩饰过，但是凯利爱吵架的脾气让她无法再忍受，她拒绝再与他见面。

这些萨斯洛浦勋爵都知道得一清二楚，他和凯利从孩提时代就是好朋友了，他的迷恋的力量是他学识的有力证明。综合所有因素，根据莫洛伊的判断，这场竞争完全是场灾难；特伦特，当他在皇冠旅店的咖啡厅思考这件事的时候，也同意他的判断。

那天在他到达之前一小会儿，他发给《纪录》的第一份急件带来一个新消息。一顶花呢棒球帽在布莱德莫斯与梅文湾之间的沙滩上被发现了，它被海水浸泡过。皇冠旅店的人确定那是萨斯洛浦勋爵的帽子。他穿着一身不是一般粗糙的衣服，一顶浅灰色的手织花呢帽子，他的帽子之所以被注意到，是因为它与他的衣服是同样的材料。在海水中泡了一天半之后，它还带着高地山羊的味道。除了气味和颜色之外，或者说没什么颜色，没什么能将它辨认出来，甚至连制作者的名字也没有，但对于它属于萨斯洛浦勋爵没有什么有根据的怀疑，如果有疑问的话，它无疑给出了回答，那就是他发生了什么。特伦特回想，那就像个古怪的智者——很有钱的古怪智者才会有的专门为他做的帽子，还有同样材质的衣服。

就是这些边缘呈角的形状的萨斯洛浦勋爵喜爱的服装，给服务总管留下了深刻的印象。此外，他告诉特伦特，关于这位可怜的绅士没有什么其他不同寻常的迹象，除了他有一点神游太空之外。他拿着一封信——侍者推测这封信是寄到旅店给他的——信的内容似乎很令他担心。他读了又读，也不管晚饭已经为他准备好了，他仅仅喝了一点点汤，吃了几口鱼。是的，先生，是肉煮的清汤和上好的鳎目鱼鱼片，跟今晚的晚饭一样。还有烤鸟肉，但是他没吃，也没有再吃其他的东西。另外，特伦特能不能点餐了？

“是的，我想要——除了鱼之外所有的，”特伦特看着菜单决定道，“我要旅店晚餐里所有的东西。”一个念头闯入他的脑海。“你记不记得萨斯洛浦勋爵喝了什么饮料？我跟他要一样的。”

侍者提供了一份酒水单。“我跟您说，先生。他要了一瓶这种红葡萄酒，玛歌酒庄 1922 年产的。”

“你确定吗？他很喜欢吗？”

“是的，他喝得所剩无几了。”侍者回答。可能，特伦特想，他偏好不把酒喝完吧。“您想试试看吗，先生？它是我们最好的红酒了。”

“我不想点你们最好的红酒，”特伦特浏览了酒水单后深思地说，“这里有龙船庄 1924 年的酒，要少花八十便士，于我而言就够好的了，我要这个。”侍者很快离开，留下特伦特在空无一人的咖啡厅里沉思。

特伦特从警察那里得知许多留给旅店的留言已经通过电话传达给萨斯洛浦勋爵在诺维奇的银行了，结果显示他是在十天前亲自回复这些留言的。特伦特被允许检查留言的勋爵的物品，包括遗留在车子里的地图。他发现莱金顿被用铅笔在地图上打了个叉，之后他在哈布里奇、莱英汉姆和坎德列的一些小镇上发现同样的标记。研究这些标记的警察发现，“L.G. 考克斯”已经在周四、周三以及周二的晚上在这些做过标记的地方，找了旅店休息，他们同样得知，他周一已经从新厄姆·布里维离开了。

特伦特在莱金顿没有发现更多可做的了，他决定自己开车跟着这些特定的地方走。在皇冠酒店与侍者谈完话的早上，他驱车前往哈布里奇。在萨斯洛浦勋爵的计划里，如同他标记的，几个地方之间的距离走大多数直线并不是很远，可以推测他是迷路了，而且根据他的爱好——特伦特想，没有很多绘画，在他的随身物品里没有很多绘画也可推知这一点。哈布里奇在午饭时间就到了，特伦特在三声龄旅店同样发现交谈的问题——就像他已经在皇冠酒店有过的经历一样——跟服务总管的谈话总能引发他的思考。当晚在莱英汉姆，“格林·曼”先生入住。然而，接下来，当特伦特到了坎德列的“奔跑之鹿”旅店时，萨斯洛浦勋爵的饮料记录带来了不同的变化，这让特伦特相信他是在追寻的正确路线上。

新厄姆·布里维的男管家和女管家，在特伦特与他们谈话的第二天，很阴郁地确定不会再次见到萨斯洛浦勋爵了。男管家已经将他所知不多的信息都告诉来自德文郡的警方调查员。他承认其中没有一点迹象表明萨斯洛浦勋爵想要自杀，事实上，他觉得非常欣慰，如果他离开的那天发生过什么事情。但是男管家问，一个人能想些什么呢？尤其是女管家观察了那顶帽子之后。萨斯洛浦勋爵，当然，观点非常古怪，你永远不知道——管家沮丧地摇了摇头，停顿了一会，将他认为一个和其他人想法做法都不一样的人随时可能发疯的念头吞回肚子里。

萨斯洛浦勋爵，他们告诉特伦特说，他在进行开车旅行的时候，从不留下地址。他过去常常说，他也不知道将要去那里，直到他到了那里。但是这次他脑袋里有个明确的地点，尽管管家不知道那是什么，在哪里。警察似乎知道的也并不比他多。已经知道的，是萨斯洛浦勋爵在离开头几天，在他研究的时候有人给他打了个电话，房门是开着的，管家在穿过大厅的时候碰巧听到了他说的几句话。

他告诉打电话的人他下周二要去参观一片老沼泽地，如果天气不错他会去画一幅素描。他说：“你还记得那间教堂和小礼拜堂？”——管家听得非常清楚，他说那一定超过二十年了。“什么一定超过二十年了？”特伦特很想知道。可能的回答是：萨斯洛浦勋爵就是那么说的。

管家再没听到更多。他认为老沼泽地或许是达特姆尔沼泽或者埃克斯姆尔沼泽，可以从这两个地方看看是不是萨斯洛浦勋爵失踪之地。特伦特另有想法，但是他并没有说出来。“有件事情也许您可以告诉我，”他说，“我相信萨斯洛浦勋爵去过哈罗公学和剑桥大学，您知道他在哈罗公学之前念过什么预备学校吗？”

“我可以告诉您，先生，”管家回答，“从我还是个小女孩的时候，我就和这个家族在一起了。他去的是离德比郡的沙恩斯历很近的玛莎公学。那所学校是以他祖父的名义建立的，所有的考克斯家族的男孩都要在那里待两年。作为学校它非常高级，先生，最好的家族都把他们的孩子送到那里去。”

“是的，我听说过这所学校，”特伦特说，“皮露夫人，您是否认为萨斯洛浦勋爵是个学童的时候很快乐——受欢迎，我是说，爱好游戏或者之类的？”

皮露夫人果断地摇了摇头。“他永远憎恨学校，先生，至于游戏，他当然玩游戏，但是他没法忍受。他和其他男孩相处得也不好——他过去常常说他不想做一只绵羊，就像其他不知名的羊一样——他在学校除了脏话之外，没学到什么东西。但是在剑桥大学——就非常不同了。他仿佛第一次活了过来——就像他过去说的一样。”

在诺维奇，同样的下午，特伦特结束了他在德文郡特定区域内的旅行，这段旅行标记在一张一英寸大小的军用调查地图上。他在旅馆花了一晚上研究地图，以及一张小型的英格兰地图，他在上面标注了他已经经过的城镇。他写了一篇截至目前调查情况的报告，当然并不是为了公布。

第二天早晨的路程很长。他在沙恩斯历吃了午饭，在那儿他对自己在咖啡厅所做的一系列访问有了新的令人满意的补充。他了解到玛莎公学在沙恩斯历的外围，挨着摩尔镇。正如地图告诉他的，在南部和西部绵延数十英里。他同样了解到，“教堂和小礼拜堂”都在那里，这都要感谢他那善于询问的思维没有只看到它们名字的价值。

一个小时之后，他把车子停在了一条穿越沼泽的荒凉公路上，从停车点沿着紫色的斜坡往上看，他可以看到光秃秃的大石头，以及零碎的被割裂的地平线。特伦特告诉自己，它们看起来并不符合平时被称为石头的名号。它们右边是一小丛树木，视野之中唯一所见，是一辆大型的拉货马车从路上走来，从那一点看，特伦特认为一个艺术家一定会觉得教堂和小礼拜堂以及它们的背景会组成更好的画面。他把车留在那里，穿过草丛。

沿着斜坡向上，站在路的上方，他俯瞰这荒凉的景象。如果有人在那里遇见萨斯洛浦勋爵，他们一定会记得的。视线里没有一座房子或小屋，除了鸟之外也没有活的生物。他寻找人类拜访者的线索，他认为没必要再抱期待了，因为一个星期过去，除了一些冷杉树根部的白色东西之外，他什么也没有发现。

他的眼睛睁得更大，尽管他看到的确定不是他正在寻找的。沿着一条绕过沼泽的路慢慢走，他最后找到了——一个小型采石场，看起来被长期搁置了。大概五十码处的一个满是泥水的粗略的圆形水塘占据了采石场的底部，它的周围是碎石块围成的，还有一些坏掉的、生了锈的工具，一些腐烂的木头和破碎的陶器制品——一个工业废弃场的典型景象。他的肩膀到手臂都是赤裸的，特伦特也没能测量出水塘多深。如果它有什么秘密，混沌不堪的黄色泥水无疑很好地掩盖了一切。

水塘四周没有泥土，所以没有留下脚印的痕迹。他花了些时间搜索小路上破碎的石块，但什么也没发现。然后，他发现了一个坏掉的消防桶，它在阳光下反射着光芒。

那是一块小小的、平面的玻璃碎块，和一枚法新币一样大小，一面光滑，边缘有两处破损。特伦特仔细地检查了这块玻璃。他的推论里没有它的存在，也许它没什么用。但再一想……他小心地把它装进还有几张纸的公文袋里。

两个小时后，在德比市的警察总署，他把他的报告以及地图，还有在沼泽附近发现的东西都放在埃里森局长面前，后者是一位面容严峻，精力充沛，和特伦特一样有名的警察。

对于格尼·布拉德肖先生来说，这个名字同样不陌生，布拉德肖先生是布拉德肖公司的总裁，还是萨斯洛浦勋爵及其父亲的法律顾问。在特伦特的电话采访中，他与他约定三点钟见面，他当天到达德比郡后，按时赴约。布拉德肖先生，是一位彬彬有礼但十分爱命令人的老绅士，在两个人握手的时候，他露出质疑的表情。

“我猜不出，”他说，“您要跟我说什么。这是一件在我看来应该由法庭判断是否死亡的案件，这样才最简单。我希望我是想错了，我认识萨斯洛浦勋爵一辈子了，我非常喜爱他。现在我必须跟您说，我邀请了第三方加入我们——兰伯特·考克斯先生，他是名义上的继承人，也是一大笔财产的拥有者。他昨天写信给我，告诉我他已经从法国回来了，想知道事情的情况怎样了，我认为他最好听听您说的，所以我告诉他按照您定的时间过来。”

“我知道他是一个赛车手，”特伦特说，“在我看到材料之前，我并不知道您说的他的身份。”

桌子上的电话铃响了，布拉德肖接起电话。“请他进来。”他说。

兰伯特·考克斯是一个高个子，很瘦，长相硬朗的男人，棕色的脸，胡子剃得很干净，没有链条的单片眼镜遮住左眼。在他们互相介绍的时候，他带着热情和好奇的表情仔细审视对方。

“现在，”布拉德肖说，“特伦特先生，让我们听听您的高见吧。”

特伦特把手握在一起放在桌子上。“我要做个对您二位而言有些荒唐的结论来开始我的陈述。是这样。那个开着他的车去莱金顿，然后去了海边的人，不是萨斯洛浦勋爵。”

两位先生都茫然地看着他，然后布拉德肖调整了一下表情，冷漠地说：“我非常感兴趣听听您的理由。您没有根据作出这样的结论，特伦特先生，但我还是要说这是个令人震惊的结果。”

“我也这么认为。”考克斯在观察之后说道。

“我最初产生这个想法，”特伦特说，“是从这个人消失之前，在皇冠酒店吃晚餐时选择的红酒中想到的。您认为这很荒唐吗？”

“红酒没什么荒唐的，”布拉德肖严肃地说，“我自己很严格地控制饮酒。一天喝两次。”他补充道。

“我听说，萨斯洛浦勋爵也对选酒非常讲究。他有着第一流鉴酒家的美名。而现在，看起来我正在谈论的这位男士却在那天晚上没什么品味。那顿晚饭他们提供给他的主要是汤，鳎目鱼鱼片和烤鸟肉。”

“我相信这确实有失他的品位。”布拉德肖生硬地说，“这在百分之九十的英国旅店里都是很常见的晚餐。不是吗？”

“这个男人只吃了汤和鱼。他喝了一瓶红葡萄酒。”

律师的镇静突然消失不见。

“红葡萄酒！”

“是的，红葡萄酒，还是一瓶有趣的红葡萄酒。您瞧，皇冠酒店有一瓶非常棒的龙船庄1924年产的红酒——我自己就喝了一点。但是他却喝了一瓶玛歌酒庄1922年产的红酒，我猜他是认为陈年一些的红酒会更贵一点，所以他在单子上标记这瓶比另一瓶贵十八便士。那就是当晚我们的旅行者选择的红酒。您怎么看？一顿有鱼的晚餐，他喝了红葡萄酒，他选了一瓶出产自众所周知很糟糕的年份的红酒，而他本可以选择1924年那瓶花钱更少但品味更好的红酒。”

就在考克斯看起来十分迷茫的时候，布拉德肖先生站起来，在屋里慢慢地走着。“我要承认，”他说，“要是萨斯洛浦勋爵脑子正常，他做出这样的事情是难以令我信服的。”

“如果您还认为那个人是他，那他肯定是丧失理智了，”特伦特接着说，“但他疯得很有条理。因为就在前一晚，在哈布里奇，他选了一瓶根本不是玛歌酒庄的红酒，只是标签听起来很不错而已；再前一晚，在莱英汉姆，他在晚饭前喝了两杯威士忌和苏打水，然后喝了一瓶价高质劣的次等红酒。我到了所有的旅店得到这些事实。但是当我回到坎德列工作时，萨斯洛浦勋爵离家后第一次住的地方却是另一番景象。我发现他选了菜单上最好的东西，一瓶莱茵河红酒，这酒几乎无人问津。点这瓶酒的，我认为才是萨斯洛浦勋爵。”

布拉德肖闭紧嘴唇。“您是说有个开着萨斯洛浦勋爵的车子的家伙，在另外三个地方模仿他，而且知道他是一个鉴赏家，但这个家伙尽最大努力模仿还是失败了。非常好，但是萨斯洛浦勋爵在那些地方以他的方式签名了。他在莱金顿接收并阅读了寄给他的信。这次旅行和他之前所做的随意的旅行一样。在莱金顿得到的对他的描述和他也完全一样——衣服，眼睛，还有心不在焉的行为。那顶被洗干净的帽子确实是他的。不，不，特伦特先生。我们一定会假设那是萨斯洛浦勋爵的，因此推测他独自去了海边，自溺身亡。另外一个可能性是我们在描述一起假的自杀，以便证明他的消失，但是那毫无道理。”

“正是如此，”兰伯特·考克斯说，“特伦特先生，也许您对红酒所发表的看法目前来说是没有错的，但我同意布拉德肖先生的说法。萨斯洛浦自杀了，要是他疯得彻底自杀，那他也就能疯得彻底去胡乱选择他喝的东西。”

特伦特摇了摇头。“还有其他证据可以用来解释。我正要一一道来。衣服、帽子和剩下的都是我论断的一部分。这个男人穿着萨斯洛浦勋爵的花呢大衣，因为那很容易被认为是勋爵本人。他了解萨斯洛浦勋爵以及他的行为方式。他看了寄给勋爵的信，模仿他的笔迹回信。是他写了回信并将信寄给L.G. 考克斯，并假装被这封信所困扰。他知道萨斯洛浦勋爵的笔记本会被追踪，所以他把它们留在了邮局以便让追踪无处可寻。当然，他没有自溺。他只是把帽子扔进海里而已。他所作的恐怕就是换下那身惹眼的衣服，塞进车里的大袋子里，然后换上另一套自己的衣服。他可能带着他的包走了一段，到布莱德莫斯的几英里路程，搭乘 12 月 15 号那天的列车去了伦敦——那是一趟很受欢迎的列车，你可以得到一个很舒适的卧铺床位。"

"看来他可能做到这些。"布拉德肖口气尖酸地同意道，而兰伯特·考克斯则短促地笑了一下。"但我只对事实感兴趣，特伦特先生。"

"这就是一些事实。在萨斯洛浦勋爵动身离开他在诺福克的住处时，有个人在他的书房里给他打了电话。书房的门是半开的，男管家听到了他对致电者说的几句话。他说他下个礼拜二要去一个叫老沼泽的地方参观，看起来这个地方对于他和致电者都不陌生。他说：'你还记得那间教堂和小礼拜堂，'而且那一定是超过二十年的建筑了，他要去那儿画素描画。"

考克斯的脸沉了下来。"如果萨斯洛浦还活着，"他嘲笑道，"我肯定他会感激你对他私人事务的关注。我们能从这个内情里总结出什么呢？"

"我认为我们可以归纳出，"特伦特温和地说，"有这么一个人，打电话给萨斯洛浦勋爵谈另一件事，而被意外告知萨斯洛浦勋爵下周二要去的地方——那一天，您是否记得，就是他对红酒的鉴赏能力变差的时候。也许这个信息让那个打电话的人动了某个念头，他花了几天来设计这一整套计划。我们同样可以归纳出萨斯洛浦勋爵和一个人聊天，把他对他们知道超过二十年之久的沼泽地的回忆分享给他听——也就是说，当他还在学前教育的年纪，因为他今年三十三岁了。然后我发现他曾在一个叫玛莎公学的学校上学，就在德比郡的沙恩斯历小镇沼泽地旁边。所以我过去进行调查，发现教堂和小礼拜堂其实是沼泽地的几块大石头，就在离学校两英里左右的地方。考克斯先生，如果您和您的叔叔去过那里，您一定还记得吧。"

考克斯的手指在桌子上敲个不停。"我当然记得，"他怒气冲冲地说，"玛莎公学的几百个学生都记得。那又怎么样？”

布拉德肖，眼睛紧紧地盯着他看，举了举手。“嗨，嗨，考克斯先生，”他说，“别轻易发火嘛。特伦特先生正在帮忙澄清发生了什么，而这事似乎比我想象的要严重很多。如果您允许的话，让我们心平气和地听完他的话吧。”

“我自己正在研究素描的事情，”特伦特接着说，“所以我找了对于萨斯洛浦勋爵来说，最佳的观赏地点，我发现了两张揉掉的纸，一幅没画完的铅笔素描画，那两张纸的质地和萨斯洛浦勋爵的素描本里的纸一模一样，后者我在莱金顿已经检查过了。素描是从素描本里撕下来揉掉的，我这么认为是因为那是他去过沙恩斯历的证据。那里的沼泽是一片荒凉、野蛮的地方。如果有人在那里见到了萨斯洛浦勋爵，正如我所坚信的，他再也找不到比满足他想做的事情更差劲的地方了。我想他当晚就开车到了莱英汉姆，我认为萨斯洛浦勋爵是在沙恩斯历沼泽消失的，而不是在莱金顿。”

布拉德肖从椅子里半起身。“您还好吗，考克斯先生？”他问道。

“非常好，谢谢。”考克斯回答。他深深地吸了一口气，然后转头看特伦特，“要是这些就是您要告诉我们的，我不能说——”

“噢，不，不是全部呢，”特伦特打断他，“但是让我现在告诉您，我认为真正发生了什么吧。如果在沼泽地开着萨斯洛浦勋爵的车离开的人不是勋爵本人，我想找到他的伪装结束在莱金顿的理由。能够解释的说法，是那个人开着车去了德文郡，然后杀害了勋爵，然后在三百英里外伪造了一起假的自杀案件。那是一个机智的计划。它依赖于每个人都自发认为开车的人是萨斯洛浦勋爵自己。谁会想到那其实并不是勋爵呢？”

“萨斯洛浦勋爵的性格非常的内向。他远离尘世地活着，他从来不上新闻，非常少的人知道他长什么样子。当他开车旅行的时候，他依靠这些来保护自己的隐私——永远在没有机会认出他的偏远小地方落脚，并且假装不是一个贵族。凶手了解这一切，而这就是他的计划的本质。旅店的人们会发现这个旅行者很显眼，他们对他的脸的描述都含糊不清，这就足够符合对萨斯洛浦勋爵的描述了，只要两个男人之间没有明显的不同就足够了。那些大的角状边缘本身就是个伪装。”

布拉德肖慢慢地摩擦着双手。“我想这是可能发生的，”他说，“您怎么看，考克斯先生？”

“这只是一堆荒谬的猜测，”考克斯没什么耐性地说，“对于这件事，我已经听够了。”他从椅子里站起身。

“不，不，别走，考克斯先生，”特伦特建议道，“我还有更多您喜欢的——事实，您知道的。他们非常重要，您应该听听看。想想我的调查，我找了任何可以藏匿一具尸体的地方。在那片光秃秃的、毫无特色的广袤之地，我只能找到一个地方：一个山坡处的废旧的采石场，那里有个很大的水塘，里面全是黄色的泥水。水塘边上我发现了一小片玻璃碎块。”

“昨晚，这块碎玻璃在德比郡的一个眼镜商那里被展示给我和一位警官。他说那是单片眼镜的碎块——他们叫它球面透镜——所以他从那一小块玻璃把球面透镜介绍给我们。它的构成并不常见——要比普通的减去5度，所以戴它的人，那只眼睛一定非常近视。警方认为很少有人戴单片眼镜，而戴的人中很少能戴那种度数的，一位警官调查出近些年那位眼镜商提供这种眼镜的客户名单。您瞧，”特伦特接着说，“这位先生在水塘旁边由于忙着什么事情，把眼镜弄掉并摔坏了。作为一位整洁的男士，他捡起了他能看见的碎片，但是他错失了一块。”

兰伯特·考克斯把一只手放在喉咙上。“这里真是难以令人忍受的闷热，”他抱怨地说，“如果您不介意，我要打开窗户。”他再一次准备离开，但是律师的动作更快一点。“我会留意的。”他说，然后在考克斯打开窗户的时候站在他旁边。

特伦特从口袋里拿出一张折叠起来的纸。“这是午饭前，我从德比郡警察局的埃里森警官那里得到的电报。我把跟您说的一切告诉了他。”他从容地打开那张纸。“他说水塘今天早上被抽干了水，他们发现了一具被人在背后击穿脑袋而死亡的尸体。他被脱得只剩下内衣，身上缠着脚踏自行车的车链子。”

“那个，您看，就澄清了凶手是如何到达萨斯洛浦勋爵所在的偏远地点的问题。他不是开车到那里的，因为他必须把汽车留在那里。他骑自行车去的，因为之后那工具将非常实用。警方认为他们可以追踪到自行车的卖家，因为自行车是全新的，他会给买家一个线索的。”

布拉德肖的双手插进口袋里，盯着考克斯惨白的脸色问道：“尸体确认了吗？”

“警官说后天进行确认。我相信他知道那是谁的尸体，他应该已经把确认的证据交给新厄姆·布里维检验了。他说我的证据可能要等晚一些的全面调查时才用得上，在起诉之后——”

兰伯特·考克斯发出一声啜泣。他匆匆站起，双手按压太阳穴，然后失去意识昏倒在地上。

特伦特松了松领口后，把他桌子上的一杯水洒在那张朝上的脸上。考克斯的眼皮颤动起来。“他会没事的。”布拉德肖冷酷地说，“祝贺您，特伦特先生。这个男人不是我的客户，所以我毫不顾忌地认为他不会再享受他的头衔多久了——或者是那笔遗产，我认为遗产是至关重要的。您瞧，他又把他的单片眼镜弄掉了。顺便说一下，我刚好知道，他在玛莎公学的时候，那只眼睛由于被板球打到，已经是半盲了。”

第十二篇　逃出第十三号牢房

杰克·福翠尔（*Jacques Fultrelle*）

美国推理小说家。在他的推理短篇小说中，最著名的是《思想机器》。脍炙人口的侦探小说为他在侦探小说界赢得了较高的声誉。

第一章

奥古斯都·S.F.X. 凡杜森的名字后面有一长串字母，那些都是因为他杰出的科学成就，由不同学会颁发的荣誉头衔。所以，当他全名之后的 Ph.D.、LL.D.、F.R.S.、M.D.、M.D.S. 全都写出来时，着实让人印象深刻。

他的长相也跟名字一样令人难忘。个子矮小，瘦削的双肩下垂，剃得精光的面庞因长期在室内工作而显得苍白。由于经常要注视细小的东西，他的眼睛看起来总是眯着，透过厚厚的眼镜片可以看到狭缝般的水蓝色眼珠。眼睛上面是超乎寻常、高而宽的额头。头上留着浓密、蓬乱的黄发，整体看上去给人一种古怪的感觉。

凡杜森教授的德裔祖先在科学界相当有名，因此他从小就被灌输了合乎科学逻辑的思考方式。他花了三十五年的时间去证明二加二一定等于四——除非是在特殊的情况下，有可能等于三或五。他还主张凡事有果必有因，只要全神贯注地动脑思考就能解决问题。顺便提一句，凡杜森教授的另一个注册商标，就是他头上戴的八号帽子。

在一场国际象棋锦标赛上，他证明了一个不会下棋的人，只要经过一连串逻辑思考，就可以击败以下棋为业的世界冠军。从那以后，新闻界就封他为“思考机器”，甚至把他一长串的荣誉头衔都忘掉了。

他也不负思考机器的美名，日复一日、年复一年地躲在他狭小的实验室中，思考一些会使科学界同仁吃惊，或让世人骚动的事。

除了偶尔跟其他科学家来往之外，思考机器没有多少访客。这天傍晚，查尔斯·兰塞姆博士和阿弗列德·费尔丁博士两人来访，有事找他讨论。

“这不可能。”在谈话中，兰塞姆博士断然地说。

“没有不可能的事，”思考机器也断然地说，他说话总是相当莽撞。“头脑是一切事的主宰，当科学界认清这个事实时，就会有飞跃的进步。”

“你认为飞船做得成吗？”兰塞姆博士问。

“那从来就不是不可能的事，”思考机器断言，“将来一定有人能发明出来。我现在太忙了，不然的话，我自己就能做出来。”兰塞姆博士微笑了一下。

“我早就听你这么说过，”他说，“可是一点意义也没有。头脑也许能主宰一切事，但是你并没有提出任何实证来。有些事不是你想一想就会有结果的，就算想破了脑袋也没有用。”

“比方说？”思考机器问道。

兰塞姆博士吸着烟，想了一阵子。

“哦，就拿监狱来说吧，”他说，“没有人只靠‘想’就能逃出牢房。如果可以的话，监狱中早就没囚犯了。”

“我还是那句话，一个人完全能靠他的头脑逃出牢房。”思考机器不耐烦地说。兰塞姆博士开始发觉似乎有点意思。“假如说，”他想了一下，“有个人被判了死刑，关在监牢里，理所当然会一心一意地想逃出去——如果你是这个犯人，你逃得出去吗？”“没问题。”思考机器断言。

“当然，”费尔丁博士第一次出声，“你可能会用炸药爆破牢房，但是在监狱中，他们不会让你有拿到炸药的机会。”

“我不会那样做，”思考机器说，“你可以把我当成一般的死刑犯看待，而我仍能逃离牢房。”

“你不能事先将脱逃工具带进去。”兰塞姆博士说。思考机器显然有点恼怒了，干脆把仅仅睁开一条小缝的蓝眼睛也闭了起来。

“无论什么时候、无论哪一所监狱，只要将我关在牢房里，仅带必备的衣物，我都能在一个星期内脱逃。”他一字一句地说。兰塞姆博士挺直身子，显出很有兴趣的样子。费尔丁博士又点燃了一根雪茄。“你是说，你真的只用脑子想就能越狱？”兰塞姆博士再问。“我能。”“你来真的？”

“当然。”兰塞姆博士跟费尔丁博士又互望一眼。“你真的愿意一试？”费尔丁博士问了最后一次。“没错，”凡杜森教授说，语气中带点讽刺的味道，“为了证实我的理论，我干过许多比这更离谱的事。”他的语气有些冲，此时双方似乎都动了肝火。当然，这是件荒谬的事，可是凡杜森教授再次重申他愿意去做，所以事情就这么定下来了。“从现在开始。”兰塞姆博士说。“我想从明天开始，”思考机器说，“因为——”“不行，就从现在开始，”费尔丁博士冷淡地说，“你被逮捕了，关在牢房里——当然只是象征性说说而已——没有事先警告，无法跟朋友联络，你受到的对待就跟任何一个死刑犯一样。同意吗？”“好，就从现在开始。”思考机器站起来。“假定被关进奇泽姆监狱的死牢。”“就在奇泽姆监狱的死牢。”“你要穿什么？”“越少越好，”思考机器说，“鞋、袜子、裤子、一件上衣。”“你允许狱警搜身，对吧？”“你可以把我当一般囚犯对待，要求不多也不少。”思考机器说。

在这场试验真正开始进行前，有些官样文章要安排，比方说需要得到市政府及奇泽姆监狱的允许等等。不过他们三位都是有相当影响力的人，大多数的事只要几通电话就可以安排好了，只有监狱主管那边费了一番口舌，说明这只是场科学试验。监狱主管一面晕头转向地答应了，一面说凡杜森教授将是奇泽姆监狱有史以来最尊贵的犯人。

思考机器准备好入狱时的必需品之后，把女佣兼管家叫了过来。

“马莎，”他说，“现在是九点二十七分，我要出门去。一个星期之后的今天，在九点三十分时，这两位先生，可能还另有一两位客人，会在此共进晚餐。记住了，兰塞姆博士最喜欢吃朝鲜蓟。”三个人一起乘车来到奇泽姆监狱。典狱长早就收到命令准备好等着他们了。他只知道尊贵的凡杜森教授将是他的犯人——如果他看得住的话——为期一个星期。虽然凡杜森教授并没犯什么罪，可是他一定要将教授当一般囚犯对待。“搜身。”兰塞姆博士说。

典狱长叫来警卫对思考机器搜身。身上什么东西都没有。裤兜清空了，白色上衣没有口袋，鞋和袜子脱下来检查后再穿上。兰塞姆博士在一旁监视，一面看着思考机器虚弱的身子、毫无血色的面孔、瘦削白皙的双手，不禁起了一阵怜悯。

“你真的要这么做？”他问。“如果我不进行这场试验，你会相信我能脱逃吗？”思考机器反问他。“不会。”“好，那就继续吧。”听到思考机器这种使人恼火的回答，兰塞姆博士仅有的一丝同情也全消失了。他一定要将试验进行到底。“他有没有办法跟外界联系呢？”兰塞姆博士问。“绝对不可能，”典狱长说，“他不准取得任何书写工具。”“你的狱警会帮他传递信息吗？”“一个字都不会，无论是直接的还是间接的。”典狱长说，“这一点你放心好了，我会叫狱警们把他说的任何话都向我报告。”

“看起来这地方防卫得很严密。”费尔丁博士兴致勃勃地说。“当然，如果他承认逃脱失败，”兰塞姆博士说，“要求放他出去，你可以放他走。”“我明白。”典狱长回答。思考机器原本静静地站在一旁听，这时他开口了。“我有三个要求，你可以准许或不准许，由你决定。”“不能要求特别许可。”费尔丁博士警告。

“我不做那种事，”思考机器坚定地说，“我要一些刷牙粉——你去买给我就行，确定真的只是刷牙粉——还要一张五元和两张十元的钞票。”兰塞姆博士、费尔丁博士及典狱长三人交换了一个惊讶的眼神。

要求刷牙粉是可以理解的，可是三张钞票有什么用呢？“你手下有没有什么人能被二十五元收买？”“就是用两万五千元也不可能。”典狱长说。“好吧，就给他这些东西，”费尔丁博士说，“我看不出有什么害处。”“你的第三个要求呢？”兰塞姆博士问。“我要把我的鞋子擦亮。”三人再次交换了惊讶的眼神。这个要求实在太过荒唐，但他们也马上就同意了。在安排那三个要求时，典狱长把思考机器带入监狱里的一间牢房。

“这是十三号牢房，”典狱长带他们穿过三道钢门后说，“我们关杀人犯的地方。没有我的准许，没有人能够出来，关在此地的犯人也不准跟外面联系——我以我的名誉担保。这里距离我的办公室只隔了三道门，有什么不寻常的声响我都听得到。”“这间牢房你们满意吗？”思考机器用讽刺的口气问。“满意极了。”其他两人回答。沉重的钢门被拉开，一阵细小而又急促的奔跑声传了出来，思考机器走入昏暗的牢房。钢门关上。典狱长在门上加了两道钢锁。“那是什么声音？”兰塞姆博士站在栅门外问。“老鼠，成打的老鼠。”思考机器嘲弄地说。

其他三人道过晚安正要转身离开，思考机器叫住了他们。“现在几点，典狱长？”“十一点十七分。”典狱长回答说。“谢谢。一个星期之后的八点半，我会在你的办公室跟这些绅士再见面的。”思考机器说。“如果你办不到呢？”“没有‘如果’这回事。”

第二章

奇泽姆监狱是座宽阔、向外延伸的花岗岩建筑，共有四层。四周是十八英尺高的花岗岩围墙，墙壁内外平滑如玻璃，连攀岩高手也无法在墙上爬动。墙头还有五英尺长的尖锐钢条。这道围墙象征着自由人与囚犯之间不可逾越的界线，即便有人能从牢房逃出，也不可能翻越它。

牢房四周有大约二十五英尺宽的空地，正好等于牢房到围墙之间的距离，也是那些允许半自由活动的囚犯白天活动的地方。但是，住在十三号牢房的囚犯则无此权利。不论昼夜都有四个持枪警卫到处巡逻，每人负责监狱的一边。

夜间，这些空地几乎跟白天一样明亮，每边都有一台高高架起的巨大弧光灯，朝四周不停地照射，每位警卫都能清晰地看到各个角落。

思考机器对这些警戒设施非常了解，不过现在只能从牢房上方装有钢条的小窗子向外看。这是他入狱之后的第一个早晨。他猜想河道大概就在围墙外不远处，隐隐约约可以听到汽艇的马达声，看到一只水鸟在天空中飞翔。从同一个方向还可听到男孩玩耍时的呼喊声。他知道在围墙和河道之间，一定是块供人游玩的空地。

奇泽姆监狱是公认最牢不可破的监狱，从未有人从此逃脱过。思考机器躺在床上四处张望。他猜牢房的墙壁大约是二十年前建造的，坚固依旧；窗户上的钢条大概是新装的，一丝铁锈都没有。窗户很小，把钢条拆下来钻出去的难度相当高。

这些设备并没使思考机器泄气，相反，他眯起眼睛，仔细注视那台巨大的弧光灯。现在外面阳光充足，可以清楚地看到一根电线将弧光灯和监狱大楼连接起来。他推测那根电线大概就在离他牢房不远的墙上。这一点可能有用。

十三号牢房既不在地下室，也不在高层上，跟监狱办公室一样在一层。他记得走上四级石阶后就进了办公室，因此牢房的地板可能只比地面高三四英尺而已。他无法从窗口看到地面，可是再往外探，就能看到靠近外墙的地面——所以，从窗口跳到地面应该是件容易的事。这又是好事一桩。

接着，思考机器仔细回想他是如何进入牢房的。首先，外墙有个建在墙壁内的警卫岗亭，亭上有两道沉重的钢制门，无论什么时候都有警卫值班。他先通过一道门，确认身份之后，再经过典狱长允许，才打开第二道门让犯人进入监狱。典狱长的办公室在监狱的主体建筑群中，从室外空地进来，得通过一道全钢打造的重门，门上有一个窥视孔。从办公室到十三号牢房——就是他现在所处的地方，得先通过一道木门和两道钢门进入走廊，再加上十三号牢房门上的两道锁。

思考机器重新计算了一次，从他现在待的十三号牢房要经过七道门，才能走到外面成为一个自由人。但不只要考虑门的问题。他并非总是一人独处，早上六点狱警会送早餐来，正午时分送午餐，晚餐则在傍晚六点钟，晚上九点还会巡房一次。

“这个监狱的监管系统安排得很好，”思考机器不得不在心中称赞一番，“一旦出去之后，我一定要把它好好研究一下，没想到监狱管理得这么好。”牢房内除了一张铁床之外，什么东西都没有。铁床造得非常牢固，除非拿铁锤用力敲或用锉刀锉，否则根本就拆不开——当然，他没有任何工具可用。室内也没有椅子、桌子、铁皮或瓦器。没有！什么东西都没有！当他进餐时，狱警就站在门外看，吃完后把盛饭菜的木盆收回。

思考机器把以上几个状况一一想过，然后再次仔细检查他的牢房。从天花板开始到四周的墙壁，他查过每一个石块以及用来黏牢石块的水泥。

他在地板四处反复跺脚，发现是一整块坚固的水泥地。检查完毕，他坐在铁床上开始漫长的沉思。对奥古斯都·凡杜森教授来说，这部思考机器总算有可以思考的东西了。

突然间，有只老鼠跑过他的脚背，打断了他的沉思。他看到老鼠跑到牢房一个黑暗的角落里不见了。思考机器眯起眼睛仔细注视老鼠消失的地方，看到许多小眼珠在黑暗中回视着他。他数了一下，一共有六对，可能有更多，他看不太清楚。

思考机器依然坐在床上，头一次发现牢房的钢栅门跟地面之间，有个两英寸高的空隙。他注视着那道空隙，身子突然向有老鼠的角落逼近。传来一阵小脚奔跑的细碎声音，还有一些老鼠受惊的尖叫声，然后一切归于平静。

他看得很清楚，老鼠并没从门下的空隙跑出去，而是全都不见了。必定另有可以离开这个牢房的途径，可能只是个小洞。思考机器趴在地上搜查，用他细长的手指在黑暗的角落里摸索。

最后，他在墙角地面上找到一个缺口，一个比一块钱银币稍大的圆洞。老鼠就是由此跑出去的。他伸出手指探入，摸起来好像是个废弃不用的排水管，里面很干燥且满是灰尘。

他对这个发现感到很满意，坐回床上又沉思了一个多钟头，然后通过小窗口向外再次仔细观察。外墙的警卫正好望过来，看到思考机器的头出现在十三号牢房的窗口，可是科学家并没看到警卫。

正午时分，狱警送来了令人生厌、没什么味道的牢饭。好在平常在家时，思考机器对饭菜也不讲究，现在更是二话不说拿起就吃。偶尔也跟等在牢门外，盯着他的狱警交谈几句。

“在过去的几年中，这个地方有什么改变吗？”他问。

“没什么，”狱警回答，“四年前建了新墙。”

“牢房本身呢？”

“牢房外的木墙重新油漆过了，七年前我们把下水道系统重修了一次。”

“噢！”囚犯说，“河离这儿有多远？”“大概有三百英尺吧。外墙与河道之间有个孩子们用的棒球场。”思考机器不再问问题了。当狱警收拾好要离开时，他问能否给他一些水。“我很容易口渴，”他解释说，“你能否留下一小盆水给我？”“我要请示典狱长。”狱警说着走开了。

半个钟头后，狱警带着一个盛着水的小木盆回来。“典狱长说你可以留下这个木盆，”狱警对他说，“但是，我要不时检查这个小盆，如果它被打破了，你就别想再要求任何东西了。”“谢谢你，”思考机器说，“我不会打破它。”狱警继续巡逻的工作，两个钟头之后，当他再次经过十三号牢房时，他听到里面有些声响而停下脚步。他看到思考机器趴在牢房某个角落，并传来几声惊惶的尖叫声。

“哈，抓到你了。”他听到囚犯说。“抓到什么东西了？”他问。“一只老鼠，”囚犯回答，“你看。”狱警看到囚犯用手指夹住了一只仍在挣扎的小灰鼠。囚犯把老鼠举到灯光下仔细端详。“这是一只田鼠。”他说。“除了抓老鼠之外，你难道没有别的事做吗？”狱警问。“这个地方本来就不该有老鼠，”囚犯不快地说，“把它拿走杀了。里面还有很多只呢。”

狱警接过扭曲蠕动的老鼠，用力摔到地板上，老鼠尖叫一声就不动了。后来，他把这件事报告给典狱长，典狱长只微微一笑，默不作声。

当天下午，十三号牢房外的执枪警卫又看到囚犯正从窗口往外望。接着，看到一只手从窗口伸出，有个白色的东西飘了下来，掉在十三号牢房窗外的地上。那是一张五元钞票，用一团从白色上衣撕下的碎布绑住。警卫再望向窗口，面孔不见了。

警卫冷酷地笑了笑，把碎布和五元钞票拿到典狱长的办公室。他跟典狱长一起检查，发现碎布上有用墨水写成的字，虽然有点模糊，不过依稀可以辨认出“发现者请交给兰塞姆博士”的字样。

“啊，”典狱长笑着说，“一号逃亡计划失败了。”接着，他想了一下，“可是，他为什么要交给兰塞姆博士呢？”“而且，他从哪里找到墨水和笔写字呢？”警卫问。典狱长望着警卫，警卫回望着典狱长，两人都摇摇头。典狱长再度审视碎布上的字。“好吧，让我们来看看他想告诉兰塞姆博士什么事。”他仍然感到迷惑，展开卷着的碎布片。“啊，啊，什么？你看这是什么东西？”警卫凑过来看，碎布片上写着一个奇怪的句子：“Epa cseot d’net niiy awe htton’si sih.“T.”

第三章

典狱长花了一个小时猜测这些字符的含义，又花了半个小时猜测囚犯为什么要跟兰塞姆博士联络——兰塞姆博士就是把他关在此地的人。接下来，典狱长也花了一些时间猜测囚犯从什么地方拿到的书写工具，用的到底是什么样的墨水。为了要弄清楚这一点，他再次将碎布拿出来检查。这块布显然是从白色上衣上撕下来的，边缘还参差不齐。

典狱长可以想像出这块布片是从哪里来的，可是囚犯到底用什么工具书写，这仍然是个谜。典狱长知道囚犯不可能拿到墨水笔或铅笔，而且布上的字也不像是用墨水笔或铅笔写的。那么，囚犯是用什么东西写的呢？典狱长打算自己去找出答案。思考机器是他的犯人，他有责任不让囚犯脱逃，如果这个囚犯想送出某些特别的信息以助脱逃，他一定要查出真相，及时制止，就跟对付其他囚犯一样。

典狱长走到十三号牢房门口，发现思考机器正趴在地上，专心致志地捉老鼠。听到典狱长的脚步声，囚犯跳起来面对着他。

“真是丢脸，”囚犯厉声说，“这里有一大堆老鼠。”“其他囚犯从未抱怨过，”典狱长说，“我带了一件上衣给你，把你身上的脱下来给我。”“为什么？”思考机器很快地反问。他的声调有点不自然，好像有些不安似的。“你想送信给兰塞姆博士。”典狱长严肃地说，“你是我的犯人，我有责任阻止你这么做。”思考机器沉默良久。“好吧，”他最后说，“就做你该做的事吧。”典狱长笑了。囚犯脱下自己的白衬衫，换上了典狱长带来的普通囚衣。典狱长仔细检查囚犯的衬衫，不时将衬衫撕破的地方跟碎布相比。思考机器在一旁好奇地看着。

“这是不是警卫拿给你的？”他问。“不错，”典狱长得意地说，“你的一号逃脱计划失败了。”典狱长找到白衬衫撕破的形状刚好跟碎布吻合时，思考机器看到他露出满意的神情。

“你是用什么东西写的？”典狱长问。

“我想，找出答案是你的责任。”思考机器暴躁地说。

典狱长正打算开口骂人，还好及时控制住了。他仔细地将牢房和犯人都检查过，什么东西都没找到，就连能代替笔的火柴梗或牙签都没有。囚犯用的墨水同样是个谜。典狱长离开十三号牢房时，神情很不愉快，不过至少拿到撕破的上衣当战利品。

“哼，只会玩这个在布上写字的小把戏，别想逃出此地！”典狱长有点自满地对自己说。他把碎布放在办公桌内，看看会有什么后续发展。“如果让这个家伙从我的监狱逃出去，我就——上吊——不，辞职。”入狱后第三天，思考机器越发不像话了，他竟然公开贿赂狱警。

狱警送晚餐给他，正倚着栅栏等候他吃完时，他开口了。“监狱的排水管直接通到河里去，对吗？”他问。“没错。”狱警说。“我想，管子很小吧。”“小到你爬不进去，如果你想试的话。”狱警露齿笑着说道。

思考机器不说话了，静静地吃完晚餐。然后他说：“你知道我不是罪犯，对吧？”“我知道。”“如果我要求的话，我可以随时被释放，对吗？”“不错。”“我进来时，深信我能从这里逃出去。”思考机器眯起眼睛观察狱警的反应，“你愿不愿意考虑以金钱报酬来帮助我脱逃？”狱警是个老实人，看着这个瘦削、疲倦的囚犯，大头上顶着蓬乱的黄发，几乎就要可怜起他来了。“我想，像你这种人大概受不了这种监狱生活吧。”狱警说。“可是，你会考虑一下帮我脱逃的提议吧？”囚犯几近哀求地说。“不。”狱警不耐烦地说。“五百块，”思考机器怂恿道，“我不是罪犯。”“不。”狱警说。“一千块？”“不，”狱警再说，“就算你给我一万块，我也无法帮你越狱。你需要通过七道门，而我只有两道门的钥匙。”然后快步走开，免得囚犯继续纠缠不清。狱警回去向典狱长报告了刚刚发生的事。

“二号逃亡计划也失败了，”典狱长冷笑着，“首先是传递密码，接下来是贿赂。”傍晚六点，狱警照例送晚餐到十三号牢房去。快走到时，他听到一阵刺耳的沙沙声，有如某种钢铁相互摩擦似的。接着怪声停了下来，好像是因为听到他的脚步声而停了下来。这名狱警是个经验丰富的老手，于是故意放重脚步发出远离十三号牢房的脚步声，其实仍然留在原地。等了一会儿，那个沙沙声又响起了。狱警蹑手蹑脚走到牢房门外偷偷向里窥视。思考机器正站在铁床上，靠在小窗口边做着什么。从他的手臂前后移动的样子，看得出是在用锉刀锯着窗上的钢条。

狱警小心地返回办公室，招呼典狱长一起悄悄走近十三号牢房。锯钢条的声音仍然清晰可闻。典狱长听了一阵子，突然在门口现身。“你在干什么？”

他脸上带着微笑说。思考机器从他站在床上的位置转过头来，很快跳下来，急着想要隐藏什么东西。典狱长走入牢房伸出手。

“交出来。”他说。

“不！”囚犯愤怒地说。

“算了，交出来吧，”典狱长催促道，“我实在不愿意再搜你的身了。”

“不。”囚犯坚持着。

“是什么东西？锉刀吗？”典狱长问。

思考机器默不作声瞪着典狱长，脸上露出极度失望的表情。典狱长有点同情这个家伙了。“三号逃亡计划失败了，是吗？”典狱长好心地问道，“糟透了，对吧？”囚犯还是不作声。“搜他身。”典狱长下令。

狱警在囚犯身上仔细搜索，最后在他的腰带上找到一片长约两英寸、弯成半月形的钢片。“哼，”典狱长从狱警手上接过来，“藏在鞋跟里带进来的。”他愉快地笑着说。狱警继续搜查，在腰带的另一侧又找到一片同样的钢片。钢片的边缘可以明显看出锯过窗口钢条的痕迹。“用这种东西不可能锯断窗上的钢条。”典狱长说。“我能。”思考机器坚定地说。“花六个月，有可能。”典狱长好心提醒他。

典狱长看到囚犯的脸羞愧地发红了，不禁摇摇头。

“想放弃了吗？”他问。

“我还没开始呢。”囚犯很快回答。

典狱长跟狱警再次将牢房仔细搜过，连床铺也翻过来检查，什么东西都没找到。典狱长站到床上，亲自检查窗口上被囚犯锯过的钢条。看到之后，他不禁失笑。

“你锯得那么辛苦，只不过是把钢条擦亮一点而已。”他对气馁的囚犯说。

典狱长抓住那根钢条用力摇动，钢条纹丝未动，仍然深植在坚固的水泥中。他将其他钢条一一试过，每一根都没问题。他从床上跳下来。

“放弃吧，教授。”他建议。思考机器摇摇头。典狱长和狱警不理睬他，走出牢房。囚犯在床缘坐下，双手抱头。“我看，他想越狱想得要疯了。”狱警说。“他当然不可能从这里逃出去，”典狱长说，“不过他是个聪明的家伙，我实在很想知道那块密码布上写的是什么。”

第二天清晨四点，突然一阵可怕的尖叫声响遍整个监狱。声音是从某一间牢房传出来的，那是种极度恐惧、痛苦的声音。典狱长带着三名狱警，往通向十三号牢房的长廊赶去。

第四章

他们快到时，又听到一声尖叫，然后声音变成哀号。其他牢房里面色苍白的囚犯在各自的牢门前好奇地张望着，不知道出了什么事情。声音听起来好像是从十三号牢房的方向传来的。

“又是十三号牢房的那个笨蛋。”典狱长抱怨道。

一位狱警点亮了灯火，典狱长向牢房里看去，十三号牢房的囚犯正舒服地躺在床上张嘴打鼾。正当他们查看时，刺耳的尖叫声又传了过来，是从楼上传来的。典狱长的脸色发白，赶紧到楼上的牢房去。十三号牢房正上方，位于四层的四十三号牢房里，有个囚犯畏缩在角落里。

“什么事？”典狱长问。

“感谢老天，你可算来了。”囚犯冲到牢门的栏杆前叫着。“出什么事了？”典狱长再问。他打开牢门走进去。囚犯跪倒在地，紧抱住典狱长的腿。

他脸色苍白，眼睛圆睁，不停地发抖，用冰冷的双手抱住典狱长。“把我弄出这间牢房，求你让我出去。”囚犯恳求着。“到底发生了什么事？”典狱长不耐烦地又问了一次。“我听到什么声音……什么声音……”囚犯紧张地望着牢房四周。“你听到什么？”“我——我不能告诉你，”囚犯结结巴巴地说。接着歇斯底里地喊叫：“让我出去！帮我换间牢房，任何一间都好，就是不要这一间。”典狱长跟三名狱警交换了一下眼神。“这个家伙是谁？他被判了什么罪？”典狱长问。“约瑟夫·巴拉德，”一位狱警说，“他被控向一位女士的脸上泼强酸，那位女士后来因此死亡。”“可是警方没有证据，”囚犯喘着气说，“他们没有证据。求你给我换个房间。”囚犯仍旧抱着典狱长，典狱长用力把他推开。他看着那个可怜的犯人，那人就像孩子一样，被某种东西吓坏了。“听着，巴拉德，”最后，典狱长说，“如果你听到什么声响，我要知道那是什么。告诉我。”“不，我不能。”囚犯仍哭丧着脸。“声音从哪儿来的？”“我不知道，每个地方都有，我听到了。”“是什么？什么样的声音？”“求你不要问我。”囚犯恳求着。

“你一定要回答我的问题。”典狱长严厉地说。“说话声——但不是人类的声音。”囚犯边哭边说。“说话声？不是人类的？”典狱长听迷糊了。“听起来有点含糊不清……远远的……幽灵似的。”囚犯解释。“是从监狱内还是监狱外发出来的？”“我不知道从哪里来的……就在这里，到处都听得到，到处都有。”典狱长花了一个多钟头想搞清楚，可是巴拉德非常固执，不肯透露其他信息，只是不断恳求把他换到另外一间牢房去，不然就要派一个狱警在这里陪他直到天亮。典狱长断然拒绝了这些要求。

“听好了，”最后，典狱长说，“如果我再听到你乱叫，我就把你关到隔离室去。”说完，典狱长转身离去，但仍然搞不清楚到底是怎么回事。巴拉德在靠近牢门处呆坐到天亮，那张因恐惧而发白的脸压着栅栏，眼神空洞地凝视着空中。

当天，也就是思考机器入狱的第四天，他看起来快活得很，大多数时间都站在窗口向外望着。他继续从窗口丢出一块碎布给警卫，警卫立刻捡起来拿去给典狱长。上面写着："只剩三天。"典狱长对看到的字句丝毫没有感到惊奇。他知道思考机器的意思是说他的狱期只剩下三天，这个字条有点像是在自吹自擂。但是让他感到不解的是，字条是怎么写出来的？思考机器又从哪里找到一块碎布？用什么东西写的？他仔细检查碎布。那是块白布，是种质地很好的衬衫布料。他将这块碎布跟以前收到的那块布片，以及他从思考机器身上没收来的衬衫相比，这片不是从同一件衬衫撕下来的，但显然是同等的好质料。

"还有，他是从哪里找到书写工具的？"典狱长大声自问。

当天稍晚，思考机器透过他牢房的小窗口跟外面的警卫讲话。"今天是这个月几号？"他问。"十五号。"警卫回答。

思考机器在自己脑中做了个天文学演算，算出月亮在今晚九点以后才会出来。他接着问道："谁负责维护那些弧光灯？""电力公司派来的人。""这里没有电工吗？""没有。""我想，如果你们自己雇用电工，一定能省下好多钱。""那不关我的事。"警卫回答。

那位警卫发现思考机器当天似乎在窗口露脸多次，但看起来总是无精打采的，眼镜后眯着看人的眼睛好像在期待什么似的。过了一段时间，他就不去理会那个狮子般的大头了。其他囚犯也有过同样的表情，毕竟，向往自由是人之常情。

下午时分，在早班警卫交班之前，思考机器的大头又在窗口出现了。他伸出手来，好像攥着什么东西，然后松开。那样东西飘到地上，警卫捡起来一看，是一张五元钞票。

"那是送给你的。"囚犯喊道。警卫照例把钞票拿去给典狱长。典狱长狐疑地看着这张钞票。

十三号牢房囚犯送出来的任何东西当然要特别小心。“他说是送给我的。”警卫解释。“就算是小费吧，”典狱长说，“我没有什么理由反对你接受——”他突然沉默了。他想起，思考机器进入十三号牢房之前，带了一张五元和两张的十元钞票，一共是二十五元。典狱长办公桌里已经有了一张和碎布绑在一起的五元钞票，那是思考机器第一次丢出来的。

可是，现在又收到一张五元钞票。照理说，思考机器应该只剩下两张十元钞票才对。

“可能是跟别人换过钞票了。”他叹了一口气。

他决定要将十三号牢房从里到外再彻底搜查一次。如果他的囚犯能够随心所欲写字条、换钞票，做一些无法解释的事，那么，这座监狱一定有什么地方出问题了。他计划半夜三点去查房。思考机器一定需要时间搞他的古怪勾当，夜间是最有可能的时机。

半夜三点，典狱长悄悄走到十三号牢房。他先站在牢房门外倾听，除了囚犯有规律的呼吸声之外，什么声音都没有。他轻轻地用钥匙打开双重锁，走进牢房，再将门关上，猛地把灯光照在躺卧者的脸上。

如果典狱长是想吓思考机器一跳的话，他可要大失所望了。思考机器仅仅是静静地睁开眼睛，伸手拿过眼镜戴上，用平静的语调问：“是谁？”典狱长的搜查工作更不用提了。仔细再仔细，房中每一英寸的空间都没放过。他找到地上的圆洞，把手指探进去，过了一阵子，好像摸到什么东西，拿出来在灯下细看。

“嚯！”他叫道。

他摸到的是一只老鼠，一只死老鼠。他仍不死心继续搜查。思考机器一声不吭地站起来，把死老鼠踢到牢房外的走廊上。

典狱长站到床上，用力摇晃窗上的钢条。每一根都很牢固。牢门上的钢条也是一样。

接下来，典狱长检查囚犯穿的衣物。从鞋开始，里面没藏任何东西；其次检查腰带，没藏东西；接下来是裤兜，他从其中一个兜里掏出一些纸钞，拿到灯光下仔细看。

“五张一元的钞票。”他倒吸了一口气。“没错。”囚犯说。“可是……可是你只带进来两张十元和一张五元的钞票……为什么……你怎么办到的？”“那是我的事。”思考机器说。“是不是我的属下帮你换了钞票？”思考机器毫不迟疑地回答道：“不是。”“那么，是你自己造的？”典狱长已经打算相信什么事都有可能了。“那是我的事。”囚犯还是同样的回答。

典狱长怒视这个知名的科学家许久。他感觉到，不，他清楚地知道，这个人正在愚弄他，可是他不知道是如何办到的。如果这个人是真正的囚犯，他可能会用严刑逼供的方式强迫犯人说出真相，但可能只得到精心编造的谎言而已。两人许久都不出声，典狱长突然转身离去，将牢房门重重关上。

典狱长回到办公室去，刚要躺下来休息一会儿，撕心裂肺的尖叫声又传了过来。他看了一下挂钟，才四点十分。他咒骂几声，重新点亮提灯，再次赶到四楼的牢房。

还是巴拉德那个家伙，挤在牢门栅栏前大声号叫。当典狱长用灯光照射他的脸时，他停了下来。“让我出去，让我出去，”他叫着，“我干的，是我干的，我杀死了她。把它拿开。”“把什么东西拿开？”典狱长问。“是我把强酸泼到她脸上——是我干的，我认罪了！让我离开这个房间！”典狱长觉得巴拉德实在很可怜，于是把他放出牢房。一进入走廊，巴拉德就有如受惊的小动物，缩在角落里，双手掩住耳朵。半个小时之后，他才能镇定下来说话。他断断续续地说出事情的经过。前一天夜里四点，他听到一种声音，含糊不清，好像是从坟墓传来的抽泣声。“那声音说些什么？”典狱长的好奇心被引了出来。“酸——酸——酸！”囚犯结结巴巴地说。“它控诉我。强酸，我把强酸泼到那个女人的脸上，那个女人死了。”他恐惧得全身战栗。“酸？”典狱长不解地问，觉得巴拉德的话很费解。“酸。我听到的就是这个字，重复了好多次。那声音还说了别的话，但我没听清楚。”“这是昨天晚上发生的事，”典狱长说，“今晚发生了什么，让你怕成这个样子？”“还是同样的字，”囚犯说，“酸——酸——酸！”他用手掩住自己的脸，想要镇静下来。“我用酸泼她的脸，可是我没打算杀她。我听到这些，这些指控我的话！”他嘟囔着，逐渐安静下来。

“你还听到别的声音吗？”

“有，可是我不明白，只有一点点……几个字。”

“说了什么？”

“我听到‘酸’这个字讲了三遍，接着我听到一个长长的呻吟声，然后听到……听到‘八号帽子’，我听到两次。”“八号帽子？”典狱长自言自语。“到底是什么鬼东西，八号帽子？”“这个家伙发疯了。”一个狱警断言。“说得没错，”典狱长说，“这个家伙一定是疯了。他可能听到什么，把他吓坏了。八号帽子！什么鬼东西——”

第五章

思考机器入狱第五天，典狱长已经疲惫不堪了，他希望这场试验能早日结束。他知道这位“知名”的犯人正在跟他开玩笑，而且思考机器一点也没失去他的幽默感。他刚刚又丢下一块碎布给窗外的警卫，上面写着“只剩两天”。

另外还抛下一张面额五毛的纸钞。

典狱长知道——他清楚地知道——这个住在十三号牢房的家伙并没有五毛纸钞，他不可能有五毛纸钞。同样的，他也不可能有笔、墨水、碎布，但是他的确拥有这些东西。这都是事实，而不只是纸上的理论。这也是使典狱长精疲力竭的原因。

还有那恐怖又奇怪的“酸”和“八号帽子”，同样始终缠绕在他心头。看起来没什么特别含义，只不过是个发疯的囚犯在胡言乱语而已。可是自思考机器入狱以来，已经有好多“看起来没什么特别含义”的事发生了。

第六天，典狱长收到一封由兰塞姆博士和费尔丁博士署名的信，说他们在后天也就是星期四晚上，会到奇泽姆监狱来。如果那时凡杜森教授还未从监狱逃出去，希望能就地与他会面。

“如果他还未逃出！”典狱长冷冷地笑了。逃出监狱！休想！这一天，思考机器也着实让典狱长忙了好一阵子。他一共送出三个信息，和往常一样写在碎布上，信息跟星期四晚上的约会有关。那个时间是他入狱时自己定下来的。

第七天下午，典狱长在巡房时走过十三号牢房，往里面瞅了一眼。他看到思考机器正躺在铁床上睡觉。牢房中看起来没什么异样。典狱长发誓不可能有任何人会在此时——现在是下午四点——到晚上八点半之间离开牢房。

后来在巡房结束时，又走过十三号牢房，典狱长听到正常人睡觉时的呼吸声。

他又靠近牢门观察了一下。平时他当然不会这样做，但是这个思考机器可不是普通犯人。

小窗口射入一缕阳光，正落在熟睡者的脸上。典狱长首次看到他的囚犯，其实是个憔悴而疲倦的人，他心中不禁涌起了一阵怜悯，有些内疚地走开了。

晚六点多，他找来狱警。

“十三号牢房有什么问题吗？”他问。

“没问题，典狱长，”狱警回答，“不过他没怎么吃东西。”晚上七点，典狱长在接待兰塞姆博士和费尔丁博士时，心中有种不负所托的踏实感觉。他很想将他收集到的那些碎布，逐一对两人详加解释，值得一谈的事多得很。正要开始说明时，驻守靠河边空地那一区的警卫走入办公室。

“我负责看守的那一区的弧光灯不亮了。”警卫告诉典狱长。

“该死，那家伙是个不祥之人，”典狱长怒喝道，“自从他入狱之后，什么怪事都有。”

警卫回到自己负责看守的那块黑暗空地。典狱长给电力公司打了电话。“这里是奇泽姆监狱，”他对电话说，“马上派人来修理弧光灯。”对方答应立刻派人来，典狱长挂上电话，走到牢房外的空地去巡查。兰塞姆博士和费尔丁博士坐在办公室内等候。这时，大门的警卫送来一封专人递送的信，放在典狱长办公桌上就走了出去。兰塞姆博士碰巧看到信上的寄信人地址，等警卫走出去后，他把信封拿起来细看。“凡杜森送来的。”他说。

“怎么回事？”费尔丁博士问。兰塞姆博士一声不响地把信封给对方看。“巧合，”费尔丁博士说，“一定是巧合。”快八点时，典狱长回到办公室。电力公司的人乘着一辆四轮马车过来，准备开始进行修理工作。典狱长按下接往外墙警卫的通话按钮。

“一共有几个电力公司的人进来？”他问警卫，“四位？三个穿工作服的技师和一位领班？穿着大衣戴丝质帽子？很好，要确定出去时也只有四个人。没别的事了。”他转身面对两位访客。“我们这里不得不多加小心，尤其是现在，”他的语调中有些讽刺的味道，“有个大科学家正在此‘服刑’。”典狱长不经意地拿起那封特别递送的信，把它拆开。“看完这封信，我会跟两位解释——啊，老天！”他突然停住，目瞪口呆地坐下，动弹不得。“怎么了？”费尔丁博士问。

“是十三号牢房送来的信，”典狱长结结巴巴地说，“晚餐的请帖。”“什么？”两位访客齐声站起。典狱长茫然地坐着，瞪着信封好一阵子，然后大声呼叫走廊上的警卫。“快到十三号牢房去，看那个囚犯是否还在。”警卫领令跑去，兰塞姆博士跟费尔丁博士一起查看信封。

“是凡杜森的笔迹没错，”兰塞姆博士说，“我见过好多次了。”

这时，接往大门警卫的通话铃响了，典狱长在恍惚中拿起话筒。“喂？有两位记者？让他们进来。”他转身面对两位来客。“他不可能跑出去，他一定还在牢房中。”正在这个时候，派去的警卫回来了。“他还在牢房里，典狱长，”警卫说，“我看到他躺在床上。”“瞧，我不是告诉过你们吗？”典狱长松了一口气，“可是，他是怎么把信寄过来的？”从办公室通往牢房外空地的钢门传来一阵敲击声。“是那些记者，让他们进来吧。”典狱长对警卫说，再转身吩咐两位来客：“请不要在他们面前谈论这件事，他们老是问个不停。”钢门打开，两位男士走进来。“晚安，先生们。”其中一位说。他是典狱长熟识的记者哈钦森·哈奇。

“喂，”另外一位不快地说，“我在这里。”他就是思考机器。他眯着眼看着目瞪口呆的典狱长。典狱长好一阵子一句话也说不出来。兰塞姆博士跟费尔丁博士也都表现出惊奇的样子，不过他们并没经历过典狱长的遭遇，所以只是“惊奇”而已。记者哈钦森·哈奇也站着不动，目光贪婪地打量四周。

“你……你……怎么办到的？”最后，典狱长喘着气问。“回牢房去。”思考机器用不耐烦的口气回答。他那两位科学界的同行对这种口气早就习以为常了。仍处于迷糊状态的典狱长带头往牢房走去。“把灯点亮。”思考机器说。

典狱长燃起灯火。十三号牢房看来并无异常。思考机器仍然躺在铁床上。真是怪事！那一头黄发！典狱长再看看站在自己身边的人，怀疑自己是否身处梦中。

他双手颤抖着打开牢门，思考机器率先走了进去。“看这里。”他说。他踢了一下牢门下端的钢条，有三根弯了出去，第四根断了，滚到走廊上。“还有这里。”这位“前囚犯”说。他站到铁床上，手伸到小窗口一扫，每根钢条都倒了下来。“床上是什么东西？”逐渐恢复神智的典狱长问。“一顶假发，”思考机器回答说，“把被子拿开。”典狱长搬开被子，底下是一大堆粗绳，约有三十英尺长，一把短剑，三把锉刀，十英尺长的电线，一把钢钳，一把粗头铁锤，以及一把德林加手枪。

“你怎么办到的？”典狱长问。“各位跟我约好今晚九点半共进晚餐，”思考机器说，“动身吧，不然就要迟到了。”“但你是怎么样办到的？”典狱长坚持再问。“对于懂得动脑的人，你别想把他关住，”思考机器说，“动身吧，不然就要迟到了。”

第六章

参加凡杜森教授家晚餐的人似乎都没什么耐心，话也谈得很少。宾客有兰塞姆博士、费尔丁博士、典狱长以及记者哈钦森·哈奇。晚餐根据凡杜森教授一个星期前的指示，准时上菜。朝鲜蓟正合兰塞姆博士的胃口。最后，晚餐告一段落，思考机器正对着兰塞姆博士，眯缝着眼睛盯着他。

“你相信我说的话了吗？”思考机器问。

“我相信了。”兰塞姆博士说。

“你承认这是场公正的试验吗？”

“我承认。”

在场的其他人，尤其是典狱长，正焦急地等待他揭开谜底。“你能否告诉我们——”费尔丁博士开腔了。“对，赶快告诉我们。”典狱长说。

思考机器调整一下自己的眼镜，对他的宾客们扫视了几遍，然后开始讲他的越狱始末。所有人都聚精会神地听着。

“当时我同意，”他说，“只带一些必备衣物入狱，在一个星期内逃离。之前，我从未见过奇泽姆监狱。入狱前，我要求带一盒刷牙粉，两张十元、一张五元的钞票，并要求将我的皮鞋擦亮。如果你们拒绝我这些要求，其实也没太大关系，不过你们都同意了。”

“我知道，牢房里当然不会为我留下什么有用的东西，因此，当典狱长把我关进牢房时，我好像是孤立无援了——除非我能把三样看似无用的东西派上用场。这些东西即使是死囚也会被允许带进来，对吗，典狱长？”“刷牙粉跟擦亮的鞋，可以，但钞票不准。”典狱长回答。

“在有心人手中，任何东西都有危险性。”思考机器继续说，“第一天晚上，除了睡觉及捉老鼠之外，我什么事都没做。”他看着典狱长。“当天晚上我一直等着，等第二天再开始工作。你们都以为我只是呆呆坐着等外面的人帮我脱逃，其实不然。我早知道我随时都能跟任何人联系。”典狱长瞪了他一眼，好像要说什么，最后只是表情严肃地继续吸烟。

“第二天早上六点，狱警送早餐来，”科学家继续说，“他告诉我午餐时间是十二点，晚餐六点，其他就是我可以自行运用的个人时间。因此，在早餐之后，我开始从小窗口观察牢房外面的情况。我一看就知道，即使能从窗口逃走，也休想从围墙爬出去。所以，我就把这个计划放弃了。”

“不过，从这次观察中，我发现河道在围墙外面，两者之间是个儿童游乐场。后来跟警卫的谈话中也证实了我的推测。我由此观察到一件很重要的事，就是任何人都能从那个方向靠近监狱围墙，而不致引起注意。同时，又有一件事吸引了我的目光，就是连接弧光灯的电线离我的窗口只有三四英尺，必要时我可以轻而易举地切断那些电线。”

“哦，今晚你就是用这种方法切断电源的。然后呢？”典狱长问。

“从窗口观察够了之后，”思考机器继续说，不理会有人插嘴，“我开始考虑是否能从监狱内部逃出去。我回想是怎样进入牢房的，当然也只能沿原路出去。从我的牢房到外面，一共要经过七道门，因此我暂时不考虑这一路径。当然，我也无法挖开坚硬的花岗岩墙壁出去。”思考机器停顿了一下，兰塞姆博士点起一根雪茄。几分钟内没人出声。破牢而出的科学家再次开口：“当我在思考时，有一只老鼠从我脚背上跑过。这又给了我一个新主意。牢房中至少有半打老鼠，在黑暗中可看到那些如绿豆般的小眼珠。可是，我发现它们并不是从牢门下进来的。我故意惊吓它们，老鼠也没从牢门下逃出去，但是都不见了。显然牢房内另有通道。我搜查了一下，找到了它们的逃脱口。那是条废弃的旧下水道排放管，里面满是灰尘和泥沙，老鼠还是能从这条管子进出，可见管子一定是通到别的什么地方去了。什么地方呢？下水道排放管一般都通到监狱外面，既然围墙外就是河，管子很可能通到河道或靠河的地方。老鼠大概也是从那个地方来。下水道排放管通常是用铁或铅制的，中间不太可能有破洞，所以我认为最有可能让老鼠进出的位置是管子的出口部位。”

“当狱警带午餐来时，他还告诉我两件重要的事。第一，新的下水道系统七年前才安装好；其次，河道离监狱只有三百英尺。所以，我知道这条管子属于旧下水道系统，而且大致往河道的方向去。接下来，要知道管子的开口处是在河中还是陆地上。为了确定这一问题，我捉了几只老鼠检查，狱警看到我在捉老鼠。我捉到的老鼠身上都是干燥的。要知道，这些老鼠都是从管子进入牢房的，而且是田鼠，不是家鼠。所以我可以确定管子的开口是在围墙外的陆地上。情况看来不错。”

“当然，我知道如果要继续往这个方向进行，我必须将典狱长的注意力转到别处去。典狱长已经知道我入狱的原因就是为了要脱逃，他一定会特别小心，我的行动势必更加困难。所以我必须运用一些诡计。”典狱长的神情有点羞愧。

“首先，我给他一个印象，我要跟你——兰塞姆博士——通信。所以我从上衣撕下一块布条，写上一些字，绑在一张五元的钞票上，再写上你的名字，然后丢到窗外。我知道警卫一定会把它交给典狱长，但是我原本希望典狱长会转交给你。典狱长，你还有我送出的第一块碎布吗？”典狱长把那块碎布拿出来。“上面写的到底是什么意思？”他问。“把句子倒着念，不要管字的间隔就成了。”思考机器说。

典狱长依言试读。“T-h-i-s，this，”他试了几次，然后露齿而笑，将全句读出：“This is not the way I intend to escape（我不用这种方式脱逃）。”“哈，我真没想到。”典狱长仍露齿笑着。“我知道这招一定会吸引你的注意，”思考机器说，“如果你真能解读成功，对我而言是一种挑战。”“你是用什么工具写的呢？”兰塞姆博士检查一下碎布，交给费尔丁博士。

“用这个，”那位“前囚犯”伸出他的脚。脚上是他在监狱中穿的鞋，不过鞋上的鞋油已经全被刮掉了。“鞋上的鞋油用水浸润一下，就是我的墨水；鞋带顶端的金属片用来写字也挺好用的。”典狱长半是钦佩，半是宽慰地放声大笑。

“你真是不可思议，请继续吧。”“这张字条促使典狱长来搜查我的牢房。正如我所希望的，”思考机器说，“我就是要典狱长养成经常搜查我牢房的习惯，可是每次都搜不到东西，最后他就会厌烦直到放弃这项工作。他也真的如此做了。”典狱长脸红了。

“他还拿走了我的白衬衫，让我穿上普通囚衣。他在我的衬衫上找到两处撕破的地方，刚好凑上我送出的两块碎布，他得意极了。但他没想到我早就把另一块九平方英寸大的布片，卷成一团藏在口中。”“九平方英寸大的布片？”典狱长问，“你从哪里拿到的？”“衬衫胸口浆硬的部分都是用三层厚的布料，”思考机器解释，“我把最里面的一层撕下来，只剩下两层布料让你检查。我猜你看不出来，果然不错。”又是一阵沉默，典狱长羞怯地咧嘴笑着望向大家。

“应付了典狱长的好奇心之后，我开始准备脱逃的计划。”凡杜森教授说，“我已经相当确信，旧下水道排放管是通向围墙外的游乐场，我知道那边有许多男孩在玩耍，也知道老鼠是从游乐场那一头进入我的牢房。我能不能利用这些条件跟外界联系呢？首先，我需要一条可靠、牢固的长线。所以，看这里，”他掀起裤脚，把两只袜子露给大家看。袜子上端坚韧的棉线都不见了。“我把这些棉线拆开，开始时费点劲，之后就顺多了。因此我有了约四分之一英里长的坚韧棉线。接着，我在布上写了一些字——相信我，我写得相当辛苦——向这位先生解释我为什么会入狱，”他指着哈钦森·哈奇，“我知道他会帮助我，他也会因此得到独家新闻。我将这块布跟一张十元钞票绑在一起，并且在布上写着：‘将这样东西送给《美洲日报》记者哈钦森·哈奇，会另外得到十元报酬。’下一步就是将这封信送到围墙外的游乐场去，希望能被某个男孩看到。为了达到这个目的，我捉了一只老鼠——我现在已经是个捉鼠专家了——将布片和钱紧紧绑在老鼠的一条后腿上，将棉线绑在另一条后腿上，再将老鼠在旧水管内放开。根据自然法则，我猜惊慌的老鼠会一直跑到水管外，到空地才停下来将布片和钞票啃咬掉。

我握住棉线的一端，当老鼠跑进水管不见时，我开始着急了。我其实冒了很大的风险：老鼠可能会把棉线咬断，其他的老鼠也可能会去咬断棉线，布片和钞票可能掉在没有人能找到的地方。可能出错的状况太多了。我紧张地等了好几个小时。老鼠在我手中的棉线还剩下数英尺时停了下来，我想它应该刚跑出水管的尽头。我在布片上详细指示哈钦森·哈奇该怎么做，问题是，他会看到布片上的字吗？当时我只能等。如果这一招失败了，我再想别的办法。我曾公开表示要贿赂狱警，因此知道他只有七道门中其中两道门锁的钥匙。接着，我再搞些让典狱长着急的把戏。我把鞋跟上支撑用的钢片抽出来，假装要锯窗口上的钢条。典狱长对这件事相当恼火。他也养成了摇晃我牢房里的钢栅栏，看看牢不牢固的习惯。当然，当时一点问题都没有。”

典狱长已经不再感到惊奇，只是不好意思地笑了笑。

“计划已经执行，我只能坐等结果。”科学家继续说，“我不知道那张字条是否会被发现，更不用提是否能送到目的地，字条也可能被老鼠吃掉了。我更不敢将棉线往回拉，那是我跟外界联系的生命线。当天晚上我上床时，不敢睡着，生怕收到信息的哈奇先生拉动棉线时我没注意到。等到凌晨三点半，我终于感觉到棉线动了。对一个被宣判死刑的囚犯来说，没有比这更叫人欣喜若狂的了。”思考机器停下来，转身面向记者。

“我想，接下来的该由你来解释了。”他说。

“有个在那个游乐场上玩棒球的小男孩，捡到那块布片带来给我。”哈钦森·哈奇说，“我一眼就看出这件事很有新闻价值，于是给了小男孩十元，小男孩交给我几卷线，以及一团用细线绑住的布片。凡杜森教授指示我，要小男孩带我到他找到布片的地方，等到凌晨两点钟再到那个地方仔细搜查。如果找到棉线的一头，就轻轻抽动线头三次，停一下，然后再抽动第四次。我拿着一个小手电筒在游乐场搜索。大约一小时二十分钟之后，我终于找到半掩在杂草堆内的排水管，在管子里看到棉线。我根据指示拉动线头，很快感觉到另一头的反应。我将棉线绑上坚固的麻线，凡杜森教授开始往里面拉。我的心突突地跳个不停，生怕线会断。麻线之后再接上金属线，全都被拉进牢房。这样我们就有了一条可靠的、不怕老鼠咬的联络线路，从下水道开口直通十三号牢房。”思考机器举起手，哈钦森·哈奇停止解释。

“这些事都要悄悄去做，”科学家说，“可是当金属线拉入牢房时，我几乎要乐得叫出声来。接着，我们用金属线将哈奇先生准备好的工具运入牢房。我也试着将这条下水管道当做通话器，但效果并不好，双方都听不太清楚。我又不敢说得太大声，怕会引起监狱里其他人的注意。不过，最后他总算明白我急需请他带来些物品。他似乎听不清楚我说的‘硝酸’这两个字，所以我把‘酸’这个字重复说了多次。后来，我听到楼上牢房传来几声尖叫，我立刻想到，这条旧下水道排放管可能也通到楼上牢房，导致有人听到我说的话。当你走过来时，我赶紧假装睡觉。如果你当时走进我的牢房检查，整个脱逃计划就会全都泡汤了。还好你只是走过而已，我差一点就被抓到。后来，我听狱警说，有个囚犯听到我说的话，以为是上天对他说话，因而害怕得承认自己犯的罪。至于他听到的‘八号帽子’这句话，他没听错，那正是我帽子的尺码，我请哈奇先生带过来一顶。”

“有了这套临时装置，传递东西就很方便了。当你来检查时，我就把金属线往排放管内一塞就行。典狱长，你的手指太粗，伸不到水管深处，所以摸不着我藏在里面的东西。可是，你看我的手指，又细又长，而且我还在管子里塞进一只死老鼠当掩护，你记得吧？”“我记得。”典狱长露出无奈的表情。

“我猜想，任何人想要搜查那条管子，如果碰到死老鼠，大概都会就此打住吧。当天晚上，哈奇先生试探性地送了些零钱过来，其他工具要等到隔天晚上才能准备好送来。”

“我也要让警卫习惯看到我的面孔在窗口出现，所以我故意在他面前丢下写了字的布条。我知道他一定会拿给典狱长看，目的是让典狱长怀疑他的手下可能帮助我脱逃。我会在窗口呆望几个钟头，让警卫看到我；有时候也跟警卫讲话，因而发现监狱内并没有专职的电工，如果出了什么问题，得叫外面的电力公司派人过来。”

“这当然给了我很大的方便。最后一天傍晚，等天色一暗，我就将窗外的电线切断。只要用一根沾上硝酸的铁棍碰一下就好了。这会使我窗外那片空地变成漆黑一片。当电力公司的人进来寻找断电原因时，哈奇先生也就顺便混进来了。”

“硝酸是装在一个细罐子里送进来的，有了硝酸的帮助，要弄断窗口和门上的钢栅栏就容易得多，只是花了相当久的时间。入狱后的第五、六、七三天，我就在警卫的监视下，用硝酸将之腐蚀，并用牙刷粉围住钢条底部防止液体外溢。我知道狱警在检查栅栏是否牢固时，老是抓住牢门上部的栅栏摇晃，所以我就在栅栏的底部动手脚，可是没全切断，表面上看起来毫无异样。”思考机器停下来沉默了几分钟。

“我想你们大概都清楚了，”他继续说，“其他我没提到的一些小把戏，只不过是用来让典狱长和狱警糊涂而已。床上那一大堆绳索及器械，是为了配合哈奇先生而放在那儿的，他说这样会让脱逃行动看起来更戏剧性些。黄色的假发当然有伪装的作用。那封专人递送的信则是我在牢房中写好，送出去给哈奇先生，再由他寄去给典狱长的。我想，就是这些了。”“你是怎么离开监狱，然后从围墙外面大门进来？”典狱长问。

“简单得很。”科学家说，“我用硝酸切断了弧光灯的电线，这一点我曾描述过。我知道要找出原因再加上修理，一定要花不少时间。当警卫向你报告灯坏了的时候，我就把窗口上处理过的钢条折弯，费了一番力气从窗子钻出去，然后把钢条回复原状，在阴暗中等候电力公司的技师前来。哈奇先生就是四位技师中的一个。”

“我们会面时，他递给我一套工作服和技师戴的帽子。当你——典狱长

——到我牢房外的空地巡视时，我就站在离你不到十英尺的地方。哈奇先生跟我扮成技师的模样，从监狱大门走出去，假装要到车上去拿工具。大门警卫几分钟前才让电力公司的技师进去，以为还是同一批人，看都不看就让我们通过了。我们在车上换好衣服，走到监狱大门要求见典狱长。然后，我们见到了你。就这样。”

大伙又静默了几分钟。兰塞姆博士首先开口。

“精彩！”他叫着，“太神奇了！”“哈奇先生怎么会刚好跟电力公司的人一起来呢？”费尔丁博士问。

“他父亲是电力公司的经理。”思考机器回答。

“如果没有哈奇先生在外面帮你呢？”

“每个囚犯至少会有一位愿意协助越狱的朋友。”

“假设说——仅仅是假设——如果牢房中没有旧下水道排放管呢？”

典狱长好奇地问。“还有另外两个方法可用来脱逃。”思考机器神秘地说。十分钟后，电话铃响起，是找典狱长的。“灯没有问题？”典狱长在电话上问，“很好，十三号牢房外的电线断了？我知道。多出一个电力公司的技师？什么？两个出去了？”典狱长望着屋里其他人，脸上露出迷惑的表情。“他让四个技师进去，两个出去了，可是监狱里还有三个技师——”“我就是多出的那一个。”思考机器说。“啊，”典狱长说，“我明白了。”然后他对着话筒说：“让第五个人走吧，他没问题。”

第十三篇　闹鬼的警察

多萝西·塞耶斯（*Dorothy L. Sayers*）

女推理小说大师，与阿加莎·克里斯蒂齐名，是唯一能够令阿加莎·克里斯蒂心甘情愿拿出推理小说女王桂冠分享的女推理小说作家。她的第一部侦探小说便被广泛认可为大师级的作品。在推理小说史上，多萝西·塞耶斯（Dorothy L. Sayers）是一个伟大的名字。她的风格无人能模仿，她的作品无人能取代。她创造了永垂不朽的业余神探彼特·温西爵爷（Lord Peter Wimsey），也撰写了多部精彩绝伦的推理文学评论。她的小说，绝大部分都在推理史上的黄金时期（1920—1940年）内完成，因此堪称是最具备古典时期特色的代表杰作。

“老天！”勋爵惊呼。“我真的做了那件事？”

“所有的证据都证明了这一点。”他的夫人回答。

“那我只能说，我从来不知道在有这么多令人信服的证据之下，竟然得出这么不充分的结果。”

护士亲耳听到了这个反应。她用一种责备的口气说道：

“他是个漂亮的男孩。”

“嗯。”皮特说。他更加小心翼翼地调整了他的眼镜。“那么，您是个老练的目击证人了。带他过来。”

尽管有所怀疑，护士还是按他说的做了。令她欣慰的是，这个多事的家长恰当地对待了那个孩子，就好像一个经验丰富的伯父，毕竟，这也不是非常令人吃惊的。皮特勋爵谨慎地坐在床边。

“您认为这事该由规则决定吗？”他带着焦虑地问。“当然了。您的技巧永远是有效的——但是您从来没发觉合作者的努力。”

“我想这个孩子会让他发觉的。”哈丽雅特懒洋洋地说。

“好。”他突然转向护士，“好了，我们就留下孩子。把他带走安排好，告诉他们给我开张发票。哈丽雅特，这是个非常有意思的玩意儿，但也可能是个让人受不了的腐烂替代品。”他的嗓音略有起伏，因为最后二十四小时是非常令人难熬的，他一辈子都没那样恐惧过。

一直在别的屋子做事情的医生，进屋时刚好听到最后几个字。

“永远不会有这种可能性的，您这个笨蛋，”他兴奋地说，“现在，您已经看到了所有能够看到的东西，您最好离开这里到别处去玩。”他坚持他的命令，指向门口。“上床去，”他温和地建议他，“您看起来疲惫到极点了。”

“我还好，”皮特说，“我还没做任何事情呢。看这儿……”他刺破的手指指向相连接的房间。“告诉您的护士们，如果我想见我儿子，我就能见到他。如果他妈妈想亲吻他，她也一定可以亲吻他。在我家里，没有您们那令人讨厌的卫生防护。”

“非常好，”医生说，“就按您希望的。一切都为了安静的生活。我非常信任几种有益的细菌。能够建立人体抵抗力……不，谢谢，我不喝酒。我还有另一个病人，带着酒气的呼吸会削弱他对我的信任。”

“另一个病人？”皮特吃惊地问。

“一个医院员工的母亲。在很大程度上说，您不是海里唯一的鱼。每分钟都会诞生新的鱼。”

“老天！真是个该死的世界。”

他们走下旋转楼梯，在大厅里，男仆在工作岗位上打着哈欠。

“好了，威廉，”皮特说，“现在您走吧，我来锁门。”他引导医生出门。“晚安——非常感谢，老朋友。很抱歉我之前对您不恭。”

“那些话大部分是不恭敬的，”医生富有哲学意味地回答，“好吧，祝您健康，弗利姆。稍晚我会再次看望您，只是为了拿我的报酬，但我不想等待。您已经和一个非常富有的家族联姻，我祝贺您。”

那辆因长时间在寒冷中等待的汽车发出轻微的抗议声，迅速驶离，留下皮特一个人在门阶那里。现在一切都结束了，他可以去睡觉了，他觉得异常清醒。他很想去参加聚会。他倚靠在熟铁制成的栏杆上，点燃一根烟，茫然地凝视着灯光映射下的昏暗广场。正因如此，他看到了一个警察。

身穿蓝色制服的身影，朝着南奥德利街的方向走去。他也在抽着烟，踏着与治安警察的脚步不符的凌乱步伐向前走着。当他进入视野的时候，他向后推了推头盔，然后胡乱地抓了把他的头发。职业的习惯让他在穿着睡觉时的衣服的光头绅士面前很突出，后者刚刚在凌晨三点被医生“遗弃”了，但是自从这位绅士开始清醒，不再有迹象犯重罪后，他转移了视线，打算继续前进。

“早上好，警官，”绅士走上前去和警察并肩走着说。

“早上好。”警察回答。

“您今天任务结束得很早啊，”皮特接着说，他很想跟什么人说话。“进屋来喝点酒吧。”

警察立刻恢复了全部的职业疑心。

“现在不行，但是谢谢您，先生。”警察防卫地说道。

“是的，现在。这就是问题所在。”皮特把他的烟蒂扔到一边。它在空中划出一道燃烧的弧线，在撞击人行道的时候擦出一溜儿火花。“我刚得到个儿子。”

“噢，哈！”警察说，为这个无辜的坦白感到释怀。“第一个孩子吗？”

“也是最后一个，如果我能有关于他的任何线索的话。”

“那就是我哥哥每次说的，”警察说，“他说‘永远别知道太多’。他只有11岁。好了，先生，祝他好运。我看到了您是处于怎样的境遇，谢谢您的仁慈的提醒。但局长说我还是什么都不知道比较好。自从我的晚餐啤酒后，即使我此刻死去，也不会有一丝一毫的消息从我的嘴唇里吐出去。”

皮特把头歪向一边，思考这件事。

“局长说您喝醉了？”

“他是这么说的，先生。”

“但您没喝？”

“没有，先生。和告诉他的一样我看到了一切，尽管我现在没法完全表达出来。但是我没有喝醉，先生，绝对不像您喝得那样醉。”

“那么，”皮特说，“正如约瑟夫·瑟费斯评论提泽尔女士的，困扰您的是您对自己清白的认知。他暗示您盯着红酒当它是红色的时候——您最好进屋来这么做。您会感觉好些的。”

警察有些犹豫。

“好吧，先生，我不知道。事实是，我受到了一些惊吓。”

“我也是，”皮特说，“看在上帝的面子上，进屋来顺便陪陪我吧。”

“好吧，先生……”警察再次说道。他缓慢地走上台阶。

大厅里壁炉的木块，在灰烬中发出深红色的光芒。皮特把它们拨弄开，新的火焰立刻从中而起。“请坐，”他说，“我稍后回来。”

警官坐下，把他的头盔摘下，盯着它看，试图回忆这个在广场一角拥有这间大房子的男人。壁炉架上外面雕刻着深深花纹的上好银碗没有给他什么线索，尽管它的颜色和后面两把搭着花毯子的椅子样式重复了：三只老鼠在一块黑色的地上跳来跳去。正当他观察一只肥厚的手指时，皮特从楼梯下的阴影里悄无声息地返回。

“您是纹章学的学生？”他问道。“17世纪的艺术品，不是非常高贵的。您是新手吧，对吗？我的名字是温西。”

他把一个托盘放在桌子上。

“如果您更想要啤酒或者威士忌，请告诉我。这些酒是我心情不好的唯一特权。”

警察感兴趣地看着酒瓶的长颈和银色外包装的木塞子。“香槟酒？”他说。“永远别尝试，先生。但是我想试试看这东西。”

“您会发现它不那么冲，”皮特说，“但如果您喝得足够多，您就能告诉我您的人生故事了。”木塞子被启开，酒液在被倒进大玻璃杯的时候开始起泡沫。

“好吧，”警察说，“这杯敬您的夫人，先生，还有新诞生的年轻绅士。祝福他们长寿，一切顺利……里面掺了一些苹果汁，是不是，先生？”

“一点点而已。等您喝完第三杯的时候，再把您的故事告诉我。如果您能坚持这么久的话。谢谢您的祝福。您结婚了吗？”

“还没有，先生。当我升职之后再说吧。只要局长——但那不重要。如果您允许我这么问，您是不是结婚很久了，先生？”

“刚过一年。”

“啊！您觉得婚后生活很舒适吧，先生？”

皮特大笑起来。

“我花了刚刚过去的24个小时思考原因，当我有足够的好运得到一个完美事物时，我应该觉得冒着风险进行该死的愚蠢实验是蠢透了的事。”

警察富有同情心地点了点头。

“我明白您的意思，先生。似乎对我而言，生活就是那样的。如果您不冒险，您就哪儿都去不了。如果您冒险了，它也许还是错的，之后您又在哪里呢？半数的时间，当事情发生，它们总是先发生，在您甚至还没想到它们的时候。”

“太对了，”皮特说，又把酒杯倒满了。他发现这个警察能令人感到宽慰。对于他的阶层和所受训练来说，在陪伴一个普通人的时候，情绪自然地发生变化。事实上，在最近的家庭危机威胁着摧毁他的神经之前，他正带着北归的家鸽一样敏锐的直觉，准备前往男管家的餐具室。在那儿他们很人道地对待他，允许他清洗银器。

香槟酒使得头脑奇怪地清醒，加上缺觉，他观察着治安官对 1926 年产的宝禄爵香槟酒的反应。第一杯带来了哲学的生活；第二杯带来了一个名字——阿尔佛雷德·伯德——还有更多关于神秘的、对警察局局长的抱怨的线索；第三杯，正如他所预言的，带来了一个故事。

“您是对的，先生，”警察说，“当您指出我是个新手。我这个礼拜才刚刚上任，这就解释了为什么我还和您不熟悉，先生，跟这儿的大部分居民都不熟悉。现在，杰瑟普认识这里的每一个人，品达也是——但是他被调到另外的部门了。您也许记得平克——大个儿小伙儿，是我个头的两倍，留着淡茶色的小胡须。是的，我知道您想起来了。”

“嗯，正如我所说的，先生，我了解这个地区，是用一般的方法，但并不是，这么说吧，就像我的手掌，也许可以解释我如何自我愚弄一下，但并不能解释我所看到的事情。正如我看见的那个东西，我没有喝醉，也没有见过像那样的东西。至于计算方面出现错误，好吧，这也许会在任何人身上发生。先生，我看见的还是 13 这个数字，就像看清楚您脸上的鼻子一样。”

“您这么说再清楚不过了，”皮特说，他的鼻子是那种常人很难忽视的类型。

“先生，您知道梅里曼路的终点吗？”

“我想是的。它是不是一条在南奥德利街后面很长的死巷子，一边是一排房子，另一边是一堵高墙？”

“是的，先生。看起来是很高但拥挤的房屋，有深邃的门廊和许多门柱。”

“没错。像是从皮米里克最糟糕的广场逃出去的一样。真令人恐惧。幸运的是，我想那条路永远不会死去，否则我们在另一边又将有一排新的怪物了。这栋房子是 18 世纪的建筑。它是如何打动您的？”

伯德警官注视着宽阔的大厅——希伯来式壁炉和它那高贵的浅浅的雕饰，人字形的门阶，高高的圆形窗户照亮大厅和走廊，楼梯高贵华丽。他在寻找恰当的词汇。

“这是栋绅士的房子，”他最后宣布，“可以自在呼吸的房间，如果您明白我的意思。看起来您不能在这里表现得太粗鲁。”他摇了摇头。“但提醒您，我不能称之为舒适。我是不会让我的衣服袖子沾到这个地方一丝一毫的。但它确实是高级的。我之前从未奢想过，但您现在提到了，我明白梅里曼街上的那些房子有什么问题了。它们像是被挤压在一起。我今晚进去那些房子看了看，就是那个样子，被挤压的样子。我待会儿跟您说这个情况。”

“那时候正好是午夜时分，”警察接着说，“当我走进梅里曼街照常巡逻时，我离稍远的那头非常近，就在那时我看到一个家伙在墙底下鬼鬼祟祟地潜伏着。那边有扇后门，您知道的，先生，直通着一些花园，这个家伙在其中一条通道上晃悠。他是一个外表粗野的家伙，穿着肥大下垂的外套——像是从河堤流浪过来的。我把手电筒照向他——那条街光线昏暗，而且又是在深夜——但是我看不到他的脸，因为他脖子上围了一条破破烂烂的围巾把脸挡住了。我觉得他没在干好事，正准备询问他在那里干什么的时候，我听到一声最为吓人的尖叫，就从对面的那排房子中的一间里传出。真是太可怕了，先生。‘救命！’有人喊道。‘谋杀！救命！’简直能把骨头冻住。”

“男人的声音还是女人的？”

“我想是男人的，先生。比起尖叫更多是一种嘶吼，如果您能了解我的意思。我说，‘喂！发生什么事情了？你在哪间房子？’那个家伙没说话但是他用手指了一个方向，我们一块跑过去。我们刚到那间房子，里面传出类似一个人正在被勒死的噪音，还有重击的声音，好像是什么东西撞到了门上。”

“我的老天！”皮特说。

“我大喊了一声，然后按了门铃。‘嗬！’我说。‘里面发生什么了？’然后我敲门。没人回答，我又按了门铃，敲了门。然后那个跟着我的家伙，他用力推开门上的投信口，往里头斜眼看了看。”

“屋子里有灯光吗？”

“完全黑暗，先生。除了门上方的楣窗。它被点亮，当我抬头看时，我看到房间的门牌号——13 号，就像您房子的门牌号一样涂在横梁上。然后，这个家伙往投信口里看，突然他发出咯咯的声音然后退了回来。‘嘿！’我说，‘你有什么毛病？让我看看。’于是我从投信口往里头瞧。”

伯德警官停了片刻，深深地呼了一口气。皮特剪断第二瓶香槟的捆绑线。

“现在，先生，”警察说，“您信我也好，不信也好，我此刻和当时一样冷静。我可以告诉您我在那房子里看到的一切，就像那是写在那面墙上一样。没法看到屋里的所有景象，因为投信口并不大，但斜着看可以看到一点，我尽力看到大厅正对面以及两侧的一点景象以及一部分向上的楼梯。接下来是我看到的，请您留心每个字，以便后来发生的事情。”

他又吸了一大口宝禄爵香烟来放松他的舌头，然后接着说：

“首先是大厅的地板。我可以非常清楚地看清。全是黑白色地砖铺成的，材质像大理石，向后延伸很长的距离。中间的部分，左侧有楼梯，铺着红色地毯，一个白色裸体女人的雕塑在楼梯底下，抱着一大捧蓝色和黄色的花束。挨着楼梯的墙上有扇打开的门，通向一间灯火通明的房间。我只能看见上面摆满了玻璃杯和银器的桌子一端。在那扇门和前门之间，有个大型的黑色橱柜，擦得很亮，上面喷着金色的油漆，它们都像是展览上的东西。大厅后侧是个像温室的地方，但是我看不清里面是什么，看起来非常艳丽。右侧有扇门，也是打开的。是一间非常漂亮的会客厅，从我能看到的地方，有一叠蓝色的纸，墙上挂着画。大厅里也有壁画，右侧有张桌子，上面摆着个铜碗，似乎是盛放拜访者名片的。这就是我看到的一切，先生。我都告诉您了，要是我不曾在那里，怎么能这么清晰地描述出来呢？”

“我知道人们会描述不存在的事物，”皮特沉思地说，“但那毕竟是少数。我听说过老鼠、猫和蛇，偶尔有裸体女性雕塑，但复杂的漆制壁柜和大厅的桌子对我来说还是头一次听说。”

“正如您所言，先生，”警察同意道，“我看得出您现在是相信我所说的。但还有别的事，您会发现事情没这么简单。在大厅里有个男人躺在那儿，先生，正如我此刻坐在这里一样确定，他已经死了。他是个大块头的男人，胡子刮得很干净，穿着晚上睡觉的衣服。有人把一把匕首插进他的喉咙。我可以看到匕首的手柄部分——看起来是把弯刀，血不停地冒出来，铺满大理石地面，闪着光。”

警察看了看皮特，把手帕按在他的前额擦了擦汗，喝完了第四杯香槟。

“他的头对着大厅桌子的一端，”他继续说，“他的脚正对着大门，但是我看不清，因为投信口太窄了。您明白，先生，我看着盒子的钢铁支架，里面有什么东西——我猜是信件，挡住了我往下看的视线。但我能看见其他部分——前面和两侧。我想他们经常把信件拿出来烧毁，如他们所说的，我不认为我看了超过一刻钟左右。然后所有灯光突然熄灭，似乎有人关掉了主闸。所以我四周看了看，我不介意告诉您我觉得有点害怕。当我看向四周的时候，你瞧啊！我那戴着围巾的同伴跳了起来。”

“他心里有鬼。”皮特说。

“跳了起来，”警察重复，“我就站在那儿，就站在那儿，先生，我犯了个大错误，我认为他不会走太远，于是就在街上跟着他。但我看不见他，其实我谁都看不见。所有的房子都是黑暗的，我觉得接下来会很滑稽，没人花一分钟注意。我大喊并重重地敲门，你可以想像那吵醒了街上住着的所有人，更别说那声可怖的叫喊。但在那儿——您也许自己注意到了，先生。那个男人也许会将他的落地窗打开，或者给壁炉点火，也能制造足够叫醒死人的噪音，以便引起他的注意，但是没人注意。他很快入睡了，他的邻居说‘是有阵吵闹，但那跟我没关系’，然后把脑袋黏在睡衣上一样。”

“是的，伦敦就是那样子的。”皮特说。

“是的，先生。农村则不一样。你不可能在没人上前询问你从哪里得来一根针的情况下，捡起一根针——但是伦敦则自顾自……好了，还有别的事要做，我想。然后我吹了哨子。他们都听见了。街道上的窗户开始纷纷打开。那也是伦敦人。”

皮特点点头。“伦敦人会睡到最后。泥潭里的犁和垃圾场里的菟丝子们会低头看看鼻子，然后披上道德的外衣。但是老天，谁能毫不惊讶地跟他的天使说，‘把他们用口哨叫醒，麦克，把他们用口哨叫醒，东方和西方将在警察的口哨声中从死亡中复活’。”

“确实是这样，先生。”伯德警官说，第一次考虑香槟酒中是不是加了什么料。他等了一会儿然后又说：

“就在我吹口哨的时候，威瑟斯——在另一个负责区的警察——正在奥德利广场，朝我走过来。您瞧，先生，我们有几次见过对方，在不同晚上安排任务。晚上 12 点是我们的交班时间。他走过啦，可以这么说，根本没有时间发现我在那里，因为每个人都从打开的窗户向我发牢骚，不知道发生了什么事情。自然我并不想让所有人都跑出来到街上，而我们的人则要从人群中逃出去，所以我告诉他们没什么事情，只是远处有点小事故。然后我非常开心地看见威瑟斯。”

“我们站在街道的最高处，我告诉他在 13 号房屋里面有个死掉的男人躺在大厅的地板上，在我看来像是谋杀案件。‘13 号房屋？’他说，‘你不可能指的13号。梅里曼街根本就没有13号，你这个笨蛋，这里都是双数房号。’就这样，先生，由于另一边的房子永远不会建起来，所以根本不可能有奇数房号，除了1号房之外，它是栋在街道角落的大房子。”

“嗯，这确实让我感到震惊。我没有想到是没记清数字，就像我跟您说的，我这周才到岗的。以前不知道这里的情况。但我知道我清楚地看见那个数字，正如我看见楣窗上的图案一样，我真弄不懂我怎么会犯错的。但是当威瑟斯听完我剩下的故事，他认为我误读了12号房。不可能是18，因为街上只有16栋房屋，也不可能是16，因为我确定那不是最后一栋房子。我们认为可能是12或者10，所以走回去看看。”

“我们没什么困难就进了12号房。那里有位亲切的老绅士，穿着他的睡袍走下来，询问我们骚乱是怎么回事，他有什么能帮忙的。我向他道歉打扰了他，告诉他恐怕这些房子中间发生了一起事故，问了他是否听到什么动静。当然，当他打开门的瞬间，我就知道12号房不是我们要找的。那里客厅很小，地板擦得光亮，墙面非常整洁——空荡荡的很干净——没有黑色的橱柜也没有裸体女人这些东西。老绅士回答说听见了动静，他的儿子几分钟之前听到有人大喊并敲门。他起床从窗户探出头，但是什么也没看见，他们都认为声音是从14号房传来的，也许是主人又忘记带门锁钥匙了。我们对他表示感谢，然后去了14号房。”

“我们花了点力气让14号房的主人下楼开门。他是个很暴躁的人，我想是类似军人的那种感觉，但他却是地地道道的印度民兵。一个肤色黝黑的绅士，声音洪亮，他的仆人也是黑皮肤的——可能是黑人。这位绅士想知道这一切骚动是怎么回事，为什么一个正派的居民不能被允许睡个安稳觉。他猜测12号房的年轻笨蛋又喝醉了。威瑟斯对他说了一些严厉的话，但是最后那个黑人下楼让我们进去了。”

“之后，我们不得不再次道歉。大厅不太对劲——楼梯的位置不对，而且尽管尽头有个雕像，但是看起来是其他民族的崇拜物，有很多头和胳膊，墙上挂满了黄铜饰品和本国特色物品——你知道就是那些玩意儿。地上铺着黑白相间的地毯，屋子里差不多就这个样子。那个仆人有些我不太喜欢的地方，他说他在后头睡着，直到主人摇铃叫醒他之前，什么都没有听见。房间主人出现在楼梯口，他大声说打扰他根本没用，噪音还是照常从 12 号房传来的，要是那个年轻人再不停止他那波西米亚风格的奇怪行径，他就要起诉那年轻人的父亲了。我问他是否看见什么了，他说他没看见任何东西。当然了，先生，我和同伴是在走廊里头，那里看不到其他走廊里发生的事情，因为他们都被色彩鲜亮的玻璃挡住了，所有的都是。”

皮特·温西爵士看了看警察先生，然后看着酒杯，好像在估量两个杯子里还剩多少酒。一边深思着，他又将两个杯子倒满了酒。

“接着，先生，”伯德警官调整了自己之后接着说，“当时威瑟斯用奇怪的眼神看我。但是他什么也没说，然后我们去了 10 号房，那里有两个未婚的女管家，大厅里充斥着被喂饱了的鸟儿，墙纸是花卉图案。睡在前门的女管家是个像邮筒一样聋的人，睡在后门的管家没有听到任何动静。但是我们询问了她们负责的仆人，厨师说她听见有人喊‘救命！’的声音，她认为那是从 12 号房传来的，她把头藏进枕头下面，口念祷告语。女仆是个敏感的女孩。我敲门的时候她朝外头看了看。由于我们站在门廊，她一开始看不见任何东西，但是她认为一定是发生了什么事情。她不想感冒，所以她回到卧室穿上拖鞋。当她回到窗户边上，她正巧看见一个男人跑过。他步履很快，声音很轻，似乎穿了橡胶鞋子，她看见他围巾的尾巴在身后飘着。她看见他跑出街道，向右边走去，然后听见我追在他身后的声音。不幸的是，她的眼睛一直看着他，没注意到我是从哪个门廊出来的。”

“这样，至少证明我没有编造整个故事，因为我那个戴围巾的同伴存在。女仆根本没有认出来他是谁，但那也不让人吃惊，因为她才刚刚进入这个房子工作。此外，那个男人似乎跟这事一点关系也没有，因为当尖叫传出来的时候他和我一起在外面。我认为他是那种不介意口袋被仔细检查的人，当我转身的时候他觉得在其他地方待着更舒服一点。”

“现在没有任何需要，”警察接着说，“再来使您困惑了，先生，所有屋子我们都进去过。我们在这片区域做了调查，从 2 号房到 16 号房，他们之中都没有那种与我和我的同伴从投信口中看到的相一致的大厅。也没有人能给我们更多的帮助。你瞧，先生，尽管这花费了我一些时间来讲述过程，故事还是很迅速结束了。发生了尖叫，没有持续几秒钟，结束前我们穿过那条路走进一个门廊。我大喊并敲门，到我和我同伴从信箱口往里头看之前没隔太久。我往里头看了大概十五秒钟，正当我看的时候，我的同伴离开了街道。我追赶他，吹响口哨，整件事也许花费了一分钟，或者一分半钟，也许不会再多了。”

“另外，先生，在我们进入梅里曼街的每栋房子时，我又感到有点奇怪，我可以这么说，威瑟斯，他看起来更奇怪。他对我说，‘伯德，这是你在开玩笑吗？要是的话，霍尔本帝国才是你该待的地方，而不是警察局。’所以我再一次跟他说，我看到了什么，‘并且’，我说，‘你觉得我会冒着丢了工作的风险，跟你开这种愚蠢的玩笑吗？’他说，‘那么，这就难住我了，如果我不了解你是那种冷静的家伙的话，我会说你是看错了。’‘错了？’我问道，‘我看到那里有具脖子上插着刀的尸体，那就够了。他看起来很可怕，血流满地。’”

“‘那么，’他说，‘也许他根本没有死，他们只是把他挪到了别的地方。’‘我猜顺便也清理了房间。’我说。威瑟斯用一种很怪异的腔调说，‘你确定有那么一栋房子吗？你不会让你的思绪一直被裸体女雕塑或者之类的分心吧？’那确实是个好理由。我说，‘不，我没有。这条街上发生了一些事情，我要追查到底，即使我们要翻遍伦敦找出那个戴围巾的家伙。’‘是的’，威瑟斯似乎生气地说，‘真是遗憾他突然被清理掉了。’‘嗯，’我说，‘你不能说我臆想了他，无论怎么说，因为那个女孩看见了他，她真是仁慈才能看见那家伙，’我说，‘或者你会说接下来我应该待在科尔尼舱口了。’‘哼，’他说，‘我不知道你认为自己在干什么。你最好打电话给警局以求指导。’”

“我照做了。琼斯局长，他亲自过来，认真听取了我们说的情况，然后他沿着街道走了一遭，很缓慢地从一端到另一端。然后他走回来跟我说，‘现在，伯德，’他说，‘你再跟我描述一下你看到大厅的情况，要仔细。’我照做了，就如同我跟您描述的一样，先生。然后他说，‘你确定有一个屋子左边是楼梯，桌子上有玻璃和银器，右边是壁画？’我说，‘是的，局长，我非常肯定。’然后威瑟斯用一副‘抓到你了’的口气说，如果您能了解我的意思，‘哈！’然后局长说，‘现在，伯德，振奋起来，看看这些房子。你没看见它们都是单朝向的吗？里面没有前面大厅两侧都是房间的屋子。看看那些窗户，你这个笨蛋。’他说。”

皮特爵士把最后一点香槟倒出来。

“我不介意告诉您，先生，”警察接着说，“我真是笨极了。我竟然从来没有注意那些！威瑟斯已经注意到了，所以他才认为我喝醉了或者发疯了。但是我坚持我看到了那些场景。我认为肯定有两栋房子在某个地方雷同，但是我不清楚是哪里，因为我们已经进入了所有房子，没发现这样的情况——没有您在骗人的小说里看到的合并起来的门。‘总之，’我对局长说，‘尖叫声肯定是真实的，因为别人也听到了。如果您去问问，他们一定会告诉您的。’所以局长说，‘好吧，伯德，我会给你一切机会。’”

“所以他又敲了敲12号房的门——他不想跟之前一样再打扰14号房的人——这次主人的儿子很快开了门。尽管我们给他添了这么多麻烦，他依旧是位和蔼可亲的绅士。他说，噢，是的，他听见了尖叫声，他父亲也听见了。‘14 号房，’他说，‘麻烦就是从那里来的。14 号房里是个奇怪的家伙，是 14 号房，要是他攻击了他那不幸的仆人，我是一点都不惊讶的。那个国外的英国人，你知道！大英帝国的海外基底之类的地方。他们粗鲁又迅捷——他们吃的咖喱对肝脏很不好。’”

“所以我又询问了 14 号房，但是局长已经失去耐心，他说，‘你已经很清楚了，’他说，‘那不是 14 号房，在我看来，伯德，你要么是精神错乱，要么就是喝多了。你最好直接回家。’他说，‘快点清醒过来，等你能为自己的行为解释的时候我会再找你。’我争论了一下，但是没用，他已经走了，威瑟斯也回到了他的片区。我沿着街来回走了一会儿，直到杰西奥来接替我，我离开后就遇到了您，先生。”

“但是我根本没有喝醉，先生——至少，那时候没喝醉，尽管我脑袋有点头晕。也许晚餐的酒比尝起来更猛烈。但是我当时没有醉，我非常确定我没有神志不清。我见鬼了，先生，就是这样——见鬼了。没准那些房子中多年以前曾有人被杀，而那才是我今晚看见的。也许他们因此才改变了街道的门牌号——我经常听说这种事情——当同样的夜晚降临，那房子又重现了曾经的一幕。但是我在那里，带着污点，没有鬼而将一个普通人卷进麻烦可不是个公平的玩笑。我很确定，先生，您会同意我的话。”

警察的叙述持续了一些时间，老爷钟的指针指向了四点四十五分。皮特·温西勋爵仁慈地看着他的伙伴，他感到他已经恢复了积极的情绪。他说的令他比警察更沉醉，他已经错过了下午茶，也没有胃口吃晚餐，但是酒精没有迷乱他的才智，反而令他更兴奋，更不想睡觉。他说：

“但你从投信口往里看的时候，你能看见天花板或者吊灯吗？”

“看不到，先生。由于投信口上面有遮板。我可以看到左右两侧和正前方，但是不能向上看，也看不到近处地板。”

“当你从外面看那栋房子的时候，除了楣窗有灯光之外是黑暗的。但是当你往里头看的时候，所有的房间都亮灯了，左右和后方都是？”

“是那样的，先生。”

“房子有后门吗？”

“是的，先生。从梅里曼街出来，向右拐有条小路可以带你去后门。”

“你似乎有非常直接的视觉记忆。我在想你的其他记忆力是否一样好。比方说，你能不能告诉我你进入的房子有没有特殊的味道？尤其是 10、12 和 14 号房？”

“味道吗，先生？”警察闭起眼睛思索着。“怎么这么问，是的，先生。不。10 号——有两位女士居住的，有一种旧式的味道。我说不出来是什么味道。不是薰衣草的味道——是女人们保存在碗里的东西——玫瑰茄之类的。是一种百花香，对，是那种味道。百花香。12 号房，没有——好吧，没有，没有什么特别的，他们一定很好地训练仆人，尽管除了主人之外我们没有见到其他人。地板和镶板都擦得很亮——你甚至可以从里面看到自己的倒影。是蜂蜡和松脂，我对自己说。很费力气的活。就是一间干净的房间所有的那种好闻而洁净的味道。但是 14 号房——就不同了。我不喜欢那里的味道。很闷热，好像那个黑人在烧什么人以便向他的偶像致敬一样。”

“啊！”皮特说。“你说的很有启发性。”他把指尖合拢，问了最后一个问题：

“你去过国家美术馆吗？”

“没有，先生，”警察很惊讶地说，“我不能说我去过。”

“又是伦敦，”皮特说，“我们是世界上最后知道关于我们伟大的大都市机构的人类了。现在，我在想怎样解决这一连串的难题最好？打电话现在有点早。而且，早餐之前做什么事对谁也没好处，稍后你越晚矫正局长的说法越好。让我看看。是的——我认为那会有效果的。古装剧一般来说不在我的规划里，但是我的日常工作太令我厌烦了。不管是哪一个，不规则的事情总是要难搞一些。在那等我一下，我要洗个澡休整一下。我可能花费一点时间，但是六点之前我们肯定会过去的。”

洗澡是个很有吸引力的想法，但也许是个欠考虑的想法，就像对于一只好奇的长尾猴来说，靠近滚烫的热水的想法蔓延全身。香槟逐渐失效了。他尽量拖延时间，并用冷水澡使自己重新清醒起来。穿着的问题要花费一点心思。一条法兰绒的裤子很容易找到，尽管对于他打算扮演的角色来说折痕太重了，他认为可以幸运地忽视掉这点。衬衫是个麻烦。他的衬衫看起来都很贵气，但是他们最好衣着不引人注意并且有绅士派头。他在一间白色运动开领衬衫上犹豫了一些时间，但是最后决定穿蓝色的那件，那是他作为尝试买的，而且尝试失败了。一条红色领带，他有这样的搭配，看起来能更令人信服。

再三考虑之后，他想起他见过妻子戴着一条有点宽的 Liberty 牌子的领带，主要的颜色是橘色。他觉得如果能找到那条，搭配起来正好。她戴着那条看起来不错，而他戴着则令人生厌。他在隔壁房间找了个遍，但非常奇怪没有找到。一种怪异的感觉向他袭来。他在这里，搜寻他妻子的抽屉，而她在那里，在他触及不到的房子顶端，几个护士和一个刚出生的宝宝陪着她。

他在镜子前坐下，看着镜中的自己。他觉得这一晚他似乎改变了不少，但他看起来只是没有刮胡子，而且，他认为自己因琐事而兴奋。这两者此刻看都是不错的，尽管对于一个家庭的父亲来说是不适当的。他拉开梳妆台所有的抽屉，它们发散出一股熟悉的擦脸香粉和装手绢的香囊的味道。他找了巨大的内嵌式衣柜：连衣裙、套装和几个盛满内衣的盒子，让他感到很难为情。最后他找了尚有希望的手套和袜子。挨着的盒子盛着领带，他渴望的那条橘色领带在其中闪耀着友好的光芒。他将它系上，然后欣喜地发现他想要的波西米亚风格要更加突出。他走出房间，身后留下打开的抽屉，仿佛有窃贼进过屋子。他有一件旧式的花呢夹克衫，有着很俗气的图案，只适合在苏格兰钓鱼的时候穿，这是他接下来找出来的衣服，另外还有一双灰色的帆布鞋。他系上了裤腰带，找到一顶老旧的柔软的，看不出颜色的宽沿帽子，赶走了帽圈上的苍蝇后，他把衬衫的袖子卷到外套的袖子里面。他想想之后，他回到他妻子的房间，选了一条宽的蓝绿色羊毛围巾。装备好了，他下楼，发现伯德警官张着嘴巴，打着呼噜，已经睡着了。

皮特觉得很受伤。他出于对这个笨警察的兴趣牺牲了自己的时间，而这个家伙竟然不郑重地感激这一点。然而，这时候叫醒他毫无意义。他打了个大大的哈欠坐了下来。

六点半的时候，男仆叫醒了两个沉睡的人。要是他惊讶地发现他的主人，衣着奇特，在大厅里和一个大个子的警察一块睡着，他也因为被训练的太好而不能承认这是事实。他只是移开了托盘。玻璃磕碰的轻微声响惊醒了皮特，他一直像一只猫一样睡着。

“哈喽，威廉，”他说，“我睡过头了吗？现在几点了？”

“还有二十五分钟就七点钟了，先生。”

“时间正好。”他想起那个在顶楼睡觉的男仆。“西面的前门没什么动静吧，威廉？”

“绝对安静，先生。”威廉向他露出一个微笑。“小主人五点钟的时候很活泼，但是现在安静下来了，我从詹金护士那里听到的。”

在梅里曼街，晨间的活动刚刚开始。送奶工骑着车丁零当啷地从死巷中出来，高层的房间隐约亮起灯，窗帘被拉开，在10号房前，女管家正在清洗台阶。皮特让他的警察同伴在街道的高处等着。

“我不想第一次出现就是跟官方的人，”他说，“当我向你招呼的时候，你再过来。顺便问一句，那个12号房的和蔼可亲的绅士叫什么名字？我觉得他对我们有些帮助。”

“奥·哈洛伦先生。”

警察期待地看着皮特。他似乎放弃了所有的积极性，把含蓄的信任留给这位热情好客但又有些古怪的绅士。皮特双手插在裤子口袋里，懒散地走在街上，他的破烂帽子被拉下遮住眼睛。在12号房门口他停留了一会儿，检查了窗户。那些落地窗打开了，房子里的人都醒了。他走上台阶，简单地瞥了一眼投信口然后按响了门铃。一个穿着蓝色裙子，戴着白色帽子和围裙的女仆打开了门。

“早上好，”皮特微微抬了下帽子说，“奥·哈洛伦先生在家吗？不是老哈洛伦先生。我指的是年轻的奥·哈洛伦先生。”

“他在家里，”女仆怀疑地说，“但他还没有起床。”

“噢！”皮特说，“好吧，对于拜访来说是早了点。但是我非常急切要见他。我住的地方——有一点麻烦。您能不能请求他——能否请您仁慈地请他来见我？我是一路走过来的，”他补充道，语调令人怜悯，实话实说。

“真的吗，先生？”女仆说道。她温柔地补充道：“您看起来很疲惫，先生，看来是真的。”

“这没什么，”皮特说，“只是我忘记吃晚饭了。但是如果能见到奥·哈洛伦先生，一切都没有关系。”

“您最好进来等，先生，”女仆说，“我去看看能不能叫醒他。”她引领疲惫至极的陌生人进屋子，让他坐在椅子上。“我怎么称呼您，先生？”

“彼德洛维奇斯基，”勋爵大胆地说。他非常期待他不寻常的名字和不寻常的衣着，因不寻常的晨间拜访而引起主人足够的惊讶。女仆将他留在整洁的小会客厅里，没过多看伞架就上楼去叫醒主人了。

只剩自己的时候，皮特依旧坐着，注意到客厅空荡荡的没有什么家具，一盏通电的吊灯照亮了前门里面的部分。投信口是普通的铁丝支架，底部仔细地贴着棕色的纸。房子后面飘来烤培根的味道。

不久传来有人下楼的声音。一个年轻人穿着晨袍出现了。他一边走过来一边招呼："是你吗，斯蒂芬？你的名字听起来像威士忌先生。玛尔法是不是又跑掉了，还是——怎么回事？你是谁啊，先生？"

"温西，"皮特温和地说，"不是威士忌，温西是警察的老朋友。我正好顺便拜访你，祝贺你精通假象视角的手法，我以为这种手法已经随着心灵手巧的凡·胡格斯格腾，或者格蕾丝与兰布里特的死亡而消失了。"

"噢！"年轻人喊道。他面容喜悦，眼神幽默，耳朵像半人半神的农牧神。他略带怜悯地大笑。"我猜我完美的谋杀已经被识破了。它因为太完美了而不能持续到最后。那些该死的警察！我向上帝祷告他们让14号房的人有个倒霉的晚上……我能问问您是如何搀和进这件事的吗？"

"我，"皮特说，"我是那种沮丧的警察信任的人——我不知道为什么。当我眼前浮现鉴定的蓝色制服身影，被一个波西米亚的陌生人误导，被邀请一起从一个洞里看的时候，我无法抑制地想起国家美术馆。无数次我从人行道上通过小黑盒子向里斜视的时候，都很崇拜荷兰超前的喷画的狭长街景，在盒子的四个平面上看起来如此令人信服。你多么恰当地保持了沉默！你的爱尔兰口音却让你泄露了秘密。那些仆人，应该是被你刻意安排置身事外的。"

"告诉我，"奥·哈洛伦先生坐在大厅桌子旁边的走道上说，"您是熟记伦敦这片每个居民的住址吗？我没在门牌号下写我的名字。"

"不是的，"皮特说，"就像善良的华生医生，治安官可以观察到，尽管他出于无意识观察到，是松脂的味道背叛了你。我猜他第一次拜访的时候，那个机器还没有放到很远的地方吧。”

“它被折叠起来放在楼梯下面了，”画家说道，“它一直被放在画室里，我父亲只来得及把它拿出来，在警察来之前利用楣窗的灯光把数字改成‘13号房’。他甚至没有时间把我坐的这张桌子搬回去，一个简单的搜查就能在餐厅发现它。我父亲是位著名的运动员，我不能过度表现他的精神状态，当时我正在屋子里忙活，留下他应付警察。原本可以非常简单非常保守解释的，但是我的父亲，作为一个爱尔兰人，很享受作为运动员被尊重的感觉。”

“我本该见见令尊。唯一一个我没有完全搞懂的事情，就是这个精心编制的故事的理由。你是不是碰巧在街角实施盗窃，同时把警察耍得团团转？”

“我从未那么想，”年轻人语带遗憾地说，“不是的。警察不是注定的受害者。他碰巧看见我全副武装的演习，这玩笑并不好笑。事实是，死者是我的叔叔，卢修斯·普雷斯顿爵士，来自皇家艺术学会。”

“啊哈！”皮特说，“事情开始明朗了。”

“我的制图术风格，”奥·哈洛伦先生接着说，“是现代化的。我叔叔在几个场合告诉我，我之所以喜欢那样画是因为我不知道怎么画画。我的计划是明晚邀请他吃晚餐，然后告诉他这条街上神秘的‘第13号房屋’时不时被奇怪的声音萦绕的故事。这样将他留到午夜，我在街道的一头和他碰面。在我们走路的时候，尖叫声爆发出来。我应该让他回去——”

“没什么，”皮特说，“比这更清楚了。在最初的震惊之后，他会被强迫承认你的制图术是学术界的成功典范。

“我希望如此，”奥·哈洛伦先生说，“这场表演应该按照原定的计划进行的。”他带些焦虑地看着皮特，后者回答：

“事实上我也希望如此。我同样希望你叔叔的心脏是颗坚强的心脏。但同时，我能否给我那倒霉的警察朋友发个信号，让他的精神放松下来？他因为被质疑在岗期间喝醉酒，而正面临着丢掉晋升机会的危险。”

“老天！”奥·哈洛伦先生说，“不——我不希望发生那种事情。请他进来吧。”

困难在于让伯德警官分辨出他在白天看到的和在午夜从投信口看到的。漆过的帆布框架、形式和图案按透视法缩短了，也失真了，他根本分辨不出不同。只有把架子支起来，在有窗帘的画室里打开灯，他最后才被彻底说服。

“真是妙极了，”他说，“就像马林斯基和狄文特做的。真希望局长能看到这个。”

“引诱他明晚过来吧，”奥·哈洛伦先生说，“让他来当我叔叔的保镖。而您，”他转向皮特，“您似乎跟警察关系不错。您能不能叫个跟班来？您装扮的饥饿而孤独的布鲁姆斯伯里人跟我的一样令人信服。怎么样？”

“我不知道，”皮特说，“这行头让我吃了苦头。此外，这对一个警察是仁慈的吗？我给您一个常备军，但关系到保卫法律——混蛋极了！我是个有家室的男人，我必须要有责任感。”